아파트에 피어난 사랑

살며,
후회하며,
사랑하며

살며,
후회하며,
사랑하며

초판 1쇄 발행 2023년 01월 01일

저 은 이 안병오

발 행 인 권선복

편   집 이현정

디 자 인 신미현

전 자 책 서보미

발 행 처 도서출판 행복에너지

출판등록 제315-2011-000035호

주   소 (07679) 서울특별시 강서구 화곡로 232

전   화 0505-613-6133

팩   스 0303-0799-1560

홈페이지 www.happybook.or.kr

이 메 일 ksbdata@daum.net

값 20,000원

ISBN 979-11-92486-51-2 (03810)

아파트에 피어난 사랑

살며,
후회하며,
사랑하며

안병오 지음

도서
출판 행복에너지

나는 부산에서 나고 자랐다. 대학 졸업 후 첫 직장은 생명 보험 회사였고 소장으로 근무하였다. 40 중반을 넘어서면서 나는 매우 지쳐 있었다.

주말마다 다가오는 영업 실적의 스트레스를 감당하기엔 체력도 점점 바닥을 드러내고 있었고 직장 생활의 피로감 또한 최고조를 맞이하고 있었다. 그럴 즈음 회사에서 보험 대리점을 개설하는 영업 구조 개편 방안이 공고되었고 나는 미련 없이 퇴사를 하고 대리점을 개설하였다.

그러나 철저한 준비 없이 막연한 기대만 가지고 문을 연 대리점은 오래가지 못했다. 사업은 아무나 하는 것이 아니라는 뼈저린 교훈을 얻었으나 그 대가는 너무나 혹독했다.

몇 개의 직장을 전전하면서 첫 직장을 뿌리치고 나온 선택이 잘못되었다는 후회가 머리를 떠나지 않았고 내내 가슴앓이를 했다. 나의 오늘은 현재가 아니라 과거라는 죽음과 함께 살아갔다. 미래라는 희망은 신기루처럼 사라져 버리고 말았다….

'사는 게 뭐 별것 있어, 그냥저냥 사는 거지!'

나이가 들면서 변변한 자격증 하나 준비하지 못한 채 살아온 과거에 대한 후회와 노후 생활의 불안감은 그림자처럼 나를 따라다녔고 이로 인하여 정신은 피폐해지고 있었다. 행복은 창틈으로 들어와 잠깐 머물다 대문으로 나갔고 불행은 대문으로 들어와 오래 머물다 창틈으로 사라졌다.

그렇게 10여 년이 흐른 어느 날, 우연인 듯 운명처럼 나타난 주택관리사란 직업을 알게 되고 나는 그 길을 걷게 되었다.

'아파트 관리사무소장.' 그 일은 나에게 긍정적인 에너지를 주었다. 자격증을 가진 전문 직종이어서 안정적인 수입과 노력 여하에 따라 정년 제한 없이 일을 할 수 있는 기회가 주어졌다.

관리사무소장 생활 5년은 나름 바쁜 시간이었다. 새롭게 익히고 배워야 할 일들도 많았다. 그 사이 큰아들은 결혼을 했고 나의 일상도 무료해질 무렵 큰 기쁨이 찾아왔다. 첫 손주 웅이가 태어난 것이다. 웅이가 내게 주는 기쁨은 말로 표현할 수가 없었다. 웅이를 만나는 순간 나의 모든 것이 달라지기 시작했다. 하루 종일 함께 있어도 이유도 없이 그냥 좋은 친구가 생긴 것이다.

삶에 의욕이 솟아나고 웅이가 클 때까지 살아서 지켜보고 싶은 강한 욕구가 용솟음쳤다. 하지만 앞날은 모르는 것. 내 삶이 앞으로 10년이 될지, 20년이 될지, 내일이 될지는 알 수가 없었다. 내 손주 웅이에게 할아버지가 너의 탄생을 얼마나 기뻐했는지 흔적을 남기고 싶었다. 그래! 할아버지의 인생을 글로 써서 남기자!

생각은 여기에 이르렀으나 글을 써본 적도 없고 글을 쓸 만한 인생의 드라마틱한 스토리도 없었다.

어떻게? 무엇을 쓰지?

과거는 희미한 망각의 늪으로 빠져 사라져 버렸고 미래는 내가 예상할 수 없는 신의 영역이며 현재는 살아 있는 목소리였다. 내가 쓸 수 있는 것이라면 내게 제2의 인생을 살게 해 준 지금의 직업인 아파트 관리사무소장에 관련된 일뿐이었다.

아파트 관리라는 것이 과거부터 지금까지 흘러오면서 많이 변하기는 하였어도 아직도 관리사무소를 바라보는 입주민들의 부정적인 시각과 불신의 벽들이 존재하고 있다.

나는 이러한 점이 못내 안타까웠고 관리사무소 직원도 입주민의 슬픔에 아파하고 기쁨에 즐거워하는 공동체 의식을 지닌 인간임을 알리고 싶었다.

1부에서는 아파트에서 일어났던 여러 유형의 입주민들과의 사건을 접하면서 느꼈던 생각과 과거의 번뇌를 거름 삼아 관리사무소장이 아닌 한 개인의 인간적인 고뇌를,

프롤로그

2부에서는 주택관리사란 인생 2막을 열어가면서 경험했던 기억들을,

3부에서는 황혼에 찾아온 봉사 활동이라는 세상을 알게 된 데 대한 감사와 더불어 새로운 인연의 소중함을 담아내어 나누고자 하였으며,

4부에서는 미천한 내용이지만 아파트 관리사무소장을 하면서 겪었던 소회들을 사자성어로 풀어 보았고,

5부에서는 늦은 나이에 삶의 활력소가 되어 준 손주에 대한 사랑의 흔적을 남기고자 했다.

수많은 생의 마지막 순간에서 사람들이 가장 후회하는 일은 걱정거리를 안고 살아온 것이라고 한다.

지금도 나는 많은 고민과 걱정거리에 둘러싸여 있다. 그러나 그것들을 치유하는 것은 돈도, 의사도 아니며 오롯이 사랑과 세월임을 알게 되었다.

살아가면서 과거의 잘못된 일을 후회하고 남은 인생을 사랑하며 살고 싶은 평범한 인간임을 글을 씀으로써 새삼 깨닫는다.

목
차

제1부

아파트에서 생긴 일

제2부
주택관리사를 목표로

제3부
아파트가 맺어 준 새로운 인연들

제4부

관리사무소장 소고 20선
사자성어로 풀어 본 관리사무소장 20선

제5부

손주 이야기

제1부

아파트에서
생긴 일

나와 같은 시대를 사는 사람

1) 윌슨보다 아지매

경남 ○○군 작은 아파트는 내가 처음 관리사무소장 근무를 시작한 곳이다. 시골 아파트의 풍경은 도시 아파트와 사뭇 다른 여유로움이 있다. 주변이 탁 트여 있고 담이나 나무가 시야를 가리지 않아 몇 걸음만 걸어도 푸른 들판이 펼쳐진다. 나지막한 산중턱 굽이진 길옆에 빨간 싱글로 지붕을 치장한 집들이 새댁마냥 다소곳이 올망졸망 모여 있다. 한 편의 산수화를 보는 것처럼 아름답고 포근하다. 조금만 걷다 보면 향긋한 풀 내음이랑 거름 내음이 묘한 조화를 이루며 코를 시리게 한다. 이름 모를 풀과 꽃들이 경쟁하듯 아무렇게 자라도 어느 누구도 탓하지 않는다. 회색 콘크리트에 익숙한 도시인에게는 무질서하고 경망스럽게 보일지 몰라도 있는 그대로가 정겹다.

나는 70세 된 미화원 할머니와 단둘이 아파트를 지키고 있다. 큰 도로에서 살짝 경사진 길을 백 미터 정도 들어오면 아파트가 있고 입구에 조그만 컨테이너 박스 한 동이 관리사무소이자 미화원 휴게실을 겸하고 있다. 3.5평 공간에 책상과 소형 냉장고, 캐비닛 두 개, 휴게 의자 한 개가 세간의 전부다. 경비원이 없어 놀라웠지만 워낙 외지인의 출입이 뜸한 곳이기도 하고 옆집 숟가락 개수도 알 정도로 이웃 간의 정이 두터워 도둑이 들어도 금방 찾을 수 있다. 또한 도둑이 무엇을 훔쳐 가더라도 장물 가격이 기름값을 제하면 별 남는 것도 없으니 굳이 타산이 없는 작업을 하러 외지인이 여기까지 올 리가 만무하다.

처음 부임해 왔을 때 나를 반겨 준 사람은 미화원이 전부였다. 키는 작달막하고 구불구불한 파마머리에 목에는 얼룩덜룩한 스카프를 두르고 있었다. 첫눈에도 전형적인 시골 노인네였다. 간단히 인사를 나누고 호칭을 어떻게 하여야 할지 물었다. 전임 소장님은 '반장님'이라고 불렀다고 한다. 하지만 혼자 근무하는데 반장이란 호칭이 맞지 않으니 미화원이라고 불러 달라고 했다. 반장이란 단어가 싫단다.

'미화원'이라는 호칭은 부르기가 애매한 단어이다. 연세가 있으신 분에게 평어를 사용할 수도 없고 '님'자를 붙여도 그렇다. 미화원에 '님'자를 붙이니 '미화원 님!' 마치 치마 입고 갓 쓴 모양새다. 그냥 예전처럼 반장으로 부르자고 하니 듣기 좋고 부르기 좋은 '아지매'가 어떠하냐고 묻는다. 흔쾌히 그러자고 했다. 경상도 사투리 '아지매'는 아주머니와 달리 항렬이 높은 사람에게 붙이는 존칭의 의미가 있는 호칭이다. 5촌 '아재', 5촌 '아지매' 등으로 부르기도 하기 때문이다.

부임 초기에는 창원에서 출퇴근을 하였다. 40분이나 소요되고 기름값도 장난이 아니어서 원룸을 구해 볼까 하고 말했더니 아지매가 잘 아는 분의 일반 주택을 소개해 주겠다고 나섰다.

며칠 후 아지매가 나를 새로이 살 집에 데려갔다. 새집에 도착하여 만난 주인아주머니는 내가 거처할 방 자랑에 바쁘다. 넥센 타이어 직원이 살았는데 이번에 사택이 준공되어 이사를 갔단다. 원래 비어 있는 집이 아니고 어제까지도 사용되던 집이라 도배, 장판, 싱크대 등 손볼 것이 없으니 수선을 요구한다면 세를 놓지 않겠다는 무언의 압력 같았다. 친구인 아지매가 아니면 세를 주지 않았을 것이라고 아지매를 한껏 띄운다.

분위기를 보니 아지매와 주인아주머니 사이에 계약은 이미 성립되어 있고 나는 언제 이사를 올 것인지를 선택해야 하는, 주객이 전도되어 버린 이상한 상황이었다.

집을 둘러보니 생활하기에 큰 불편은 없어 보였다. 대문 안쪽에 덩치가 제법 큰 백구가 떡하니 자리를 하고 있어 꺼림칙하였지만 월세가 싸기도 했거니와 여기까지 와서 취소하려니 아지매의 입장도 난처할 것 같았다. 거절했다간 아지매와 원수가 될지도 모를 일이다. 딱히 거절할 이유도 없었다. 보증금 50만 원에 월세 15만 원을 내기로 하였다.

"계약서는요?"

"계약서 같은 것 없고 나가고 싶으면 보름 전에만 말을 해 주면 돼."

"월세, 전기세, 물세 밀리지 말고. 옆방에도 사람이 있으니 시끄럽게 하면 안 돼."

"옆방에는 누가 사는데요?" 이 소리는 차마 목구멍을 넘지 못했다. 참 싱거운 계약이다.

나는 8시에 출근했다. 낯선 환경이라 잠도 오지 않을 뿐더러 아침마다 아파트 안팎 쓰레기를 청소해야 했기 때문이다. 이슬이 촉촉이 젖은 흙길을 걷는 것도 상쾌했지만 청량한 아침 공기가 좋았다. 이런 공기를 도시인에게 팔 수만 있다면 현대판 봉이 '김 선달'이 될 수 있으련만….

오매불망 기다리던 일터라 아파트에 가까이 갈수록 발걸음은 가벼웠고 마치 일을 처음 해보는 것처럼 마냥 즐거웠다. 아지매는 9시에 일을 시작하는데 30분 일찍 출근하여 내가 청소하러 나간 사이에 관리사무소를 청소한다. 청소가 끝난 뒤 우리는 봉지 커피를 마시며 이런저런 이야기로 꽃을 피운다. 주로 아지매가 이야기를 많이 하고 나는 맞장구를 치거나 동네에서 일어나는 궁금한 일을 물어보는 정도다. 아지매는 남편과는 일찍 사별하고 하나뿐인 아들도 10년 전에 교통사고로 잃었다. 그 후 대도시로 나간 며느리와는 연락이 끊어졌다.

아지매는 여기에서 유일하게 편안하고 부담 없이 대할 수 있는 상대이다.

아파트에서 일어난 일이며 마을의 누구누구 이야기며 서로의 신변잡기에 대하여 주제도 없고 순서도 없이 이야기한다. 미처 마무리 못 한 이야기도 일이 시작되는 9시가 되면 끝이 난다. 다음 날 이어 가는 법은 없다. 이어 갈 만큼 궁금하거나 알아야 할 내용이 없기 때문이다.

우리는 이미 직장 관계가 아니라 동료로 때론 친구로 발전하고 있었다.

이런 상황에서 나이나 수준을 따지면서 대화할 상대가 없다고 하는 사람은 지독히 외로워 보지 않은 사람이거나 주위에 아첨꾼으로 둘러싸인 사람임에 틀림없다.

영화 '캐스트 어웨이'의 윌슨[01]과는 비교가 안 되는 훌륭한 상대가 아닌가?

간혹 내 이야기가 마을로 새어 나가면 어떡하지 하는 염려도 없지 않았지만 그렇다고 행복한 수다를 포기할 순 없었다.

---

01 윌슨: 영화 '캐스트 어웨이'에 등장하는 배구공이다. 무인도에서 주인공의 친구 역할을 한다.

2) 가슴속 가시 하나

오늘은 어제 약속한 대로 아지매와 시장 구경을 갔다. 이곳은 장날이면 아파트 앞 큰 도로와 재래시장 등 2곳에 장이 열린다. 도로변에 좌판이 깔리고 집에서 수확한 온갖 잡곡류며 채소들이 선을 보인다. 길거리에 좌판을 펼친 사람의 표정이나 장 구경 나온 사람들의 말과 걸음걸이에서 여유와 평화가 느껴진다. 손님을 불러대는 외침에는 팔고자 하는 악착스러움보다 혼신을 다하여 만든 작품을 구경이라도 해 달라는 작가의 애정이 느껴진다. 연세가 지긋한 할머니들이 마늘이나 양파, 미나리, 콩, 오이, 깻잎, 쑥갓, 가지, 정구지, 두릅, 생강, 파, 고추, 상추 등 텃밭에서 재배한 물건들을 좌판에 내어놓는데 한 움큼이 2000원을 넘지 않는다. 하루 종일 앉아서 얼마나 벌까, 궁금해졌다.

"할머니, 하루에 얼마나 버세요?"

"돈은 무슨 돈, 심심풀이로 하는 거지."

"그래도 벌이는 있을 거잖아요." 별것 다 물어본다는 듯이 퉁명스럽게 내뱉는다.

"잘 팔리면 20,000원. 공치는 날도 있고." 물어보고 그냥 올 수는 없어서,

"파전이나 부쳐 먹게 부추 한 단만 주세요."

"그걸 사서 뭐 하려고." 언제 달려왔는지 아지매가 부추를 휙 낚아채더니 자기 장바구니에 담는다.

"내일 파전 해올 테니 아침 먹지 말고 와."

"파전은 해물이 들어가야 맛이 있지."

내 손을 이끌고 '오징어 중국산 3마리 3천 원' 팻말이 붙어 있는 트럭 앞으로 갔다.

"오징어 2마리 주세요."

"할머니 2마리는 안 팝니다. 3마리부터 팝니다."

오징어가 그다지 비싸지 않다고 생각을 했는지 고집을 부리지 않고 "두 마리면 되는데."라고 구시렁거리면서 3,000원을 꺼낸다. 허를 찌르는 상술인지, 팻말의 뜻을 이해 못 한 아지매의 잘못인지 알 수 없었다. 기막힌 상술은 나도 예전에 경험한 바가 있었다.

태국을 여행할 때였다. 파타야 해변을 산책하고 출발하려는 버스에 올라 에메랄드빛 바다를 보며 상념에 젖어 있는데 불쑥 어린 소년이 나무껍질을 얼기설기 엮은 물고기 모양의 짚신 비슷한 슬리퍼를 손에 들고 차창으로 다가왔다. 슬리퍼 한 짝을 흔들어 보이며 "1,000원!" 하고 외쳤다. 도착했을 때에는 2,000원이라고 했는데 갈 때는 떨이를 하는구나 생각하고 슬리퍼를 구입할 요량으로 버스를 내려 소년에게 다가가서 1,000원을 주었다. 그러자 소년은 슬리퍼 한 짝만 주었다. 아뿔싸!

내가 멍하니 서서 쳐다보니 차창으로 가서 슬리퍼 한 짝을 손에 높이 들고 안쪽을 향해 흔들어 보인다. 그러면서 나머지 한 짝을 내 앞으로 쑥 들이민다. 한 짝이 천 원이라는 뜻이었다. 기상천외한 상술이라 화내기보다는 어이가 없어 웃음이 나왔다. 30

　　　　　　　　　　　제1부 아파트에서 생긴 일

년 전 그 기억이 났던 것이다.

시골 장날에 와보면 만 원의 가치를 실감할 수 있다.

돈은 스스로의 가치를 알지 못한다. 오직 주인의 쓰임에 따라 가치가 결정되는 것이다. 장날을 구경 온 돈도 주인과 덩달아 신이 났다. '이것 사세요.' '저것 먹으세요.' 만 원으로 해결할 수 있는 먹거리도 많다. 쇠고기국밥, 선지국밥, 도토리묵밥, 메밀막국수, 손수제비는 장날 단골 점심 메뉴다. 우리는 천막 아래 평상에 앉아 노란 양푼에 넘실거리는 도토리묵밥으로 점심을 때웠다. 돌아오는 길에 농협 마트에 들러 부침가루며 계란 등 부침개에 필요한 재료를 구입하고 서둘러 아파트로 발길을 향했다.

갑자기 아지매의 발걸음이 빨라졌다.

"영란아!"

한 아이가 아지매 쪽으로 뛰어오고 있었다. "할머니!"

아지매는 쪼그려 앉은 자세로 두 팔을 벌려 가슴팍으로 아이를 덥석 안는다.

"아이고, 우리 새끼!"

"아지매! 이게 뭐하는 거예요." 나는 소리를 버럭 질렀다.

"아이한테 손대지 말래잖아요." 그리곤 누가 보기라도 하듯 두리번거리며 주위를 살폈다. 아지매는 얼른 아이를 가슴에서 떼어 놓더니 벌떡 일어섰다. 아이와 거리를 조금 두고서 멋쩍은 표정을 짓는다.

내가 이러는 데는 까닭이 있다.

아지매는 오후 3시경 청소를 마치면 앞치마를 벗고 손을 깨끗이 씻은 뒤 집에 가지 않고 관리사무소에 앉아서 유리창 너머 도로 쪽을 물끄러미 바라본다.

학교를 마치고 집에 오는 영란이를 항상 안아 보고선 귀가를 했다. 초등학교 여자아이인데 머리는 양 갈래로 돌돌 말아 자두만한 빨간 방울을 단 머리를 하고 있었다. 예전 만화 영화에 나오는 '삐삐'를 연상케 하였다. '삐삐'보다는 더 예쁘게 생겼지만….

어느 날 영란 엄마로부터 민원이 있었다. 청소 할머니가 자기 아이를 안지 못하도록 해 달라는 것이었다. 나는 이 사실을 아지매에게 전달하고 앞으로 아이를 안지 말라고 부탁하였다. 아지매는 청소를 하니까 사람까지 더럽게 여기며 괄시한다고 화를 내면서 알아듣지 못할 말을 구시렁거렸다. 며칠이 지나고 재차 민원이 들어왔다. 아지매가 계속하여 아이를 안고 있다는 거다. 그이후로 아지매는 퇴근 시간에 맞추어 관리사무소를 나가 버리니 나는 그러한 사실을 알 수가 없었다.

"어디서 그래요."

"농협 앞에서 그런대요."

"입주민님, 할머니가 아이가 귀여워서 그러는 것 같은데 무슨 문제가 있나요?"

"청소를 마치고 손을 깨끗이 씻은 후라 위생적 문제도 없을 것 같고요."

제1부 아파트에서 생긴 일

전화기 너머로 한숨 소리가 들리더니 앙칼진 목소리,

"소장님, 뭐를 참 모르시네. 청소 아지매가 내 아이를 만지는 게 싫다는 말이에요."

"그러면 아이에게 할머니에게 가지 말라고 하시죠."

"애가 내 말을 들어야죠."

"할머니도 내 말을 듣지 않아요." "할머니께 직접 말씀해 보시죠."

휴대폰을 홧김에 집어 던진 것인지, 떨어뜨린 것인지 우당탕 소리가 났다.

나는 입주민이 아지매에게 직접 말을 못 하는 이유를 안다. 시골의 나이 드신 분들은 여기서 태어나 자란 토박이거나 시집와서 한평생을 여기서 보낸 사람들이므로 대개 혈연, 지연, 학연으로 연결되어 있다. 자칫 나쁜 소문이라도 나게 되면 노인정이나 마을 회관에서 삽시간에 퍼진다. 그곳에서는 사람이 가장 재미있는 이야깃거리이다.

누구 집 며느리는 어떻다더라 등등, 한번 난 소문은 진위를 떠나 주홍 글씨처럼 평생 따라다닌다. 누가 겁을 내지 않겠는가!

아파트를 떠난 지 1여 년 지났을까.

그 아파트에 살고 있는 지인을 만나게 되었다. 아지매의 근황이 궁금했다.

"할머니는 어떻게 지내?"

내가 다른 아파트로 이동하고 이내 청소 일을 그만두었다고
했다.

"노인정에 한 번씩 가는가 봐. 장날에도 보이고."

"할머니는 며느리와 연락이 끊긴 뒤 손녀가 보고 싶어 아이들
이 많은 아파트에 일하러 다닌 거래. 아마 그때 손녀가 초등학교
를 막 들어갔지." 아지매는 손녀 이야기는 전혀 꺼내지 않았었
다. 나는 그 이유를 모른다.

부모가 돌아가면 하늘에 묻고 자식이 죽으면 가슴에 묻는다
고 한다.

잊힌 손녀는 어디에 묻을까? 가슴속에 가시가 되어 남아 있
을까?

아지매와 나는 같은 시대를 사는 사람이다.

스프링 '쿨'러, 스프링 '클'러

내가 근무하는 아파트에 70세 가량의 연세이신, 동 대표 감사되시는 분이 계신다.

자녀들은 모두 출가하고 할머니와 단둘이서 20평 정도의 아파트에서 생활하고 있다.

할머니가 몸이 좀 불편하셔서 자주 짜증을 내시니 할아버지는 아침 일찍부터 시에서 운영하는 사회 복지관에 가는 편이 좋다며 매일 아침 마치 출근이라도 하시듯 복지관으로 나가신다.

복지관에서 하루를 보내고 5시경 마치면 버스를 타고 아파트로 돌아온다.

관리사무소가 아파트 입구에 위치하다 보니 내가 퇴근하기 20분 전인 5시 40분경에 들러서 커피 한잔을 하면서 오늘 있었던 하루 일과를 내게 이야기하곤 하였다. 요즈음에는 오카리나를 배우고 있는데 마음에 두고 있는 할머니를 위하여 한 곡을 뽑아줄 거라며 열심이다.

복지관에는 각종 편의 시설과 서고, 휴게실 그리고 취미를 위한 프로그램 수업들이 잘 준비되어 있어 하루를 보내는 데는 그만한 곳이 없다. 점심도 2,000원이면 해결되며 버스는 무료승차가 된다고 한다. 할아버지의 말을 듣고 있노라면 우리나라는 노인을 위한 복지 시설이 잘 되어 있구나 느끼게 된다.

할아버지는 서울에 있는 유명 대학 전기과를 졸업하고 대기업에서 정년퇴직 하신 분으로 전기에 대하여 해박한 지식을 갖고 있는 동시에 전력 낭비는 못 참는 분이시기도 하다. 관리사무소에 있는 36W 형광등을 모두 18W 일자 Led등으로 바꾼 것도 할아버지의 성화에 못 이겨 한 일이었다. 그래도 덕분에 사무실은 밝고 좋아졌다. 조금 불편한 점이 있다면 할아버지의 귀가 시간 때문에 내가 일이 있어 일찍 퇴근을 하려고 해도 신경이 쓰인다는 것과 한창 이야기를 하시는 중에 퇴근 시간이 넘어 할아버지의 말씀을 끊어야 할 때가 있다는 것이다. 이럴 때마다 할아버지는 멋쩍은 표정으로 웃으시면서 집으로 향하곤 하셨다.

등에 걸친 륙색이 어제의 인생의 무게라면 오늘의 륙색은 외로운 노년을 지탱하는 반려자가 아닐까. 걸어가는 뒷모습이 쓸쓸해 보였다.

어느 날, 이렇게 잘 지내던 감사님과 금이 가는 일이 생기고 말았다.

여느 때와 다름없이 유쾌한 모습으로 "안녕." 하고 들어오신 감사님은 이런저런 수다 말미에 승강기에 게시된 '스프링쿨러'

수리 안내문의 철자법이 틀렸다며 '스프링클러'라고 표기하여야 한다고 하셨다. 앞으로 수정하겠다고 하면 될 일을, 오 마이 갓!

내 입에서 전혀 다른 방향으로 엉뚱한 소리가 나오고 있었다.

"감사님, 제가 영문학과 출신인데요. 영어를 우리말로 옮길 경우에는 소리 나는 대로 표기하기 때문에 '스프링클러'나 '스프링클러'나 표기상에는 문제가 없습니다."

말이 끝나자마자 어색한 정적이 흘렀다.

"그래 너 잘났다. 그렇게 똑똑한 사람이 왜 여기서 소장이나 하고 있나."

할아버지는 한마디만 남기고 륙색을 챙겨 어깨에 둘러매더니 휭~ 나가 버렸다.

순간 골이 띵하니 어지러웠다. '쿨러'나 '클러'나 그까짓 것이 무엇 중요한데….

순간적인 미봉책으로 얄팍한 지식을 과시하다 어르신의 마음에 상처를 준 것이다.

어쩜 현학적인 수사로 상대방을 일거에 제압하여 우월감을 보여 주려는, 정제되지 아니한 못난 자존감의 발로일지도 모른다.

잘잘못을 생각하기 이전에 나를 믿어 주던 동 대표 한 분을 이 일로 잃어버릴까 봐 걱정이 엄습해 왔다.

세 치 혀가 화를 초래한다더니, 이 말이 내게 일어날 줄이야!

이런저런 생각으로 밤을 설치고 아침이 왔다. 일을 수습하기 위하여 먼저 사과를 하라는 '지킬'과 그런 일로 사과까지 할 필요 없다는 '하이드'가 하루 종일 싸우고 있었고 나는 '하이드'의 유혹에 점점 빠져들고 있었다.

감사님은 그 일 이후로 관리사무소에 오지 않았다. 혹시 후문으로 다니시는지 기다려 보았으나 끝내 모습을 보이지 않았다. 전화를 해볼까… 마음을 먹었지만 시기를 놓쳐 버려 전화하기도 민망스러웠다.

그렇게 10여 일이 경과하고 감사님이 "안녕." 하시며 사무실에 들어오셨다.

군에 갔다 첫 휴가를 나온 아들이 이만큼 반가울까?

"감사님!" 나도 모르게 울컥하여 할아버지를 부둥켜안았다. 안도와 회한의 눈물이 눈가를 적시고 있었다.

"어디 가셨다 이제 오셨어요."

"응, 잘 있었나. 우리 아들이 외국 여행을 보내 줘서 캐나다 갔다 왔어."

륙색을 뒤적이더니 창이 달린 등산모를 내민다.

"안 소장 주려고 캐나다에서 사 왔어. 올겨울은 춥대."

지금도 지하 주차장을 순찰하다 스프링클러를 보면 할아버지의 화난 모습이 떠오른다.

스프링'쿨러'야. 안녕, 잘 가!

제1부 아파트에서 생긴 일

공생이란 참 어려워

1) 하려는 자와 막으려는 자

파리 두 마리가 책상 주위를 뱅뱅 돈다. 손을 휘저어 쫓아 보지만 이내 다가와 손에 앉고 머리에 앉는다. 더 이상 손과 머리의 고통을 보고만 있을 수 없어 파리들에게 알렸다. 너희들을 죽일 생각은 없었는데 너희들이 죽음을 자초하니 나도 더 이상 관용을 베풀 수 없다. 파리채를 들고 파리가 어딘가에 앉기를 숨죽이고 기다리는 순간, 문이 열리면서 남자 한 분이 들어온다.

본인을 아파트 후문 앞에 식당을 운영하는 사장님이라 소개를 했다.

"제가 부임한 지 얼마 되지 않아 경황이 없어 식당에 들르지 못했으니 조만간 직원들과 한번 식사하러 가겠습니다. 커피라도 한 잔 드릴까요?"

좌석을 내어 주면서 앉으시길 권했지만 그냥 서 있는 것이 편하다고 극구 사양을 하였다. 인사를 주고받은 뒤에 자기도 ○○ 아파트 입주자 대표 회장을 맡고 있다고 했다. 내가 사는 곳은 어던지, 소장 경력은 얼마나 되는지를 물어보고는 자질구레한 자신의 이야기를 늘어놓는다. 그러더니 대뜸 입주자 대표 회장님과 통화를 하고 싶은데 전화번호를 알려 줄 수 있냐고 묻는다.

'엥~ 뭐지? 식당 홍보하러 온 게 아니었나? 대화 중에 내가 뭐 잘못한 것이라도…?' 내심 태연한 척했지만 ○○아파트 회장이라니 조금은 긴장이 되었다.

"개인 정보 보호법에 따라 본인 동의 없이 전화번호를 알려 드릴 수는 없습니다."

"대신에 전화번호를 주시면 회장님께 통화하시라고 말씀드리겠습니다."

"그런데, 무슨 일 때문에 그러시죠?"

"우리 식당 옆에 고물상이 들어온다는데 소장님은 들어 본 적 있나요?"

"예? 고물상 말입니까? 금시초문입니다만?"

"이 문제로 입주자 대표 회장님과 상의 좀 하려고 합니다."

아파트 코앞에 고물상이 들어서다니. 나는 놀라는 표정을 지으면서,

"주거 지역인데 고물상 허가가 날까요?"

"글쎄, 말입니다."

"일단 돌아가 계시면 제가 회장님께 전달하고 연락드리겠습니다."

이러한 사실을 전달하자 회장님은 노발대발하셨다. 고물상을

하려는 사람이 누군지 수소문해 볼 테니 소장님도 고물상이 허가가 날 수 있는지 구청에 알아보고 난 뒤 식당 사장님과 만나자고 하셨다.

회장님은 일흔을 넘으신 나이에 머리숱은 적고 키는 작달막한 데다가 얼굴은 거무튀튀하여 중국 드라마 '수호지'의 양산박 수령 송강을 연상시킨다.

조금은 다혈질에 쾌활한 성격의 소유자로 이 나이의 어르신들이 대개 그렇듯이 으스대기를 좋아한다. 기분이 틀어지면 곧잘 삐지기도 하지만 내가 회장님의 말에 맞장구를 치거나 치켜세우기라도 하면 아이처럼 마냥 기뻐하신다.

내가 회장님의 기분을 맞추어 주는 까닭은 서로의 관계를 원만하게 유지하려는 목적도 있지만 험난한 인생 전쟁에서 승리한 전사에 대한 무한한 존경심도 포함되어 있다. 챙겨 둘 전리품도 없는 인생 전쟁이긴 해도 세월을 이겨 낸 무용담에는 지나온 삶의 애환과 미래의 희망이 함께 녹아 있기 때문이다.

회장님과 식당 사장님이 관리사무소에 함께 모였다.

회장님이 수집한 정보에 의하면, 고물상 사장은 오랫동안 운영해 온 고물상 부지가 아파트 신축 부지로 편입되는 바람에 제법 많은 보상금을 받았는데 받은 보상금 중 일부로 식당 옆 부지 200평 정도를 매입하였다고 한다. 남편은 암에 걸려 병원에

입원 중이고 몸이 성치 않은 20세 정도의 아들이 있으며 여자인 본인이 가계를 꾸려 가야 하는 상황에 달리 해본 것도 없고 '배운 게 도둑질'이라고 다시 고물상을 개업하기로 했다는 것이다.

나도 구청에 알아본 결과를 보고했다. 고물상이 들어서는 곳은 용도가 일반 상업 구역으로 지정되어 있으며 고물상은 영업 면적이 2,000㎡ 이상일 경우는 폐기물관리법에 의한 폐기물 처리 신고 대상으로 규제가 가능하나 그 미만은 자유업으로 신고만 해도 영업이 가능하다고 한다. 고물상 영업 신고가 이미 접수되었고 구청의 입장에서는 규정상 영업을 막을 방법이 없으니 고물상 사장과 협의하여 처리하는 법밖에 없었다.

회장님과 식당 주인은 고물상이 들어설 경우 발생할 피해에 대하여 서로의 의견을 주고받았다. 쓰레기 적치로 인한 악취, 분진으로 인한 위생상의 문제, 대형 폐기물 수거 차량의 통행으로 인한 교통 문제, 폐기물 처리 작업으로 인한 소음 문제, 폐지나 각종 고철물 적치로 인한 미관상의 문제 등으로 식당의 고객은 감소할 것이며 아파트의 주거 환경에도 심각한 피해를 입혀 아파트 매매 가격에 영향을 줄 것이 분명하였다. 더군다나 폐지를 주워 생계를 이어 가는 할머니들이 폐지를 가득 실은 리어카를 끌고 고물상을 들락거리면서 사고가 날 위험성도 있었다. 아이들 교육에도 당연히 좋지 않았다.

'어떻게든 고물상 영업을 막아야 한다.'라는 결론이 나왔다. 회장님께서 어렵사리 고물상 사장과 통화를 이루었으나 고물상 사

　　　　　　　　　제1부 아파트에서 생긴 일

장은 문제되는 부분은 시설 보완을 통해 해결할 것이고 행정상 절차를 거쳐 영업을 강행할 것이라는 의지를 표명하였다.

회장님은 긴급 대표 회의 소집을 지시하였다. 회의에는 동 대표들과 인근 주민을 대표하여 식당 주인이 참여하였다. 내가 구청에서 전달받은 내용을 설명하는 것으로 회의가 시작되었고 참석자들의 의견은 둘로 나뉘었다. 고물상 영업을 막아야 한다는 데는 이견이 없었으나 '법과 절차를 준수하여 개업하는 고물상을 막을 수 있을까?'라는 회의론과 '실력 행사를 해서라도 막아야 한다'는 시위론으로 갑론을박이 있었다. 갑자기 회장님이 내게 물어본다.

"소장님의 의견은 어때?"

아무런 생각 없이 앉아 있던 나에게 날벼락이 떨어진 것이다.

입주자 대표 회의에서 의견이 대립되는 안건이 있으면 나는 대체로 중립을 지켜 왔다.

어느 한쪽의 편을 들어 다른 한쪽을 불쾌하게 만드는 일로 낭패를 본 경험이 있기 때문이다.

"고물상 영업을 막아야 하는 것은 당연하다고 생각합니다."

동 대표 간 이견이 없는 부분만 확신에 찬 목소리로 대답하였지만 내 진심이기도 했다. 고물상 영업이 시작되면 예기치 못한 민원이 발생할 수 있으며 이러한 민원이 제대로 해결되지 못하면 또한 내 자리가 위태로울 수도 있었다.

이때 입주자 대표 감사분이 발언을 요청하였다. 고물상 영업이 본질이 아니라 다른 목적이 있는 것이 아니냐며 토지 매입 목적에 강한 의문을 제기하였다. 시내 한복판 금싸라기 땅에 고물상을 하는 이유가 영업이 목적이 아니라 땅값이 오를 때까지 비워 둘 수는 없으니 비용이 많이 투자되지 않는 고물상을 운영하다가 땅값이 오르면 매매하려는 전형적인 부동산 투기가 목적일 것이라고 주장을 하였다.

감사분의 말을 들은 회의 참석자들은 머리를 끄덕이며 공감을 표시하였다.

아파트의 이익을 위하여 고물상 영업을 반대하는 것이 아니라 개인의 사익 때문에 다수의 희생을 강요하는 악질 행위는 당연히 응징하여야 한다고 이구동성으로 목소리를 높였다. 한 사람의 정교한 논리와 언변으로 고물상을 저지할 대의명분이 만들어진 것이다. 감사분의 예리한 통찰력에 감탄이 절로 나왔다.

회의는 일사천리로 진행되었고 공사를 진행할 수 없도록 고물상 앞에서 시위를 하자는 의견이 만장일치로 통과되었다. 실천사항으로『고물상 설치 반대 투쟁 위원회』가 구성되었고 나는 준비 위원이라는 원치 않는 감투를 쓰게 되었다.

집회 허가서를 발급받기 위하여 경찰서 정보과를 방문하였다. 집회 사유를 설명하고 집회명, 집회 장소, 집회 기간, 집회 내용, 집회 사용 도구 등을 기재하여 제출하자 집회 장소를 항공 사진으로 출력하여 빨간색으로 표시한 다음 이외의 곳에서는 집회가 허용되지 않는다고 알려 주며 소음 문제 및 시민 통행에 불편이 없도록 당부하였다. 자리에서 일어서자 직원 한 분이 다가오더니 시위를 하기 전에 먼저 연락을 달라며 정보과 ○○ 계장이라 적혀 있는 명함을 주었다.

현수막, 피켓, 머리띠 등을 준비하면서 내내 마음이 편치 않았다. 우리는 선량한 피해자이고 고물상 주인을 악덕 업주로 표현해야만 했다.

피켓이나 머리띠 문구는 작성하기가 쉬웠으나 현수막 문구를 작성하는 것은 골치가 아팠다. 현수막 문구가 공사를 좌지우지할 것은 아니지만 입주민들이 볼 것이라는 생각에 국선에 작품을 출품하는 서예가의 심정으로 수정하기를 반복하였다. 그러나 그기서 그기다.

『상업 지역에 고물상이 웬 말인가! 결사반대!』『죽기로 싸우겠다! 고물상은 철수하라!』

회장님의 낙점을 받은 2개의 현수막을 제작 의뢰하였다. 지금이라도 고물상 사장님이 마음을 돌려 먹고 고물상이 아닌 다른 용도로 자구책을 찾으면 안 될까?

하려는 자와 막으려는 자의 갈등은 사회가 존재하는 한 피할 수 없는 숙명이리라.

2) 엄마의 사랑은 무엇일까?

아침 9시경 식당 주인으로부터 전화가 왔다.

지금 터 고르기 작업이 시작되었으니 빨리 현장으로 와 보라고 했다. 달려가 보니 콘크리트 작업을 위한 사전 작업으로 포클레인이 땅을 파고 다지고 있었다.

공사를 저지하기 위하여 사람을 모으는 것이 우선이었다. 식당 사장님은 인근 주민들에게 연락을 하기로 하고 나는 방송실로 달려가 집에 있는 입주민들에게 최대한 많이 참석하기를 부탁한다고 방송을 하였다. 피켓이며 머리띠를 갖고 현장에 도착하니 20여 명의 주민들이 있었다. 흩어져 있는 사람들에게 머리띠를 나누어 주고 한 곳으로 모이게 하였다. 회장님이 확성기를 들고 구호를 선창하면 주민들은 따라서 제창하였다.

고물상은 철수하라! 공사를 중단하라!

그러나 포클레인 기사는 아랑곳하지 않고 계속 작업을 하였다.

회장님과 동 대표 몇 분이 기사에게 작업 중단을 요청하였으나 그는 받아들이지 않았다. 자기는 계약대로 공사를 할 뿐이며 기간 내에 공사를 끝내지 않으면 손해를 봐야 하니 어쩔 수 없다면서 공사 중단 문제는 고물상 사장에게 이야기하라고 하였다. 주민 몇몇이 공사장에 발을 딛고 공사를 방해하자 기사는 포클레인으로 밀어 붙이고 고성이 오가는 등 험악한 상황이 촉발되었다. 나는 이 광경을 지켜보고 있던 정보과 직원에게 다가갔다. 일전에 경찰서에서 나에게 명함을 건넨 사람이었다.

"계장님, 이 공사를 중단할 수 있는 방법은 없습니까?"

"이러다가 인명 사고가 날 것 같은데요."

"그러게요."

그는 잠시 머뭇거리더니 포클레인 쪽으로 다가가서는 기사와 잠깐 이야기를 나눈 뒤 우리에게로 왔다.

"회장님이 오늘 고물상 사장과 통화하여 원만한 합의점을 도출하도록 하고 오늘은 여기서 일단 중지하는 게 어떨까요?"

회장님은 알았다고 대답했다. 첫날의 시위는 이렇게 어수선하게 지나갔다.

조금 이른 시간이지만 식당 주인이 점심을 대접하고 싶다고 하여 회장님, 동 대표, 입주민 등이 식당에 마주 앉았다.

직원들과 한번 오겠다던 식당을 엉뚱한 사람들과 오게 되었다.

회장님은 고물상 주인께 전화를 걸었고 전화를 받은 여성의 앙칼진 목소리가 스피커폰을 통해 흘러나왔다. 모두 숨을 죽이며 귀를 기울였다.

"내일부터는 공사 방해하지 마세요. 저도 가만있지 않을 거예요."

애초 쉽게 물러서지 않을 거라는 것은 알았지만 이렇게 강경하게 나올 줄은 생각지 못했다. 장어 국수를 먹는 후루룩 소리가 마치 슬레이트 지붕 위에 우박 떨어지는 소리처럼 들렸다. 식사를 대접하는 주인의 성의를 보아서라도 "맛있다!", "얼큰하다!"라는 감탄사가 나와야 했지만 어느 누구도 입을 떼지 않았다.

"내일은 사람을 더 많이 모아야겠어."

회장님은 차분한 목소리로 말씀을 하였으나 화가 매우 나 있었다.

"소장님은 오늘 저녁부터 내일 아침까지 계속하여 시위 참여 방송을 하시게. 징과 북도 준비하고. 내일은 적어도 오늘 참여 인원의 두 배는 모여야 해."

"신문사에도 연락하고 방송사에도 연락해. 사회적 이슈가 되어야 관(官)에서 움직이지." 누군가 맞장구를 쳤다. "공무원이 다 그렇지."

식당 주인이 한숨을 푹 쉬며 한마디 거들었다.

"우리 집 팔순 노모도 걱정이 태산입니다. 오늘 오신다는 걸 겨우 말렸는데…."

식당 주인에게는 생존이 걸린 문제다.

식당 주인이나 고물상 주인이나 다 먹고 살자고 하는 일이지만 오래 터전을 이루고 살아왔던 식당 주인이 겪을 손해가 안타깝게 여겨지는 것은 나만의 생각이 아닐 것이다. 신문사에 연락을 하고 방송사에 취재를 부탁하는 등 바쁜 오후를 보내고 있는 중에 회장님께서 전화가 오셨다. 내일은 회장님 풍물 동우회 회원들이 지원 참석할 테니 징과 북은 준비할 필요가 없다고 말씀하셨다.

아침에 도착한 공사 현장에는 어제와 달리 빨간 띠가 빙 둘러

제1부 아파트에서 생긴 일

쳐져 있었고 그 띠에는 『사유지, 접근금지』, 『침범 시 고발 조치 함』이라는 푯말이 걸려 있었다. 공사 터에 들어오면 강력한 조치를 취하겠다는 의지를 보여주듯 '고발 조치'라는 글씨는 굵은 빨간 색으로 쓰여 있었다.

한쪽에는 포클레인이 작업을 위해 대기하고 있고 일부 작업자는 흙 날림 방지를 위하여 땅에 물을 뿌리고 있었다.

어제보다는 사람들이 많이 모여야 할 텐데. 걱정 반 조바심 반으로 안절부절못하고 있을 때 저 멀리서 꽹과리 소리가 들리면서 빨간 조끼를 입은 회장님을 필두로 풍물패가 오고 있었다. 그 뒤를 따라오는 사람도 10여 명은 족히 되어 보였다. 한바탕 놀이를 펼치자 사람은 점점 늘어났다. 좁은 간선 도로에 50여 명의 사람이 모여서 도로는 사람들로 북적거렸다. 경찰차도 오고 카메라를 메고 팔에 완장을 찬 지역 방송사 기자와 신문 기자도 보였다. 포클레인이 시동을 걸자 시위대도 시동을 걸었다.

하지만 안전띠가 위력을 발휘한 탓일까?

오늘은 사람들이 어제와 같이 쉽게 공사 터에 침입하여 포클레인을 막아서지 못하였다.

누가 빨간 안전띠를 넘어설 것인가?

그 순간 안전띠를 넘어 포클레인을 향해 달려가는 사람이 있었다. 그녀는 포클레인 앞을 막아섰다. 포클레인에 달려 있는 손 모양의 핸드를 맨손으로 잡고 잽싸게 그 안으로 들어가 앉아 버렸다. 워낙 작은 체구라 손오공이 부처님 손바닥에 앉은 것 같았다.

"어머님! 위험해요." 식당 주인이 할머니에게로 달려갔다. 그러자 사람들이 우르르 안전띠를 넘어 달려가 포클레인을 에워쌌다. 안전띠는 허무하게 무너져 내렸다.

"내가 이 나이가 되도록 내 아들 하나만 보고 살아왔는데, 이제 내 아들이 죽는다는데 내가 살아 뭐 하겠노. 나부터 죽이고 땅을 파라!"

고래고래 소리를 질렀다. 여기저기서 욕설이 난무했다.

"어디 돈 벌 곳이 없어서 사람 죽이는 일을 하노!"

"차라리 도둑질을 해서 돈을 벌지."

"너는 애비, 애미도 없나."

빗발치는 비난에 포클레인 기사는 한동안 운전대에 머리를 박고 엎드려 있었다.

이윽고 포클레인에서 내리더니 할머니 쪽으로 다가갔다.

"할머니 나오소." "공사 안 하면 나간다." "안 하면 된다 아입니까."

할머니는 그래도 앉아서 울분을 토하고 있었다.

"내 눈에 흙이 들어가기 전에는 못 내린다." 기사는 사람들을 향하여 소리를 질렀다.

"저는 이 공사를 하지 않을 겁니다. 이런 공사인 줄 몰랐습니다."

"여러분께 폐를 끼쳐 죄송합니다." 박수 소리가 터져 나왔다.

식당 주인은 할머니를 등에 업고 사랑에 겨워 공사장을 빙글

제1부 아파트에서 생긴 일

빙글 돌며 덩실덩실 춤을 추었다. 죽음을 무릅쓰고서라도 자식을 지키려는 모정은 무한사랑일까? 아니면 자식에 대한 무한의 무일까?

할머니의 모정으로 아파트에는 평화가 찾아왔고 그녀의 행동이 입소문을 타서 식당은 사람들로 북적거렸다.

얼마 후 회장님이 말씀하셨다.

"고물상 건축 공사를 하려는 업체가 없어서 고물상 대신에 주차장을 짓는다고 협조해 달래. 식당 주인은 주차장을 이용해 주기로 했대.

공생이란 이런 것일까?

고물상

유기견(포메라니안)을 보내고

　월요일 아침 경비반장이 일지를 들고 업무 보고를 하러 관리실에 들어왔다.

　"소장님, 유기견 한 마리가 경비실에 있습니다."

　"어떻게요?"

　"어제 오후에 어린이 놀이터에 있던 강아지를 아이들이 데려왔어요."

　"안내 방송도 하고 기다려 보았으나 주인이 나타나지 않습니다." "분명 버리고 간 것이 틀림없습니다." "강아지가 짖지도 않고 순하게 있는 걸 보니 집에서 기르던 강아지인 것 같습니다."

　경비실에 들어서니 황갈색의 사막여우처럼 생긴 강아지가 화장실 문 앞에 다소곳이 앉아 있다. 한눈에 보아도 사랑받고 길러진 강아지임을 알아볼 수 있었다. 털이 가지런하고 눈망울이 또렷한 게 앉아 있는 자태에서 품위가 느껴졌다. 문을 열어 놓아도 도망을 가지 않는 걸로 봐서 유기된 지 오래되지는 않은 것 같다.

"혹 주인이 찾고 있는 것은 아닐까?"

"찾을 것 같으면 지금쯤 난리가 났을 텐데요."

그렇다. 대개의 경우 반려견을 잃어버리면 관리실에 찾아와 휴대폰으로 반려견 영상을 보여 주며 방송을 해 달라, 게시판에 사진을 게시해 달라며 혹여 찾지 못할까 봐 안절부절못하고 매달린다. 애완견을 어디서 분실했냐고 물어보면 "물건이 아니니 분실이라는 말을 쓰지 마시고 애완견이 아니라 반려견입니다."라고 충고를 한다. 그런데 하루가 지나도록 연락이 없는 것을 보며 유기한 것이 아닐까, 의심이 든다.

"몇 살이나 되었을까?"

"소장님, 코끝이 새까만 걸로 봐서 아직 어린 강아지인 것 같습니다."

"개는 코끝이 모두 까만 것 아닌가?"

"나이가 들면 색이 조금씩 옅어집니다."

경비반장의 말이 맞는지 모르겠지만 어리다는 말에 가슴이 뭉클해 왔다. 사람이나 동물이나 어린 것은 연민의 정을 불러온다.

"소장님, 하루 동안 경비실에 보호하였더니 경비실에 냄새가 진동을 합니다."

"어디 다른 곳에 옮겨야 되겠는데요."

조그만 경비실에 반려견의 씻지 않은 냄새로 인하여 퀴퀴한 냄새가 났다. 일단 관리소로 데려가기로 했다. 하지만 손을 내밀어도 요지부동이었다. 가까이 다가가 살짝 당겨 보니 녀석이 의

외로 살그머니 품에 안긴다. 빈 박스를 준비하여 사무실 구석에 집을 마련하고 힘들었을 녀석을 위해 우선 물그릇을 내밀었다.

"어머! 이렇게 예쁜 강아지를 어째서, 누가 버렸을까?"

관리실로 들어서던 경리주임이 안타까운 표정으로 강아지를 쳐다봤다. 그리고는 가방에서 오후에 간식으로 먹으려고 준비해 둔 빵을 꺼내 잘게 잘라 강아지에게 건넨다. 녀석은 밤새 허기가 졌던지 경계심도 없이 날름날름 잘도 받아먹는다. 인근 아파트 관리사무소장에게 유기견의 사진을 보내고 보호하고 있으니 입주민에게 안내 방송을 부탁하였다. 게시판에 사진이 부착된 안내문도 공고하고 기다려 보기로 하였다.

가만히 녀석을 보고 있노라니 문득 1년에 유기되는 반려견이 얼마나 되는지 궁금해졌다. 강아지의 종류도 알아볼 겸 유기견 보호센터를 검색하였다. 보호 중인 유기견을 찾아가라는 공고문들이 동물보호관리시스템에 연결되어 화면에 떴다. 한 달간 기간을 설정하고 검색을 해보니 한 화면에 10마리씩 1,056칸이 있었다.

평균적으로 보름에 500칸이 사라지고 500칸이 새로 입력된다고 가정하면 한 달에 전국에서 발생하는 유기견이 약 5,000마리 정도다. 하루로 계산하면 166마리의 반려견이 주인으로부터 버림받고 정든 집을 떠나서 기약 없이 고단한 떠돌이 생활을 하고 있는 것이다. 모두를 유기견으로 볼 수는 없지만 내 짐작으로는

　　　　　제1부 아파트에서 생긴 일

90% 이상 유기견일 것이다. 그나마 이들은 사람의 손에 구조되어 주인을 찾고 있다. 공고되지 않고 길을 헤매고 있는 유기견을 포함하면 숫자는 더욱 늘어날 것이다.

내가 동물을 접하게 된 것은 근래의 일이다. 관리사무소장을 하면서 우연히 앵무새와 인연이 되어 그린퀘이커 앵무새 2마리와 모란 앵무새 2마리를 기르고 있다. 반려견처럼 애교를 부리지는 않아도 이들의 존재는 가족 구성원으로서 내 삶의 한 부분을 메우고 있다. 동물을 키워 본 사람들은 알겠지만 이들이 사람에게 주는 기쁨만큼 기꺼이 감수해야만 하는 수고로움도 있다. 가족을 늘리는 일이니 신중한 선택이 필요하다. 그들도 인간과 다를 바 없이 조물주로부터 선택받은 엄연한 생명체이다. 쉽게 선택하고 쉽게 버려져서는 안 되는 이유이다. 피치 못할 사정으로 반려동물을 돌볼 수 없다면 다른 방법을 찾아야 한다.

"소장님, 강아지가 책상 밑에 있어요. 오줌을 싼 것 같아요. 이를 어쩌나."
갑자기 경리주임이 소리를 지른다. 강아지가 주변 환경에 조금 익숙해지니 소변 냄새를 남겨 자신의 활동 영역을 표시하는 마킹 (marking)을 하느라 이리저리 다니는 모양이다. 사무실 여기저기에 토해 낸 빵 조각이 흩어져 있다. 소화 기관에 이상이 있는 것인지, 급하게 먹은 탓인지 알 수 없었지만 움직임이 활발한 모습은 기운을 차린 듯하다.

하지만 더 이상 관리사무소에 두기가 어려워졌다. 결국 유기견 센터에 연락을 하였다. 이별의 시간이 점점 다가오고 있었다. 오후 4시경에 유기견 센터에서 사람이 왔다. 키가 크고 덩치도 우람했다. 귀밑의 구레나룻 수염은 수사자의 갈기 모양처럼 검고 수북했다. 강아지가 겁을 먹고 도망을 가지 않을까 염려스러웠다. 하기야 유기견이 겁을 먹어야 저항도 적어질 것이다.

"괜찮아." 하고 그가 손을 내밀자 강아지는 순순히 손길에 응했다. 강아지도 상대가 누구인지 아는 모양이다. 그의 목소리는 생긴 것과 정반대로 부드럽고 애정이 가득했다. 나는 강아지의 미래가 걱정이 되었다.

"유기견 센터에 가면 어찌 되나요?"

유기견들은 일정 기간 보호 후 주인이 없을 경우 분양이 되거나 그렇지 못할 경우 안락사를 한다고 한다. 그나마 이 포메라니안은 상태가 양호하고 귀여워 쉽게 분양이 될 것 같다고 한마디 덧붙인다. 그 말 한마디가 다소나마 위안이 되었지만 옛 주인을 잊지 못하고 그리움에 사무칠 녀석을 생각하면 괜히 마음 한구석이 짠해졌다. '켄넬'에 갇혀 물끄러미 나를 바라보던 녀석은 우수에 가득 찬 눈빛을 머금은 채 그렇게 떠났다.

한동안 순찰 중 반려견을 보면 그 녀석이 남기고 간 그림자가 눈앞에 희미하게 아른거렸다. 동물보호센터에 전화를 걸어서 주인을 찾았는지, 입양은 되었는지 알아보고 싶기도 했지만 책임 못 질 인연은 여기서 끝내는 게 좋을 것 같았다.

나는 오늘 사람의 양심을 보았다. 양심을 버리고 사는 사람도 참 많다. 길거리의 유기견 수만큼 양심도 버려지고 있다. 내 양심도 더러워지기 전에 세탁기에 돌려야겠다. 더 더러워지면 버려야 하니까.

포메라니안

걱정은 내가 살아 있음의 증거

따르릉~ "관리사무소입니다." "소장님 찾으시는데요."

"무슨 일인지 물어도 대답도 안 하고 그냥 바꿔 달랍니다."

대개는 경리주임이 입주민과 대화를 먼저 하고 상황이 여의치 않을 때 내게 넘기는 경우가 많다. 건데 다짜고짜 소장을 바꿔 달라고 하니 뭔가 심상치 않은 일인가 보다.

"○○○동 ○○○호 입주민입니다." 낮게 깔린 묵직한 목소리가 또렷하게 들려왔다.

"소장님을 경찰서에 고발하려고 합니다."

"경찰서요? 고발을요?"

순간 사무실에 침묵이 흐르고 직원들의 시선이 일제히 나를 향했다.

"제가 무슨 잘못이라도 했는지."

"무슨 일인지 모르시겠어요? 아내가 관리실에 찾아가서 말을 했다던데."

"관리사무소장님 되시는 분이 그런 불법한 내용도 모르고 있습니까?" 하고는 전화를 끊어 버렸다.

이때까지만 해도 나는 사태의 심각성을 깨닫지 못했다. 무슨 일이지?

기억을 더듬다가 순간 '올 것이 왔구나!' 했다. 항상 마음 한구석에 꺼림직하게 남아 있던 일이 현실로 터지고 말았다.

며칠 전에 여성 입주민 한 분이 관리사무소를 찾아왔다. 지하 주차장에 주차 중인 자기 차에 흠집이 나서 CCTV 확인을 해야겠다는 것이다. 확인하고자 하는 날짜가 기간이 많이 경과된 뒤라 조금은 의아했지만 그럴 수도 있겠다 싶어 별다른 의심 없이 CCTV 열람 정보 동의서를 작성한 후 관리과장과 함께 CCTV를 확인하도록 하였다. 입주민 차량에는 다른 차량의 접근이 없었고 접촉 사고로 볼 만한 내용이 없었다. 입주민은 별일 없다는 듯 조용히 돌아갔다. 나 또한 일반적인 경우와 다른 그녀의 행동이 조금은 이상하다고 생각하였지만 특별히 염두에 두고 기억하지 않았다. 며칠 뒤, 다른 여성 입주민이 찾아왔다. 층간 소음 문제로 관리사무소를 방문한 적이 있었기 때문에 안면이 있었다.

"요즈음은 어떤가요. 좀 괜찮으세요?"

"아뇨. 건데 소장님, 윗집에서 항의가 들어왔는데 어떻게 된 것인지 알아보려고 왔어요." 하면서 이야기를 털어놓기 시작했다.

얼마 전에 그녀는 일반 차량이 장애인 주차장에 주차되어 있어서 공익적인 목적으로 얌체 차량의 사진을 찍어 '안전신문고 앱'으로 고발했다. 그런데 어찌된 일인지 윗집 여자가 찾아와서는 자기에게 앙심을 품고 고의로 자기를 장애인 주차구역 위반으로 고발했다고 고래고래 소리를 지르고 갔다고 한다. 본인은 그런 적이 없다고 했는데 관리사무소에서 CCTV를 보았다고, 사진을 찍고 있는 장면을 확인하였다며 두고 보자고 하더란다. 어찌된 일인지 당황스럽기도 하고 윗집 여자 말이 맞는지 확인차 방문했다는 것이다. 그 이후로 윗집에서 소음 발생도 더 심해진 것 같고 갈등도 깊어졌다고 했다.

이제야 며칠 전에 있었던 일이 주마등처럼 스쳐갔다.

자신의 차가 흠집이 났다며 CCTV를 확인하러 온 사람이 사실은 흠집 낸 차량을 확인하러 온 것이 아니라 자기를 고발한 사람이 누구인지 알기 위해 왔던 것이었다. 장애인 주차구역 불법주차 과태료 고지서를 받고서는 아랫집이 의심스러워 신고자를 확인하려고 CCTV 열람을 신청했음을 짐작할 수 있었다. 일반적으로 가해 차량을 찾으려는 사람들은 자기 차 주변 상황을 여러 번 돌려보면서 확인하자고 요청한다. 그런데 그녀는 자기 차량을 보고는 단번에 확인되었다고 하였다. 그 모습이 이상하다고 생각했던 것은 기우가 아니었다.

나는 아랫집 입주민에게 전후 사정을 자세히 설명하였다.

윗집 입주민이 알려고 하는 것이 무엇인지 몰랐기 때문에 단순한 차량 접촉 사고로 판단하고 CCTV 영상을 열람하게 하였다고 설명을 했다. 그리고 아랫집 입주민을 노출시켜 항의를 받는 등 피해를 준 사실에 대하여 잘못을 시인하고 거듭 사과를 하였다. 아랫집 입주민은 별말 없이 고개를 끄덕이며 돌아갔다. 그렇게 이 일은 일단락이 되었다고 생각했는데, 아뿔싸! 나의 안이함이 이렇게 큰 사건으로 돌아올 줄이야. 아랫집 남편이 개인 정보 보호법 위반으로 나를 경찰서에 고발하겠다고 하니 법적인 문제로 비약하게 될 처지에 놓이게 되었다.

관리사무소장을 하면서 민원이 있거나 예기치 못한 일이 발생하면 우선 법률적인 사항이나 규정을 먼저 검토하는 것이 습관이 되었다. 자기가 옳다고 끝까지 우기는 입주민에게 이해를 구하는 게 쉽지 않아 합리적인 근거를 제시하고 설명을 해야 납득을 하기 때문이다.

개인 정보 보호법 제18조에 의하면 개인 정보 처리자는 개인 정보를 제3자에게 제공하여서는 아니 된다. 위반 시 5년 이하의 징역이나 5천만 원 이하의 벌금형에 처할 수 있게 되어 있다. 제3자의 영상을 제공하려면 정보 주체가 알아보지 못하도록 모자이크 처리 하여야 한다. 하지만 모자이크 처리 경비가 적은 금액이 아니므로 현실적으로 불가능한 일이다. 정보 주체에게 가해자를 포함한 제3자가 식별이 가능하도록 제공한 법적 책임은 정보 처리자인 관리사무소장에게 돌아간다.

나는 윗집에 전화를 걸었다.

"입주민님, 일전에 차량 접촉 관계로 CCTV 열람을 하신 적 있으시죠?"

"열람하신 후에 아랫집에 전화를 걸어 장애인 주차구역 불법 주차 신고자라고 항의를 하신 적이 있습니까?"

"예, 사진 찍은 사람이 아랫집 여자 맞아요. 키나 옷차림, 걸음걸이가 확실했다니까요?"

"어찌나 화가 나던지 찾아가 한바탕 퍼부어 줬죠. 층간 소음으로 서로 좀 불편은 했지만 이거는 아니잖아요. 그 여자가 앙심을 품고 이런 짓을 한 거죠."

"제가 입주민님이 CCTV 열람할 때 사전에 제3자의 영상을 유포하거나 누설하지 말라고 신신당부하였는데 항의하시면 어떡합니까?"

"제3자에 대한 영상 정보 제공법 위반으로 저를 경찰서에 신고한답니다."

"내가 무엇을 잘못했는데요. 소장님을 왜 신고해요?"

"저한테만 손해를 끼치면 됐지, 소장님에게도 손해를 끼치려고 하다니 참 나쁜 여자네요."

그녀는 도통 이해를 할 수 없다는 투로 이야기를 하였다. 나는 그녀가 법을 모른다고 탓할 수 없었다.

주택관리사 민법 과목을 공부할 때 강사가 했던 말이 생각났다. 시험 칠 때 정확히 모르는 보기가 나오면 내가 옳다고 생각하는 보기는 다 틀린 말이니 이것을 빼고 답을 선택하라고 하였다. 그만큼 우리가 알고 있는 상식이 법과는 어긋날 수도 있다는 뜻이다.

윗집 입주민이 아랫집에 사과를 해 주면 일이 수월하게 해결될 것 같았는데 기대는 무너지고 더 이상의 대화는 무의미했다.

자칫 잘못하다간 갈등만 부추기는 꼴이 될까 싶어 전화를 끊었다.

세상을 살면서 별의별 일을 다 겪지만 이처럼 억울한 일도 없을 것이다. 화가 치밀어 종일 아무것도 할 수 없었다. 윗집 입주민이 그런 목적으로 온 것을 귀신이 아닌 다음에야 어찌 알 수 있겠는가. 그녀의 행동으로 인하여 겪어야 하는 고통은 오로지 나의 몫이었다.

그나마 다행인 것은 아직 경찰서에 신고를 하지 않았다는 사실이다. 신고를 하였다면 나에게 이러한 사실을 사전에 알릴 이유도 없었을 것이다. 그러고 보면 이분은 그리 악독한 사람이 아니라 나에게 사과할 기회를 주기 위하여 일부러 알렸을 수도 있다. 그는 상식이 통하는 보통 사람이고 대화가 가능할 사람이라는 희망적인 추측만이 내게 위안을 주었다.

예전에 파출소에서 마무리할 수 있는 일을 술에 취해 객기를 부리다가 경찰서로 이첩되어 큰 곤욕을 겪은 적이 있었다. 지금은 객기를 부릴 때가 아니다. 경찰서에 접수되어 일이 커지기 전에 빨리 이 일을 마무리하여야 한다.

아랫집 사모님께 전화를 걸어 댁에 방문하여 남편분을 만나고 싶다고 하였다.

그러나 아저씨는 만남을 거부했다. 어떻게든 제가 찾아뵙고 말씀을 드리고 싶다고 거듭 요청하니 사모님은 정 그러시다면 자기가 말을 잘 해놓을 테니 저녁 8시경에 방문하라고 했다.

아랫집과 만나기로 한 밤 8시가 가까워지자 초조한 마음이 살금살금 올라와 머릿속을 헤집고 다녔다. '해결이 안 되면 어쩌지… 아니야. 잘 될 거야.'라고 자기 암시를 해보지만 시간이 갈수록 비관적인 예감은 제곱으로 승수를 더하고 있었다. 복잡한 생각들에 사무실 안이 답답하게 느껴져 바람도 쐴 겸 마음을 안정시키기 위하여 밖으로 나왔다.

초가을 날씨인데도 밤바람은 쌀쌀했다.

놀이터에서 들리는 아이들의 웃음소리, 떠드는 소리들이 이곳이 사람 사는 곳이라는 것을 느끼게 했다. 놀이터는 마치 가로등 조명 아래서 펼쳐지는 한 편의 연극처럼 생동감과 활력이 넘쳐나는 무대였다. 조명이 꺼지면 아이들은 사라질 것이며 놀이터는 아이들이 오늘도 사고 없이 무사히 보낸 하루에 감사와 안도의 한숨을 쉬고 새벽이 오기까지 모든 것을 잊은 채 깊은 수면에 빠질 것이다. 나는 언제 이 걱정에서 벗어날 수 있을까.

과일 한 바구니를 손에 들고 천천히 비상계단을 올라갔다. 승강기를 타고 갈까 생각했지만 혹여 입주민이 나를 알아본다면 잘못을 저질러 뇌물을 들고 동 대표 집을 방문하는 것처럼 오해를 받게 될까 봐 계단을 선택했다. 하기야 동 대표를 찾아가는 것이 아닐 뿐 사실은 맞는 말이다. 비상계단을 오르며 계단참을 돌 때마다 센서 등이 켜졌다 꺼졌다를 반복한다.

어둠이… 밝음이… 다시 어둠이… 내 마음처럼…

그 와중에도 나는 꺼진 등이 없는지 살피며 올라가고 있었다. 센서 등은 한 개의 오차도 없이 작동하고 있었다. 한 개쯤은 안 들어와도 되는데 열심을 다하는 직원들이 고마웠다.

초인종을 눌렀다.

아름다운 멜로디가 초인종의 파란 불빛과 함께 출렁거렸다. 반쯤 열린 문으로 사모님이 얼굴을 빼꼼 내밀었다. 그리고는 들어가려는 나를 급히 밀며 막아섰다. 아무리 설득해도 만나지 않겠다고 한다고 돌아가는 게 좋겠다는 말을 한다. 성질이 불같은 사람이라서 오히려 화를 돋우게 될지도 모른단다. 자기가 말을 잘해보겠다고 너무 걱정하지 마시라고 염려하듯 말을 건넸다. 과일 바구니는 한사코 받지 않으려고 했다. 나는 선 채로 사과 바구니를 사모님 발밑에 내려놓고 황급히 뒤돌아서 비상계단으로 도망치듯 나왔다.

휘청거리는 발길을 멈추고 센서 등이 닿지 않는 비상계단 중간에 주저앉았다.

아무것도 눈에 보이지 않고 상상만 있는 칠흑 같은 어둠 속에 영원히 갇혀 있고 싶었다. 얼마 동안 앉아 있었는지 모른다. 입속이 까칠하니 갈증이 왔다. 툭 떨어지는 눈물방울이 나를 일으켰다. 다리에 맥이 풀려 걷기도 힘들거니와 이제 손에 과일 바구니도 없어서 승강기를 못 탈 이유가 없었다. 술에 만취한 상태로 혹독한 긴 밤을 지새웠다. 사무실에서 멍하니 벽을 쳐다보는 시간이 많아졌다.

살아 있다는 것은 걱정이 있다는 것이고 삶이란 걱정을 헤쳐 나가는 과정의 연속이다. 걱정은 삶의 궤적 속에 나타났다 사라지고 사라졌다가 새롭게 다른 모습으로 나타난다.
한동안 경찰서에서는 연락이 없었다. 이 또한 세월과 함께 사라져 가는 걱정일까?
그러나 새로운 걱정이 대신할 때까지는 남아 있을 것이다.
누군가 말했다. "걱정은 내가 살아 있음의 증거"라고….

마음이 고와야 눈에도 보인다

지금 근무하는 아파트는 도심에서 살짝 벗어난 외곽 지역이라 아침 공기가 맑고 청명하다. 이곳은 조경 환경이 잘 조성되어 산책하기에 좋다. 나는 이른 아침에 출근하여 아파트를 한 바퀴 돌아본다. 입주자 대표 회장님은 "소장님, 일찍 출근하여 순찰 중이시군요."라고 칭찬하시지만 사실은 유산소 운동이 필요하다는 의사의 권유에 따라 산책도 하고 밤새 아파트에 별일은 없었는지 구석구석을 살피기도 한 것이 습관처럼 되어 버렸다.

어쨌거나 도랑 치고 가재 잡는 격이다. 도시에 인위적으로 만들어진 둘레 길을 걷는 것이 아니라 발길 닿는 대로 걷다 보면 온갖 꽃들이 앞서거니 뒤서거니 수줍은 듯 저마다 얼굴을 드러낸다. 말이 산책이지 이 꽃 저 꽃 살랑살랑 옮겨 다니는 나비마냥 한가롭고 여유롭다.

산책을 마치고 관리사무소와 문을 마주하고 있는 헬스장에 들렀다. 헬스장은 아파트 세대수에 비해 운동 기구도 많고 웬만한 사설 헬스장보다 넓고 쾌적했다. 과거에 근무하였던 소규모 아파트에는 주민 운동 시설이 없었다. 이곳에 부임하여 처음으로 보는 헬스장은 신기하기도 하였고 예전보다 조금 큰 아파트에 근무하게 되었다는 자부심도 느껴졌다.

나는 헬스장 관장을 처음 본 순간을 잊지 못한다.

나이는 30대 초반에 183㎝ 정도의 훤칠한 키, 단단하게 단련된 근육은 민소매 티셔츠 밖으로 울룩불룩 삐져나오고 이목구비가 뚜렷한 잘생긴 얼굴이었다. 눈, 코, 입, 귀, 어느 하나도 앞서거나 뒤처지지 않고 제자리에서 어긋남 없이 어울려 조화를 이루고 있었다.

예전에 집사람이 제주도 여행을 다녀오면서 공항에서 '임창정'을 봤는데 TV에서 본 것보다 실물이 훨씬 잘생겼다며 침이 마르도록 자랑을 하였다. 쑥스럽기도 하고 거절하면 어떻게 하나 하는 어색함 때문에 함께 사진을 찍지 못한 것을 못내 아쉬워했다.

"그때 사진을 찍어 둘 걸 그랬나."

내가 "장동건이를 만나면 기절하겠네."라고 하니

"정말 그럴 것 같아."라며 웃었다.

나는 스타급 배우나 연예인을 직접 본 적이 없다. 사람들이 스타급 배우는 영화 속에서보다 실물이 더 잘생겼다고 말할 때면 우연히 만날 수 있기를 기대해 보기도 했었다. 그런데 오늘 스타급 배우 못지않은 얼굴이 눈앞에 나타난 것이다.

그렇게 시작된 그와의 만남은 안타깝게도 비극적 서사시로 흘러갔다.

어느 날 결재 서류를 열어 보니 서류 위쪽에 분홍색 포스트잇이 붙어 있었다.

'소장님, 읽어 보시고 연락 달랍니다.' 경리계장님이 예쁜 글씨로 메모를 해놓았다.

군청에서 전달된 공문이었다.

'공동주택 복리시설 관리 개선사항 통보'라는 제목 아래에 「귀 아파트 단지 내 주민 운동 시설에 대해 관리 주체가 아닌 자가 영리 목적으로 운영하고 있다는 민원 제기 사항이 있어 아래의 조치 사항을 알려 드리오니, 주민 운동 시설이 공동주택 관리법령에 적합하게 운영되도록 관리 방법을 개선하여 주시고 이에 대한 조치 결과를 기한까지 제출 바랍니다.」라고 쓰여있다.

부임한 지 한 달이 되기도 전에 다가온 첫 시련이자 '주택관리사'가 된 신고식이었다. 아직 아파트 업무도 제대로 숙지가 되지 않은 상태인데 요즘 말로 멘붕이 왔다.

군청 담당자에게 전화를 걸어 민원 요지에 관하여 물어보니 담당자는 다음과 같이 이야기하였다. 민원인이 제시한 내용을 보면 헬스장 관장 개인 통장으로 회비를 입금한 내역이 있으며 민원인이 아는 인근 아파트 입주민이 헬스장을 이용하고 있고 더구나 도로에 게시되어 있는 ○○아파트 명의의 회원모집 홍보 현수막을 사진으로 찍어 동봉한 것으로 보아 개인이 영리 목적으로 주민 운동 시설을 사용하고 있다고 판단이 된다는 것이다. 이

달 말일까지 개선해 주면 좋겠다는 말도 덧붙였다. 민원인이 아파트 입주민이냐고 물어보니 그건 알려 줄 수가 없다고 한다.

민원인의 주장대로 주민 공동 시설은 관리 주체가 운영하는 것이 원칙이며 임대하여 영리 목적으로 사용해서는 안 된다. 또한 아파트의 헬스장은 입주민을 위한 복리 시설이므로 해당 아파트 입주민만 사용할 수 있다. 그런데 아파트 헬스장은 개인에게 임대되어 운영되고 있었다. 임대 계약 기간은 3년으로 8개월이 남아 있었고 월 임대료까지 있었다.

입주자 대표 회의가 소집되었고 헬스장 운영 개선 문제가 안건으로 상정되었다.

모인 사람들은 입주 초기에 헬스장 운영이 원만하지 못해서 입주민의 이익을 위하여 과반수의 동의를 받아 진행한 일을 왜 이제 와서 문제 삼느냐고 볼멘소리들을 내뱉었다.

동 대표들의 불평을 이해하지 못하는 바는 아니나 공동주택에서 '공동주택관리법'의 범위를 벗어난 입주자 대표 회의 의결이나 입주민 동의는 무효인 것이 원칙이다. 종종 이와 같은 내용을 모르는 입주민들은 아파트의 이익과 편의를 위한다는 명목으로 입주자 대표 회의 의결과 입주민 동의가 있다면 무엇이든지 할 수 있다고 오판하기도 한다. 조경 면적을 주차장으로 용도 변경한다든가 테니스장을 다른 용도로 사용하는 것 등은 법이 허용하는 범위 이내에서 가능한 것이다.

군청에서 받은 공문과 법 내용을 검토한 뒤에 헬스장 운영은 관리 주체가 하기로 의결하고 헬스장 관장에게 통보하기로 하였다. 통보를 받은 헬스장 관장은 노발대발하였다. 조화를 이루고 있던 이목구비는 제자리를 잃고 사시나무 잎처럼 파르르 떨리고 있었다. 사찰 입구 천왕문에 봉안된 사천왕상의 모습 같았다. 입주자 대표 회의에서 운영에 어려움을 겪고 있을 때 도와달라고 해서 운영한 것인데 지금 와서 나 몰라라 하는 것은 인간적 도리에 맞지도 않고 배신감마저 든다는 것이었다. 계약 기간이 만료될 때까지 운영을 계속할 것이라고 단호히 말했다. 나는 군청에서 제시한 기한까지 철수하지 않으면 헬스장을 폐쇄해야 한다고 알렸다. 그리곤 이러한 내용을 각 동 게시판 및 헬스장에 부착하였다.

모세가 이스라엘인을 해방시키기 위하여 홍해를 건널 때 바닷물이 좌우로 갈라졌듯 헬스장을 둘러싼 여론도 극단적으로 두 동가리가 나고 있었다. 상도의상 관장에게 계약 만료일까지 보장을 해주어야 한다는 외부 이용자와 법대로 즉시 관리사무소에서 운영해야 된다는 입주민 이용자의 주장이 첨예하게 대립하였다.

애당초 잘못된 것을 바로 세우고자 하는 것이니 그들의 주장이 어떻든 좌고우면할 필요가 없었기 때문에 나는 모르쇠로 일관하였다.

폐쇄 일자를 일주일 정도 남겨둔 어느 날, 관장님이 관리사무소에 들렀다. 서류를 담은 봉투를 건네면서 읽어 보고 답변을 달라고 하였다. 서두에 구구절절 본인의 억울한 심정을 토로하고 계약을 한 것은 아파트 측의 요구에 의한 것이며 자기는 선의의 피해자이니 3개월, 6개월을 이미 납부한 이용자의 환불 요금과 직접 설치한 운동 기구 비용, 직원들 급여 보전, 계약 파기로 인한 손해 보상금 등 ○○○만 원을 요구하며 입주자 대표 회장의 진심 어린 사과를 바랐다. 이 요구가 받아들여지지 않으면 민사 소송도 불사한다. 이러한 내용이었다.

입주자 대표 회의 측에서는 관장이 헐값으로 헬스장을 운영하면서 번 돈이 얼만데, 게다가 우리가 임의로 해지하는 것도 아니고 법이 그렇다니 어쩔 수 없는 경우인데 받아줄 수 없다고 거절하였다. 이제는 손해 배상금 문제로 관장과 실랑이를 벌여야 했다.

내가 아는 지식으론 양측을 설득하기 어렵다고 판단하고 전문가의 조언을 받기 위하여 법무사 사무실을 찾았다. 공동주택과 관련된 소송이 별로 없는 탓인지 사무실 직원들로부터 이 문제에 대하여 시원한 대답을 듣지 못하였다. 관리비 체납 세대에 '지급 명령 신청'이나 '소액 심판 청구'의 소를 제기하는 업무를 아는 정도였다. 여러 법무사를 전전한 끝에 헬스장 임대는 위법이라는 것을 아는 법무사의 사무국장을 만나 조언을 구했다.

관장과의 협상은 여름 장마처럼 지루하고 답답하게 진행되었고 시정 명령 시한은 코앞에 다가왔다. 나는 담판을 짓기 위하여 일전에 얻은 조언을 바탕으로 관장에게 최종 의견을 제시하였다.

계약 자체가 위법이므로 아파트에서 손해 배상금을 지급해야 할 아무런 근거가 없다. 다만 올해 입금한 월 임대료는 돌려줄 수 있다. 민사 소송으로 간다면 판결 결과에 따라 손해 배상금보다 소송 비용이 더 많이 들 수도 있다. 어쩌면 빈대 잡자고 초가 삼간 태우는 격이다. 회장님은 일이 바빠 직접 관장님을 만나지는 못하지만 사과의 뜻을 내 편으로 전달하였다. 관장님도 억울한 측면이 있겠지만 여기까지가 내가 할 수 있는 마지막 역할이며 이후에는 관장님을 만날 이유도 없다. 이달 말일에는 헬스장을 무조건 폐쇄한다. 잠시 고민하던 관장은 생각해 보겠다며 자리를 떴다.

헬스장에 들어서니 벽면에 덕지덕지 붙어 있던 PT 프로그램 전단지랑 소음을 줄여 달라는 안내문도 죄다 사라져 버렸다. 연인과 이별하듯 관장의 체취가 묻은 모든 흔적은 지워져 있었다. 스피커에서 잔잔한 음악이 흐르고 그의 얼굴은 예전으로 돌아와 있었다.

그리고 당사자도 아닌 소장님이 마음고생을 많이 했다고 위로의 말과 함께 진한 여운을 남기며 그는 떠나갔다. 미남에서 사천왕상으로, 사천왕상에서 다시 미남으로 보였던 것은 얼굴이 변해서일까, 내 마음이 변해서일까. 눈은 사진기일 뿐이고 사물은 마음으로 보는 것 같다.

전화위복(轉禍爲福)이란 이 사건을 두고 하는 말일 것이다. 이 사건을 계기로 입주자 대표 회의는 안건을 의결할 때마다 법에 위반되는 사항은 있는지 없는지 챙기는 습관이 생겼고 이러한 태도는 내가 업무를 수행하는 데 큰 도움이 되었다.

어느 날 헬스장을 이용하는 입주민이 다가와,

"소장님, 여기 있던 관장님이 아파트 옆 상가 건물에 헬스장을 개업했어요."

"여기 다니던 회원들 일부가 그리로 갔는데 알고 계세요?"

공동주택의 주민 시설은 수익 창출 등을 금지하는 비영리 운영만을 허용하고 있으므로 헬스장 회원 모집을 두고 관장과 아웅다웅 싸우지 않아서 좋다.

그래도 그는 여태 내가 본 최고의 미남이다.

아린 손가락 재상이

"소장님, 저 오늘 상 받았어요."

관리사무소 문을 살며시 열며 오늘도 재상이는 웃음 가득한 얼굴을 쑥 들이밀었다. 자랑삼아 보여주는 상장에는 '우수상'이란 글씨가 선명하다.

"재상이는 공부도 잘하네. 부모님이 좋아하겠다."

나는 문틈에 걸쳐 머리만 내밀고 있는 재상이의 손을 이끌고 안으로 데려와 머리를 쓰다듬으면서 냉장고에서 아이스바를 꺼내어 줬다. 재상이는 초등학교 5학년 어린아이다. 갸름한 얼굴에 안경을 걸쳤다. 성격도 쾌활하고 장난기가 있어 경비원들과도 잘 지낸다. 내가 그를 기억하고 있는 것은 '재상'이란 이름 때문이다. 재상이에게 '재상'은 옛날에 영의정을 부르는 호칭이며 일인지하만인지상(一人之下 萬人之上)으로 임금님 다음가는 벼슬자리라고 알려주니 무척이나 좋아했다. 재상이가 이 말의 의미를 새겨들었는지는 모르지만 이 말을 이해할 때쯤이면 그는 훌륭한 청년이 되어 있을 것이다.

무엇이든 간에 자신에 대한 자부심을 하나라도 가질 수 있다면 어떤 어려운 상황이 오더라도 자신을 자학하는 어리석은 짓에서 벗어날 수 있을 테니 말이다.

　관리사무소는 재상이가 사는 동의 현관 입구에 위치하고 있다. 학교에서 돌아올 때나 놀다가 목이 마를 때면 집까지 가지 않고 관리사무소가 마치 제 집인 양 들어와 물을 한 잔 마시고 테이블에 있는 택배 물품 대장을 뒤적인다.

　"오늘도 없네."

　경비원에게 거수경례를 한 번 하고는 휑하니 사라져 버린다. 나는 재상이가 택배 물품을 찾아가는 것을 한 번도 본 적이 없다. 그러나 재상이는 관리사무소에 올 때마다 택배 물품 대장을 수업 시간에 책을 펴듯 열어 본다.

　햇볕도 따사로운 오후 2시를 지날 무렵이다. 춘곤증인지 점심 때 월남보쌈을 많이 먹은 탓인지 졸음이 몰려왔다. 꾸벅거리며 조는 모습이 안쓰러워 보였는지 경비원이 한마디 한다.

　"소장님, 잠깐 바람이나 쉬고 오시지요."

　아파트의 규모가 작다 보니 관리실과 경비실이 따로 구분되어 있지 않아 경비원과 함께 사용한다. 10평 남짓의 관리사무소에 보안 모니터며 화재 수신기, 승강기 비상 전화, 세대 연결 인터폰 등이 함께 설치되어 있다. 그야말로 종합 상황실이다. 그것도 모자라 택배 물품까지 보관하고 처리한다. 화재경보가 울리고 승강기 비상 전화가 함께 울리면 정신이 없다. 이리 뛰고 저리 뛰고 혼이 달아난다. 원래 관리사무소장 업무와 경비원 복무 지침이 분리되어 있지만 우리에게는 먼 나라 이야기다. 닥치는 대로 해결해야 한다. 그렇다고 불평만 할 수도 없다. 목구멍이 포도청이라 형편대로 살아야 하기 때문이다.

"웬 졸음이 이렇게나 많이 오지."

양팔을 위로 들어 기지개를 편다. 이맘때면 택배 배송 차량이 도착하고 택배원으로부터 연락을 받은 입주민들이 보관된 물품을 찾아가기 위하여 사무실 방문이 잦아진다. 더러는 관리소장이 하는 게 뭐가 있냐고 입방아를 찧어대는 입주민들도 있어 만약에 조는 모습이 걸리기라도 하면 휘발유 통을 들고 불에 뛰어드는 격이다. 이러한 사실을 잘 알고 있는 경비원의 눈치 있는 배려가 고맙다. 잠도 깰 겸 단지를 둘러보려고 자리에서 일어나는 순간 다리를 약간 절뚝거리는 사내가 관리사무소 문을 확 열어젖힌다.

"소장이 누구야?" 잔뜩 화가 난 표정이다.

"접니다만 무슨 일로 그러시는지요."

"무슨 일을 그 따위로 하시오" 다짜고짜 고함부터 지른다.

나이는 40대 초반으로 보이며 체격은 약간 건장한 편이다.

"예, 일단 자리에 앉으시고 차근히 말씀해 주십시오."

무슨 일 때문에 온 것인 줄은 모르지만 진정을 시키는 것이 우선이다.

"커피 한잔 드시겠습니까?"

"주시오."

퉁명스럽게 한마디를 던지면서 자리에 앉는다. 앞자리에 앉아 있던 경비원이 내게 눈을 깜박인다. 눈짓은 무슨 뜻일까? 아픈 다리를 이끌고 이렇게 온 것을 보면 일이 단단히 잘못된 것 같다. 봉지 커피를 타려고 정수기로 가는 길에 온갖 잡념이 영화의 장면처럼 번개같이 스치고 지나갔다. 공용 계단에서 미끄러져 다치기라도 한 걸까? 수도 검침을 잘못 적어 관리비가 많이 나온 걸까? 지난밤에 승강기에 갇혀 있었던 걸까?

그래도 권하는 커피를 마시겠다니 어느 정도 대화의 여지는 있는 듯 여겨졌다. 나는 최대한 천천히 커피를 준비하면서 곁눈질로 그의 모습을 살폈다. 조금 더 진정되기를 바라면서 도쿠가와 이에야스가 한 말을 되새긴다.

"인내는 무사장구(無事長久)의 근본이고 분노는 적이다."

죄송하다고 미안하다고 거듭 사과를 해야 한다. 그의 말에 무조건 공감을 하고 끝까지 들어야한다. 말하는 중간에 끼어들어서는 안 된다. 무슨 말을 듣더라도 절대 울컥해서도 안 된다. 그는 탁자에 놓여 있는 택배 물품 대장을 재상이가 그랬듯이 뒤적이고 있었다.

"커피 한잔 하시죠."

커피를 받아들자 종이컵이 뜨거운 듯 바로 테이블에 내려놓으며,

"소장님은 우리가 내는 관리비로 월급을 받고 계시죠?"

"예." 술 냄새가 확 풍겨 왔다.

"입주민이 곤란을 당하면 안 되겠죠?"

"예, 그렇습니다."

"왜 아이에게 그런 것을 보여 줍니까?"

"예? 무슨 일이 있었습니까?"

사연인즉 그는 공사장에서 사고를 당하여 다리를 다쳤고 일을 하지 못하게 되었다. 자연 수입이 끊기고 그러다 보니 관리비는 장기간 연체될 수밖에 없었다. 3개월 이상 관리비를 체납한 세대에는 체납 관리비 납부 독촉장을 내용 증명 우편으로 발송하고 체납액이 과다한 세대는 세대주에게 독촉장에 직접 서명을 받는다. 낮에 세대주를 만나기는 그리 쉽지가 않으므로 늦은 시간에 독촉장을 전달하다 보니 경비원이 서명을 받으러 간다. 이번에도 경비원이 독촉장에 서명을 받기 위하여 세대를 방문하였는데 방문한 집이 하필 재상이 집이었던 것이다.

집에는 부모 없이 재상이 혼자만 있었다. 평소 잘 알고 지내던 아이라 아무런 생각 없이 독촉장을 내밀어 설명을 하고 난 후 아빠 서명을 받아서 관리사무소로 가지고 오라고 전달하였다.

재상이는 독촉장에 관하여 아빠에게 물었고 아들에게만은 보여 주고 싶지 않은 무력함을 들켜 버린 아빠의 가냘픈 심장은 분노의 활화산이 되어 버렸다. 관리실로 냅다 달려와 경비원에게

따졌으나 자기는 소장의 지시대로 할 뿐이라는 냉랭한 대답만 돌아왔다. 개인 정보 보호법상 휴대폰 번호를 알려 줄 수 없다는 이유로 소장과 통화도 못하고 밤새 화를 삭이다가 오늘 이 일을 따지러 온 것이었다.

얼마나 속이 상했으면 이 대낮에 술을 마셨을까. 나는 거듭 사과의 말을 건넸다. 그가 받은 상처를 생각하면 사과가 무슨 소용이 있을까 싶지만 이것 외에는 달리 할 수 있는 뾰족한 방도도 없었다. 말을 마친 그는 뜨겁지도 않은 커피를 후후 불면서 입을 적셨다. 얼굴은 허탈감과 자괴감으로 일그러져 말로 설명할 수 없는 야릇한 표정을 띠고 있었다. 그는 아무런 말을 하지 않았다. 그렇게 우리는 고개를 숙인 채 긴 침묵을 이어갔다. 시간은 점점 흘렀고 차츰 불편한 마음이 자리 잡을 때쯤 문이 열리고 택배 배달원의 목소리가 들려왔다.

"소장님, 택배 물품 대장 좀 가져가겠습니다."

배달원은 배달 물품을 물품 대장에 기재하기 위하여 우리가 앉아 있는 테이블로 왔다. 잠시 후 물품을 찾으러 온 입주민이 하나둘 관리실로 들어섰다. 좁은 공간이라 이리저리 움직일 때마다 그가 앉아 있는 걸상에 부딪치곤 했다. 입주민의 불편함을 해소하기 위해서라도 그를 돌려보내야 하는데 그는 요지부동이다.

나도 어떻게 말을 해야 할지 궁리해 보았지만 딱히 떠오르는 말이 없었다.

그에게 죄송하고 안타까운 마음 사이로 짜증스러움이 슬그머니 올라왔다. 시시각각 변해가는 연민에 대한 이중성도 '판도라의 상자[02]'에서 나온 것일까?

"소장님, 다시는 우리 집에 내용 증명이나 독촉장을 보내지 마시오."

"보내면 가만히 있지 않을 거요."

이 한마디를 남기고 그는 나의 대답을 듣지도 않고 사라져 버렸다. 그 후로 재상이는 관리사무소에 오지 않았다. 한 달이 흘러도 체납 관리비 문제는 해소되지 않았다. 독촉장 전달을 해야 했지만 재상이 아버지의 말이 귓전을 울렸다. 어쩔 수 없어 재상이 어머니와 통화를 했다. 그녀는 어시장의 횟집에서 근무를 하고 있었는데 점심시간이 지나 오후나 되어야 만날 수 있겠다고 했다. 점심을 먹고 재상이 어머니를 만나러 나섰다.

어시장에 오면 사람 사는 느낌이 난다. 나는 왁자지껄한 사람 소리가 좋다.

줄줄이 놓인 고무대야며 펄떡이는 활어들의 비릿한 내음, 손님을 부르는 걸쭉한 목소리, 축축이 젖은 시장 길. 말 그대로 활기가 넘치는 곳이다. 리어카 좌판 위에는 꽈배기, 붕어빵이 고소한 냄새를 풍기고 어묵꼬치의 따뜻한 국물은 몸을 녹이고 가라고 나를 유혹한다. 갑자기 시끄러운 음악 소리가 들린다. 좁은 시장

---

02 판도라의 상자: 판도라가 열지 말라는 뚜껑을 열었더니 그 속에서 온갖 재앙과 죄악이 뛰쳐나와 세상에 퍼지고 상자 속에는 희망만이 남았다는 그리스 신화의 상자이다.

길에 물건을 가득 담은 작은 수레를 밀며 누군가가 오고 있다. 두 다리는 다쳤는지 고무판으로 둘둘 감아 말아 몸이 수레를 따라 끌려오듯 땅에 착 붙어 온다. 그 모습이 마치 파도를 타고 출렁이는 인어와 닮았다. 스피커에서는 요란하고 경쾌한 음악이 흘러나온다. 관심을 끌기 위함일까 아니면 길을 가는 사람들에게 조심하라는 뜻 일까? 흥겨운 음악과 그의 모습은 아이러니한 조합이다. 씁쓸한 마음을 뒤로하고 약속 장소를 찾아 걸음을 옮겼다.

알려 준 횟집을 찾아가니 재상이 어머니가 직감적으로 나를 알아보고 생선을 다듬던 빨간 고무장갑과 앞치마를 벗어 벽에 걸어두고는 밖으로 나온다. 횟집 주인에게 이런 사정을 보여 주기 싫은지 재빨리 앞서서 옆에 있는 농협은행으로 발걸음을 옮겼다.

나는 재상이 엄마를 처음 본다. 그녀의 얼굴에서 때 묻지 않은 순수함과 소박함이 보였다. 내 막냇동생보다도 더 어려 보이는 사람. 안 그래도 힘든 사람에게 나는 또 아픈 이야기를 해야 했다. 차라리 그녀가 뻔뻔스러웠다면 내 마음이라도 편해지련만… 세상은 어진 사람에게 왜 이렇게 모질까? 세상의 법은 누구를 위하여, 어떤 이를 위하여 존재하는지.

"소장님, 죄송해요. 제가 사인을 해 드릴게요."

"아니, 오히려 제가 미안합니다. 바쁜 시간을 뺏어서."

"괜찮아요. 요즈음 장사가 안 되어서 저도 일하는 게 눈치가 보이네요."

"형편 되는 대로 얼마씩이라도 입금을 부탁드립니다."

제1부 아파트에서 생긴 일

"소장님, 저희가 집을 비워줘야 해요. 집이 경매에 넘어가서요."

"소장님께 피해가 가지 않았으면 좋겠는데….'

그녀는 말끝을 흐리며 독촉장의 서명란이 아닌 엉뚱한 곳에 이름을 적고 있었다. 자기 처지도 어려운데 내 걱정을 먼저 해 주다니 마음이 저려 왔다. 고개를 드는 그녀의 얼굴은 붉게 젖어 있었다. 가만히 바라본 그녀의 눈동자 속에 재상이가 있다. 재상이는 해님처럼 방긋 웃으며 나를 쳐다보고 있었다. 나는 어린 시절에 자주 들었던 이야기를 떠올리며 재상이에게 나지막이 속삭였다.

"재상아, 가난은 부끄러운 것이 아니라 조금 불편할 뿐이란다."

"소장님, 그런 말은 전설 속에 묻힌 지 오래되었지요. 이젠 통하지 않아요."

은행을 나서니 어시장은 다른 세상에 온 듯 변함없이 활기차고 평화롭다.

나는 촉촉한 눈동자와 슬픈 이야기를 뒤로하고 시끄러움 속으로 빨려들어 갔다.

멀리서 손수레의 경쾌한 음악이 들려온다. 남자 인어는 아직도 사람 틈을 헤매고 있는 모양이다.

후회하며, 사랑하며

1) 가정 폭력은 경찰서로

경찰관 두 사람이 관리실로 들어섰다.

"여기가 ○○아파트 ○○○동입니까?"

"예, 맞습니다. 무슨 일입니까?"

"신고가 접수되어 출동 중입니다. 입구 현관문을 열어 주시겠습니까?"

우리 아파트 관리사무소는 ○○○동 입구에 있다. 나는 현관문을 열어 주고는 어느 집에서 도난 신고가 있겠거니 생각하고 하던 일을 계속하였다. 조금 후 경찰관 한 사람이 다시 관리실을 찾아왔다.

"○○○호실에 누가 사는지 알고 있습니까?"

"그건 제가 알려 드릴 수가 없는데 왜 그러시죠?"

"폭행 신고가 접수되어 확인차 왔습니다."

"초인종을 눌러도 집에 아무런 인기척이 없습니다."

"혹시 잘못 신고된 것이 아닌지….."

이것저것 따질 겨를이 없었다. 입주자 명부를 확인해 보니 초등학생을 둔 젊은 부부가 거주하고 있었다. 경찰관 뒤를 나도 따랐다. 승강기가 올라가는 동안 불길한 생각에 심장에서는 북소리가 요동치고 있었다. ○○○호에 도착하자 경찰관이 문 앞에서 초인종을 누르고 있었다. 거주자의 인적 사항을 파악한 후인지라 확신에 찬 듯 큰 소리로 문을 '쾅쾅쾅' 계속 두드리며,

"집에 있는 줄 알고 있습니다. 문을 여십시오."

잠시 후 문이 조금 열렸다. 그 틈으로 젊은 남성을 보고 경찰관은 문을 확 잡아당겼다. 순간 젊은 여자가 쏜살같이 뛰어나와 경찰관 뒤에 몸을 숨겼다. 뒤이어 얼굴을 내민 그가 나를 보더니 고함을 지른다.

"너는 뭐야! 뭐 하는 놈인데 여기 있어, 안 꺼져!"

나는 혼비백산하여 잽싸게 그 자리를 피했다. 조금 뒤에 경찰차를 타고 가는 그들을 보면서 생각조차 하기 싫은 기억의 파편 조각이 뇌리를 스쳐 갔다.

그 날은 월말 영업 목표액을 달성하지 못하여 상사로부터 심한 꾸중을 들은 날이었다. 동료들과 술을 마시며 뒤풀이를 하고 거나하게 취해 손에는 바나나 한 꾸러미를 들고 초인종을 눌렀다.

방 안에서 "아빠다! 아빠다! 술 취한 것 같아!" 이어서 와당탕 뛰는 소리가 들리더니 이내 조용해졌다. 평소에는 비밀번호를 눌러 문을 열지만 술에 취하면 초인종을 누른다. 그러면 아이들

은 현관 화면으로 내 모습을 파악하고는 각자 방으로 들어가서 자는 척을 한다.

나는 바나나를 식탁 위에 툭 던지고는 방문을 열고 자고 있는 아이들의 얼굴을 쳐다보았다. 방금까지도 희희낙락 뛰어놀던 모습은 간데없고 잠든 척하는 것인지 아니면 진짜 잠이 들었는지 숨소리까지 내어 가면서 잔다.

"안○○! 아빠가 바나나 사왔다. 먹고 자지." 하면서 아이들 볼에 얼굴을 비빈다.

아내가 그 소리에 깜짝 놀라 방으로 황겁히 들어왔다.

"여보, 밖으로 나가자. 아이들 자는데 이러면 안 돼."

엄마의 말을 듣고 자는 척하는 아이들도 서운했지만 바나나를 사온 성의도 있는데 잠깐만이라도 같이 있게 해 주지 않는 아내가 미웠다.

식탁 위에 홀로 있는 바나나를 한 편으로 밀어 버리며 버럭 소리를 질렀다.

"앞으로 뭐를 사오는가 봐라."

"당신은 맨날 이런 식이야. 술 안 먹고 사오면 얼마나 좋아. 술 취해서 하는 행동들이 아이들에게는 어떻게 느껴질 것 같아? 아이들 정서에도 안 좋아."

"나도 당신이 술 먹고 하는 잔소리랑 해롱대는 모습이 싫단 말이야."

"뭐, 지금 나보고 해롱거린다고 했나? 나도 뭐 술이 좋아서 먹는 줄 알아. 나도 힘드니까, 욕먹은 것 잊어버리려고 그러는 거야. 마누라가 되어 가지고 남편 속도 모르면서."

"꼭 술을 먹고 그래야 돼? 당신 의지 문제야! 의지가 약하니까 그렇지."

"어디서 꼬박꼬박 말대꾸야." 순간 내 손은 아내의 뺨을 가르고 있었다.

잠시 멍하던 마누라가 눈을 치뜨고는 쏜살같이 달려와 걸치고 있던 러닝셔츠를 잡고 나를 밀쳤다. '찌이익' 셔츠 찢어지는 소리와 함께 뒤로 내동댕이쳐졌다. 술에 취해 일어설 힘도 없었거니와 겸연쩍기도 하여 그대로 방으로 들어갔다.

"선생님! 선생님! 눈 좀 떠 보세요." 꿈인 듯 생시인 듯 나를 부르는 소리가 들렸다.

게슴츠레 눈을 떠서 쳐다보니 제복을 입은 순경의 모습이 보였다.

나는 왜 꿈을 꿔도 이런 무서운 꿈만 꾸는지 모르겠다. 군 입대 통지서를 다시 받는다든지, 물에 빠져 허우적거리는 꿈은 단골이었다. 오늘은 웬 순경이야?

나는 베개를 고쳐 베고 몸을 이리저리 뒤척이며 이 꿈이 빨리 사라지기를 바랐다.

그러나 누군가가 나를 흔들었다.

"선생님! 일어나 보세요."

꿈속의 순경이 나를 흔들고 있는 것이었다. 비몽사몽간에 깨어 앉아 보니 분명 우리 집이고 내 방이다. 도둑이 들었나, 경찰은 또 뭐야.

"안○○ 씨 폭력 행사로 신고가 들어왔습니다, 어서 옷을 입으시고 파출소까지 동행해 주셔야겠습니다."

술을 한잔 마시고는 옆으로 새지도 않고 똑바로 집으로 왔는데 폭행이라니. 이 무슨 김밥 옆구리 터지는 소리인가.

"누구를 폭행했다고요? 누가 신고를 했는데요?"

"사모님입니다."

"예! 뭐라고요?"

나는 무엇이 잘못되어도 한참은 잘못되었다고 생각했다. 옷을 주섬주섬 입고 거실로 나서자 집사람이 팔짱을 낀 채로 매서운 눈으로 나를 노려보고 있었다. 볼은 살짝 부은 듯 붉은 자국이 희미하게 있었다. 십 년 넘게 살면서 뺨 한 번 때렸다고 경찰에 신고를 하다니 어이가 없었다.

"사모님도 같이 가시죠." 순경의 한마디에 아내는 아무 말 없이 앞장을 섰다. 그래도 혹시나 하는 나의 기대는 용서할 수 없는 분노로 바뀌었다. 입술이 파르르 떨렸다.

경찰은 아내를 뒷좌석에 태우고 나를 앞좌석에 태우려고 하였다.

"경찰 아저씨, 뒷좌석에 태워주시오. 아내와 할 이야기가 있소."

"안 됩니다. 가해자와 피해자를 함께 둘 수 없습니다."

파출소에 도착했을 때는 새벽 12시를 넘기고 있었다. 그곳에는 적막감만 감돌았다.

"사모님, 부부싸움 같은데 이쯤에서 화해를 하시고 고소를 취하하시는 게 어떨까요?"

"경찰서로 사건이 넘어가면 일이 복잡해집니다. 웬만하면 여기서 해결을 하시죠."

어깨에 무궁화 잎 4개가 달린 나이가 들어 보이는 경찰이 안쓰러운 듯 계속하여 같은 말을 거듭한다. 아내는 아무 말이 없다. 말을 하지 않기로 작정을 한 모양이다. 옆에서 컴퓨터를 열심히 치고 있던 젊은 순경이 힐끔 우리를 쳐다본다. 뭐 별거 아닌 것 가지고 밤늦게 귀찮게 하는지 마땅찮은 표정을 짓는 것 같다.

"왜 집사람에게만 물어봅니까?" "나도 피해자입니다."

나는 웃옷을 풀어헤쳐 찢어진 러닝셔츠와 가슴에 긁힌 자국을 보여 주었다.

"선생님도 사모님을 상대로 고소하시겠습니까?"

"예."

순경은 서류를 내밀며 지장을 찍으라고 했다. 잠시 후 우리를 태운 차는 경찰서로 향했다. 그곳에서도 집사람은 끝까지 고집을 부렸다.

"저희 쪽에서 곧 연락이 갈 것입니다. 조서는 그때 오셔서 작성하시면 됩니다."

경찰서 문을 나서니 집사람은 어두운 골목길 가로등 불빛 아래로 괴도 '루팡'처럼 그림자만 남긴 채 사라지고 있었다.

아! 이렇게 헤어지려고 인연을 맺었나. 밀려오는 허탈감에 함께한 시간이 악몽을 꾼 것 같았다.

2) 상처는 사랑의 눈물로 채우고

며칠 후 경찰서로부터 연락이 왔다.

우리는 각기 다른 부스에서 조사를 받고 있었다. 담당 경찰이 재차 나에게 고소를 진행할 것인지, 말 것인지를 묻는다. 파출소와는 달리 화해를 권유하지도 않고 컴퓨터를 두드리며 사무적인 질문만 한다. 고소를 진행하면 어떻게 되는지를 물으니 쌍방 폭행이라 양쪽이 다 처벌을 받을 거란다. 그러면 이혼이 가능하냐고 물으니 이혼 사유가 될 수 있을지는 모르겠으나 참작은 되지 않겠느냐고 했다. 자존심에 고집은 부리고 있었지만 시간이 지나서 마음도 조금은 누그려져 있었다. 아내는 어떤 결정을 내렸는지 궁금해졌다.

"아내는 고소를 취하한대요?"

"그건 저쪽에서 조서를 꾸미고 있어 알 수가 없으니 선생님의 의견만 말씀하세요."

집사람 쪽을 슬쩍 쳐다봤다. 부스에 가려 얼굴이 보이지 않았다. 이제 고소를 취하할지, 진행할지 결정을 내려야 한다. 나는 담당 경찰에게 잠깐 찬바람을 쐬고 오겠다는 허락을 받고 밖으로 나왔다. 사실 머리가 아프기도 했지만 내가 자리를 비운 사이

담당 형사가 집사람의 의견을 알아볼 수도 있지 않을까 하는 일말의 희망도 가지고 있었다.

    메타세쿼이아 나무가 열병식을 하듯 담벼락을 따라 죽 늘어져 있었다. 그 아래 놓인 간이 의자에 앉아 그날 일을 곰곰이 생각해 보았다. 원인을 제공한 나 자신의 잘못도 크지만 단 한 번의 잘못으로 신고를 한다는 것은 나를 가족으로 인정하지 않는 가혹한 처사라는 생각이 머리를 떠나지 않았다. 한편으로는 손이 뺨을 향해 날아가는 찰나의 시간이 10년 넘게 함께 지내 왔던 세월을 흔적도 없이 집어삼켜 버린 것에 억울한 심정도 들었다.
    당신이 정 그렇게 나온다면… 여기까지 왔는데 헤어지는 것이 무엇이 어려울까?
    그래! 헤어지더라도 아름답게 헤어지자.
    다짐을 하고 경찰서로 들어서니 아내는 조사계 입구에 방부목으로 만들어진 긴 의자에 앉아 있었고 내 담당 경찰은 조금 떨어진 곳에서 아내의 조사관과 함께 이야기를 나누고 있었다. 그가 나를 보고 내가 있는 자리로 돌아오더니,
    "이제 우리도 마무리합시다." 이 말뿐이다. 이제 와서 아내의 의중을 알아서 무엇 하겠는가. 나는 나지막한 소리로 아내의 의사와 관계없이 고소를 취하하겠다고 하고 지장을 찍었다. 조사를 마치고 일어서는 나에게 경찰관은 얼굴에 웃음을 가득 담고는 말했다.

"사모님도 처벌을 원치 않으십니다."

"선생님! 다시는 이런 일로 여기 오시지 말기 바랍니다. 며칠 후면 벌금 고지서가 날아갈 겁니다."

그 뒤로 아내는 아이들을 챙기는 일과 내 밥상을 차리는 일 외에는 일절 아무것도 하지 않았다. 밥도 먹지 않은 채 침대에 내내 누워 지냈다. 아내는 다툼이 있고 화가 나면 말을 하지 않는다. 나도 말을 하지 않고 버텨 보았지만 한 번도 이긴 적이 없다.

집주인이 파업을 하니 집은 안식처가 아니라 하숙집처럼 썰렁했다. 세월이 약이라는 옛말이 있다. 신고에 대한 분노는 점점 희미해지고 아이들이나 나를 위해서도 일상의 회복이 필요했다.

"여보! 이제 그만하고 일어나요. 아이들 생각도 해야지.""큰애가 요사이 풀이 죽은 것 같아." 애꿎은 아이들을 핑계로 달래어 보지만 꿈적도 않는다.

"여보, 내가 잘못했어. 진심이야. 어떤 경우라도 폭력은 안 되는 건데, 앞으로 이런 일은 절대로 없을 거야. 정말 미안해."

그제서야 아내는 침대에서 벌떡 일어나 앉았다.

"내가 뺨 한 대 맞은 게 억울해서 이러는 게 아니야. 당신에게 난 어떤 존재일까?"

"한 인간으로서, 아내로서 정당한 대접을 받지 못한다면 이건 삶에 의미가 없는 거야. 우리가 살아온 세월이 송두리째 무너지는 거야."

"한 번의 실수, 한 번의 잘못도 용서받을 수 있는 게 있고 그렇

제1부 아파트에서 생긴 일

지 않는 것도 있는 거야. 당신의 손찌검은 고의든 실수든 내 영혼에 치유할 수 없는 상처를 남겼어."

"당신이 남이라면 만나지 않으면 되지만 우리는 가족이잖아. 잘못된 채로 평생을 함께할 수는 없잖아."

아내의 눈가엔 촉촉이 눈물방울이 맺혀 있었다. 나는 집사람을 꼭 보듬고 한동안 그렇게 있었다. 뜨거운 눈물이 뺨을 타고 심장을 막으며 가슴이 답답해 왔다.

태종대 솔밭 길의 바다 냄새가 코끝을 스쳐갔다. 손에 물기 하나 묻히지 않게 하겠다는 젊은 날의 절구통 같은 맹세는 백사장 모래 위에 새겨 놓은 하트처럼 파도에 쓸려가고 나는 세상에 지쳐 퇴락하는 자신을 방치하며 살아왔다. 나만 힘들고 옳다는 아집에 사로잡혀 점차 괴물이 되어가고 있었던 것이다. 여태껏 신고에 대한 분노로 나의 아픔만 챙기고 있었지, 아내의 마음은 헤아려 보지도 않았다.

아내가 이러한 결사적인 의지를 보이지 않았다면 단순히 한 번의 해프닝으로 치부하고 앞으로도 내 손을 억제할 수 있는 자제력을 상실했을 것이다. 가정 폭력은 어떠한 이유이든 용납되어서는 안 된다는 것을 깨우쳐 준 아내에게 고마울 뿐이다. 이후 내 손이 다시 허공을 날아다니는 일은 없었다.

사라져 가는 경찰차를 보면서 그들이 하루속히 일상으로 돌아와 어린 딸과 두 손을 맞잡고 관리사무소 앞을 지나가기를 기도해본다.

코로나19가 가져온 주홍 글씨 'V'

"소장님, ○○동 앞에 119 구급차가 왔대요. 방호복을 입은 사람들이 지금 승강기를 타고 올라갔다는데 코로나19 환자가 발생한 것이 아닌지 확인해 보라는 입주민 전화입니다." 경리주임이 전화를 내려놓으며 다급히 말을 한다. 급히 ○○동에 가 보니 구급차가 정차해 있다. 아주머니 한 분이 이동식 침대에 실려 구급 차량으로 옮겨지는 중이었다. 곁에는 보호자인 듯한 남자분이 걱정스러운 표정으로 아주머니를 향하여,

"먼저 가 있어, 곧 따라 갈게." 하고는 승용차에 오른다.

"관리사무소장입니다. 아주머니가 많이 편찮으신가 봅니다."

"갑자기 복통이 와서 그럽니다. 코로나19는 아니니 안심하세요."

다행히 코로나19 확진자가 아니라 일반 환자다. 그는 내가 여기에 온 이유를 알고 있었다. 자신의 아내가 코로나 확진자라는 의심을 받게 될까 봐 두려운 것이다.

코로나19가 온 세상을 뒤흔들고 있다.

제1부 아파트에서 생긴 일

TV에서는 방호복을 입은 의사나 간호사들이 음압병실을 오가며 환자들을 돌보는 모습이 연일 방영되고 있다. 매일 아침이면 안전 안내 문자가 휴대폰에 전송되어 어느 지역에 확진자가 몇 명 발생했는지 알린다. 마치 전쟁 시의 전시 상황을 알리는 전시 예보를 보는 것같이 신경이 곤두선다. 행여나 내가 거주하는 지역에서 확진자가 발생했다는 속보가 뜨면 긴장은 최고조에 다다른다. 마침내 코로나19가 우리 지역에 척후병을 투입하여 탐색전을 마쳤고 곧 대대적인 공습으로 쑥대밭을 만들 것이란 패닉(Panic) 상태에 빠져들게 만든다. 불안감에 휩싸인 입주민의 전화가 빗발친다.

피트니스 센터를 폐쇄하라, 어린이 놀이터를 폐쇄하라, 마스크를 하지 않고 다니는 사람을 통제하라, 모든 시설물에 소독을 하라, 승강기 내 항균 필터를 교체하라 등….

실외 휴게실과 어린이 놀이터에는 빨간 안전띠가 빙 둘러쳐지고 '출입 금지'란 푯말이 바람에 나부낀다. 사람의 발길이 끊어진 아파트에는 음산한 바람이 휘~이익 소리를 내며 흙먼지를 날린다. 달팽이 발자국 소리도 들을 수 있는 적막감이 감돈다. 마치 서부 영화 '석양의 무법자'에서 주인공과 악당의 최종 결투 장면을 촬영하기 위한 세트장이 되어 버린 것 같다.

확진자에 대한 근거 없는 소문은 바람을 타고 온 구석구석을 돌아다닌다. 어떤 경로로 확진이 되었는지는 따지지도 않는다.

내가 사는 곳에 확진자가 나왔다는 사실만으로도 그는 바이러스를 몰고 온 주범이 된다. 그가 움직인 모든 동선이 털리고 확인되지 않은 '카더라' 통신은 눈덩이처럼 불어만 간다. 원인도 모른 채 죄인이 되어 현대판 '주홍 글씨 V(virus)'란 낙인이 새겨지는 것이다. 확진자가 된 것보다 더 슬픈 것은 개념 없는 사람으로 치부되어 사람들로부터 지탄의 대상이 된다는 것이다.

아침부터 머리가 무겁고 목도 칼칼하니 마른기침이 계속 나왔다. 기침을 할 때마다 직원들의 눈치가 보였다. 위탁 관리 회사에서도 코로나19에 대한 예방을 철저히 하라는 시행 공문이 연일 하달되고 있었다. 사회적 거리 두기 및 위생 관리를 준수하라는 내용이지만 한편으로는 확진 시 책임을 묻겠다는 은근한 압박이다.

감기겠거니 생각하고 인근 병원에 갔다. 정문 입구에서 체온을 측정하고 병원에 들어섰다. 내과에 접수를 완료하고 대기실에서 TV를 보는데 신규 확진자 수가 50명을 넘고 있다는 긴급 뉴스가 한창이다. 내과 진료실에 들어가기 전에 담당 간호사가 이번에는 체온계를 귀에 넣고 측정을 했다. 결과를 보더니 의사 선생님과 잠깐 이야기한 후 다시 체온을 잰다.

"환자분은 체온이 38℃를 넘어 이대로는 진료를 할 수 없으며 코로나 검사를 먼저 한 다음에 진료를 할 수 있으니 선별진료소로 가십시오."

해마다 환절기만 되면 가벼운 감기 때문에 이러한 증상이 있을 뿐이니 처방을 해 달라고 졸라 보았지만 통하지 않았다. 간호사는 규정을 들먹이면서 더 이상 말을 하기 싫다는 듯 손으로 마스크를 가렸다. 나는 졸지에 가까이 하기를 꺼려하는 기피 인물이 되고 말았다. 잠재적인 코로나19 환자로 취급당하는 게 불쾌했지만 코로나19 팬데믹 상황을 받아들여야 했다.

○○병원 선별진료소에 도착하였다. 나지막한 산 아래 자투리 땅에 컨테이너 박스 3개가 설치되어 있었고 입구에 접수처, 검사처란 표지가 붙어 있었다. 맞은편 노상 천막 안에는 너덧 명의 사람이 이리저리 서성이고 있었다. 2m 간격으로 의자가 놓여 있었지만 앉아 있는 사람은 없었다. 대기실 직원이 문진표를 배부하면서 체온을 측정하더니 "아버님은 체온이 아주 높습니다. 39℃를 넘는데요."라고 말했다. 불안감이 엄습해 왔다.

"선생님, 만일 내가 확진자가 된다면 어떻게 됩니까?"

"혹시라도 아버님께서 양성 반응이 나오시면 14일간 격리 조치됩니다. 선생님과 밀접접촉 하신 분들은 모두 검사를 받아야 하고 음성이든 양성이든 격리 조치됩니다."

우째! 이런 일이! 오만 가지 생각이 머리를 스쳐갔다. 어저께 집을 다녀간 손자는… 관리사무소 직원들과 경비원들은… 아파트 관리는 공백이 발생할 테고 회사에서는 이미 하달된 공문을 빌미 삼아 어떠한 조치가 내려올지도 모르는데. 일부 극성스러운 입주민의 입방아는 어떻게 할지. 애당초 조용히 감기약이라도 사 먹고 몸조리를 했더라면 천천히 나았을 것을 괜히 병원에 와서 이 난리를 자초하다니 후회가 막급했다. 나를 스쳐 간 모든 사람이 의심스러웠다. 나는 검사도 하기 전에 이미 확진자가 되어 있었다.

1차 검사소에서 들어가서 문진을 실시했다. ○○지역에 다녀온 적이 있느냐, 해외에 다녀온 적이 있느냐, ○○지역을 다녀온 사람을 만난 적이 있느냐, 해열제를 먹은 적이 있느냐, 코로나19 검사를 받은 적이 있느냐…. "노노노."

2차 검사소에 가니 아크릴 칸막이 너머로 우주복을 연상시키는 방호복을 입은 간호사가 1차 검사소와 똑같은 질문을 한다.

이어서 커다란 면봉을 코에 쑥 찔러 넣고는 한 바퀴 후빈다. 머릿속까지 찡해지며 눈물이 찔끔 나왔다. 이럴 줄 알았으면 코털이라도 깎고 올 것을….

"결과는 오늘 저녁 8시 이후에 문자로 알려 드리겠습니다."

3차 검사소에서는 두 분의 의사 선생님이 앉아 계시고 앞에 했던 질문을 반복했다. 처음엔 의례적으로 하는 질문이라 생각했지만 세 번째 검사소에서도 똑같은 질문을 받으니 거짓말 탐지기에 검사를 받고 있는 범죄자가 된 기분이 들었다.

'나는 죄를 짓고 여기에 온 것이 아닙니다. 감기일 뿐입니다.'라고 마음속으로 절규를 했지만 되돌아오는 것은 싸늘한 눈빛만 있을 뿐이었다. 의사 선생님이 일단 열을 내려야 한다며 해열제를 처방해 준다.

제1부 아파트에서 생긴 일

코로나 검사를 받고 왔다니까 사무실 분위기가 서늘하다. 마스크를 쓴 직원들은 감기일 것이라고 위로를 하지만 불안감을 감추려는 모습이 역력했다. 기침을 억지로 참으려니 더욱 심해진다. 직원들 보기도 민망하고 마음도 편치 않아 조퇴를 하였다.

저녁 8시가 지나도 메시지의 알람 소리는 먹통이다. 검사 결과가 아직 나오지 않은 것일까, 양성이기 때문에 119 구급차가 달려오고 있는 것일까? 밤새 기와집을 지었다 허물기를 반복했다.

내 인생에 가장 길었던 밤이 지나가고 퀭한 눈을 비비고 일어나 세수는 하는 둥 마는 둥, 병원으로 향했다. 코로나19 검사자는 병원 출입이 불가하니 선별진료소로 가라고 한다. 대기실은 사람으로 붐볐다. 대기실 간호사에게 나는 검사 받으러 온 것이 아니고 결과를 확인하러 왔으니 먼저 들어갈 수 없냐고 다그쳐보지만 순서대로 해야 한단다. 9시가 넘어가자 사무실 직원에게서 전화가 왔다.

"소장님, 출근 안 하세요? 어떻게 된 거예요?"

"저녁에 결과가 안 나와서 확인하러 선별진료소에 와 있으니 조금 있다가 전화할게."

드디어 차례가 되었고 1차 검사소에 들어갔다.

"○○○님 음성이네요.(2020.07.01.)"

기쁨이 앞서야 함에도 맥이 풀리면서 영혼이 빠져나간 듯했다. 그리곤 이내 화가 솟구쳤다.

"아니, 저녁에 결과를 준다고 하구선 연락도 없고, 지금 출근도 못 하고. 왜 이렇게 무책임하냐고요. 어제 밤엔 1시간이 3년 같았다고요."

"저희는 검사 결과를 병원에 통보했습니다. 왜 연락이 안됐는지는 병원에 문의하세요."

밤새 잠 못 이루고 가슴을 졸인 것을 생각하면 허탈하기도 했지만 그래도 천만다행이었다. 직원들에게 증명하기 위하여 PCR 결과지를 발급받았다. "Betacoronavirus'가 검출되지 않았습니다.' 하루를 꼬박 넘긴 기다림이 다 이 짧은 한 문장을 위해서였다니.

일부 나라에서 코로나 백신을 개발하고 있다는 소식이 들려온다. 이 지긋지긋한 악몽에서 빨리 깨어나고 싶다.

코로나19는 재앙일 뿐만 아니라 인간을 향한 경고이다. 문명이라는 이름하에 무분별하게 자연을 파괴하는 인간은 만물의 영장이 아니며 자연과 더불어 함께할 때 인간의 생명도 영원하다는 것을 알려 준다.

코로나어린이 폐쇄

제1부 아파트에서 생긴 일

갑질은 사람만 하는 것이 아니다

　계절의 여왕 오월이 오면 봄꽃의 마지막 축제가 시작된다. 떠나가는 봄이 아쉬운 듯 아파트 안을 붉게 물들이는 영산홍이 지나가는 사람들의 눈길을 사로잡는다. 아파트를 한 바퀴 돌아 정문으로 발길을 옮기니 경비원이 한 차량에 연신 허리를 굽히며 거듭 인사를 하고 있다.

　정문에는 출근 시 차량 정체가 심하다. 위쪽에서 내려오는 차량과 우리 아파트에서 나가는 차량이 뒤엉켜 간혹 정체가 발생한다. 경비원이 우리 아파트 차량의 원활한 진행을 위하여 직진 차량을 제어하다가 운전자와 사소한 시비가 일어난 모양이다. 운전자는 "직진 차량이 우선인데 왜 제지를 시키느냐."라며 경비원에게 화를 냈다. 굽실거리는 허리가 오늘따라 유난히 활처럼 휘어 보인다. 얼마 있지 않으면 저절로 굽어질 나이인데…. 경찰서에 신호등 설치를 건의하였으나 검토 결과 신호등을 설치하면 오히려 차량 흐름에 방해가 된다는 회신만 받았다.

　"반장님 수고 많습니다. 힘드시죠?" "마음이 많이 언짢으시겠어요?"

"아, 예~ 이 정도야 괜찮습니다."

"요즈음은 직진 차량들이 저를 알아보고 양보해 주셔서 큰 불편함은 없습니다. 간혹 저런 분이 있기는 하지만….'

"어쨌든 반장님 덕분에 아침에 출근 차량이 밀리지 않고 통행이 잘되고 있어 입주민들이 칭찬을 많이 합니다."

"안 그래도, 입주민들 중에 차량 문을 내려서 수고한다고 인사하는 사람들도 있습니다."

"그 재미로 간혹 시비가 붙어도 별 개의치 않습니다. 우리 입주민이 좋으면 그만입니다." "허허허."

칭찬은 고래도 춤추게 한다는 거창한 말을 빌리지 않더라도 입주민들이 지나가면서 건네는 "수고하십니다."라는 한마디는 단순한 인사를 넘어 하루 일과 속에서 커다란 활력소로 작용한다. 이런 인사를 받으면 사람으로서 존중받고 있다고 느끼게 되며 내가 하고 있는 일을 인정받는다는 뿌듯함에 하루 내내 에너지가 넘치고 기분이 좋다.

아들뻘 되는 운전자에게 험한 소리를 듣거나 머리를 숙이는 것이 비록 자존심 상하는 일이겠지만 삶의 터전으로 버텨야 하기에 자존심보다는 절박함이 더 우선시된다. 살아가면서 우리는 항상 선택이라는 기로에 서게 되고 매 순간마다 결정을 내려야 한다. 이것이냐, 저것이냐의 선택지가 있을 뿐 두 가지 모두를 고를 수 있는 자유는 우리에겐 없다. 굳이 한 가지를 택해야 한다면 자존심이라는 명분보다는 일터라는 실리를 선택하는 것이 현실을 살아가는 데 필요한 현명한 판단이 아닐까?

초한지의 '한신'이 후일을 기약하며 자신을 망신 주려는 건달의 가랑이 사이를 기어간 고사만 보더라도 쓸데없는 자존심이란 본인의 삶을 스스로 힘들게 만드는 허세일 수도 있다.

"소장님, 지하 주차장 출입구 주차 금지 구역에 주차 중인 차량에 경고장을 부착하였다고 차주의 항의가 있었는데 오늘 관리실로 소장님께 직접 연락을 하겠답니다. 성질을 꽤 부렸습니다."

주차질서 위반차량 단속문제는 아파트에서 가장 골칫거리이며 해결책이 없는 끝없는 싸움이다.

"나는 1대 주차하는데 2대, 3대 주차하는 집을 단속해야 하는 것 아니냐?", "차를 머리에 이고 있을까?", "나는 주차비를 못 내겠다." 등 억지를 부리면 딱히 할 말도 없다.

주차 위반을 하려는 자와 막으려는 자의 갈등을 '갑'이니 '을'이니 편을 나누어 싸워도 승자는 없다. 항상 승자는 부족한 법정 주차 면적이다.

주택 건설 기준 등에 관한 규정에 의하면 아파트 주차장 법정 주차 대수는 세대 당 1대 정도밖에 되지 않아 늘어나는 차량의 수요를 감당할 수가 없다. 자연히 차량 통행을 방해하는 곳에 주차를 하게 되고 불편을 당한 입주민들의 민원이 제기되는 악순환이 되풀이된다. 민원을 해결하려는 경비원과 이를 거부하는 입주민과의 실랑이가 일어나고 공동체 생활의 이익을 위한 정당한 행동임에도 분노한 입주민의 폭언과 욕설이 돌아온다.

주차 면적 앞에 '을'이 되어버린 입주민은 또 다른 '갑'이 되어 경비원에게 갑질을 한다. 대개의 경우 우월적 지위에 있는 갑은 소수이며 갑의 통솔을 받는 을이 다수인 것에 반하여 아파트에는 '갑'이 '을'보다 훨씬 많다. 그러다 보니 갑질의 형태라는 것이 입주민 개개인의 성향에 따라 예측 불가능한 다양한 형태로 표출된다.

갑질은 사람만 하는 것이 아니다. 시대의 변화를 반영하지 못하는 '낡은 법과 규정'이 갑질을 하며 '을'을 양산한다. 주차 차량이 통행로를 막고 있어도, 주차선 2개를 차지하고 주차를 해도 견인을 할 수 없다. 다수의 피해자가 발생해도 법이 그렇단다. 이러한 법과 제도를 점진적으로 개선하려는 노력도 하지 않고 방치하는 행정 실무자나 법을 제정하는 국회의원들도 갑질을 방조하고 있는 것이다. 그들은 잘못된 법령이나 규정 때문에 갑질을 당해 고통받는 '을'을 모르거나 모른 체하면서 직무를 유기한다. 수많은 아파트 입주민의 권리를 지키는 차원에서 아파트 주차 문제를 사적 공간의 영역에만 묶어 둘 것이 아니라 사회적 문제로 인식하여 민폐 주차를 일삼는 불법 차량에 대하여는 공권력이 불법 주차한 차를 견인할 수 있도록 하는 법안 마련이 필요하며 공용 주차장이나 쌈지 주차장 건설에도 전향적인 자세가 필요하다.

제1부 아파트에서 생긴 일

경비원은 오늘 하루도 정신없이 전쟁을 치르고 영혼 없는 미라가 되어 날이 밝기를 기다린다. 아침이면 온몸을 칭칭 감은 하얀 천을 풀고 또 다른 입주민이 되는 아파트로 돌아간다.

사람이 사는 곳도 아파트지만 사람이 아닌 사람이 사는 곳도 아파트다.

아침 이슬 머금은 영산홍이 속삭인다.

"사람이 사람한테 그러면 안 되지!"

아파트 정문

휴대폰 속에 웃고 있는 신의 선물

"소장님!" 경리주임이 전화를 건네며 어깨를 으쓱한다. 단번에
누군지 느낌이 왔다.

"관리소장은 도대체 뭐하는 거야? 미화원이 청소도 안 하고 화
단에서 휴대폰을 만지면서 놀고 있는데." 누구냐고 물어보지 않
아도 ○○○동 어르신이다. 관리소에 전화를 할 때마다 소장을 바
꾸라고 하니 경리주임도 이력이 난 탓에 사유도 묻지 않고 내게
전화를 건네준다. 이 어르신은 민원을 자주 제기한다. 복도 청소
가 어떠하다. 화단이 지저분하다. 가로등이 어둡다. 대부분 소소
한 민원들이며 직원들이 당연히 챙겨야 할 일들이다.

입주민이 항의나 민원을 제기하게 되면 먼저 충분히 들어준다.
입주민의 입장에서는 아파트를 위한다고 생각하기 때문에 민원을
제기하는 것이다. 그러므로 중간에 말을 자르거나 변명하게 되면
이야기가 길어지고 꼬리에 꼬리를 물어 대화가 감정적으로 되기
가 싶다. 영어회화의 기본도 'listening and speaking'이 아닌가.

제1부 아파트에서 생긴 일

먼저 듣고 난 뒤 입주민의 생각에 공감을 표현하며 긍정적인 답변을 한다. "알겠습니다. 확인해 보겠습니다."라고 하면 대개는 원만히 끝이 난다.

미화원의 청소일에 무심코 지나치는 사람이 있는가 하면 일일이 간섭하는 사람도 있다.

가을 낙엽을 매일 청소하라는 민원인과 낙엽이 가을 정취를 풍긴다며 며칠만이라도 그냥 두라는 민원인도 있다. 어찌 보면 민원인은 사실 관계가 중요한 게 아니고 어쩌지 못하는 자기 감정에 갇혀 있는 것 같다. 청소하라는 사람은 청소를 하지 않으면 자기 말이 무시당했다고 역정을 내지만 며칠 두라는 사람은 낙엽을 두지 않아도 아무런 말이 없으니 청소하는 방법을 선택한다.

"어르신, 미화원이 화단에서 잡풀솎기 작업을 하다가 잠시 쉬면서 전화를 받는 모양입니다. 제가 확인해 보겠습니다."

"알았어. 건데, 집에 물이 잘 나오지 않는데 봐 주겠나."

세대를 방문하니 어르신과 40대 초반 정도 나이의 여성분이 계셨다. 어르신 말대로 물줄기가 약하다. 수도 계량기를 확인하고 감압판을 조정하여 정상으로 돌려놨다. 여성분이 수고했다며 음료수를 준다. 당연히 딸인 줄 알았던 나는 "어르신, 따님이 참 고우시네요."라고 인사를 건넸다.

"어, 어." 못 알아들으신 듯 헛소리를 내신다. 인사를 마치고 나오는 나를 여성분이 따라 나오며 "저는 딸이 아니에요. 요양 보호사입니다.”

“예? 이런 실수가! 죄송합니다.”

선입관이 가져온 착각에 당황스러워 급히 머리를 숙였다. 어르신이 내 말을 들었다면 어떤 일이 일어났을까?

어르신은 경찰 공무원을 정년퇴직 하고 홀로 계시는 분인데 나이는 여든이 넘었다.

성격이 고슴도치 같아 비위를 맞추기가 쉽지 않다고 한다. 그녀는 관리사무소장이면 어느 정도 세대의 사정을 알고 있다고 생각하는 듯 편하게 이야기했다. 사실은 처음 듣는 이야기인데….

“하루에 몇 시간을 돌보는 거예요?”

“식사 챙겨 드리고 청소도 하고, 3시간 정도 머물다 갑니다.”

요양 보호사가 보이지 않아서일까 아니면 관리소장과 본인 이야기를 한다고 짐작했던 것일까.

“관리소장.” 하고 부른다.

“예, 무슨 일이십니까?”

“방송 소리가 잘 안 들려. 소리 좀 크게 해줘.” “당최 들리지가 않으니.”

나는 관리사무소에 전화하여 시범 방송을 하도록 했다.

“어르신, 이 정도면 잘 들리는데요. 크게 들리는 것은 스피커를 종이로 막는 방법이 있습니다만 작게 들리는 것은 업체를 불러 직접 해결하셔야 합니다.”

"저희가 공용 공간은 처리를 하지만 세대는 개인의 사유 재산이라 함부로 손을 댈 수가 없기 때문입니다."

'보청기를 바꾸어 보시죠.'라는 말은 하려다 말았다. 혹시 긁어 부스럼 만들지도 모를 일이었다.

"관리소에서 하는 게 뭐가 있나." 다시 신경질을 낸다.

그 모습이 내게는 신경질이라기보다는 덧없이 가버린 세월 앞에 본인의 의지조차도 통제할 수 없이 무너져 가는 처연한 인간의 숙명처럼 여겨졌다.

늙은 것이 죄라 했던가. 꽃도 시들면 오던 나비 아니 오고. 비단옷도 떨어지면 물걸레로 돌아간다. 맛난 음식도 쉬어지면 음식물 쓰레기통 찾아가고, 곱던 얼굴은 검버섯 피고, 섬섬옥수는 까마귀손이 되듯 요양 보호사의 손을 빌어 의지하는 세월이 아려왔다.

어쩜 그가 관리사무소에 자주 민원을 하는 것도, 까칠한 말투를 쓰는 것도 그렇게 해서라도 '나 아직 죽지 않았어.'라고 말하고 싶은 애달픈 자기 보호일지도 모른다.

나는 어르신 집을 나와 호미를 들고 미화원이 잡풀솎기 작업을 하고 있는 화단으로 갔다.

"반장님, 오늘도 딸이 손주의 동영상을 보내왔나 봐요?"

"예, 어찌나 귀여운지."

"그래도, 입주민에게 보이지 않는 곳에서 보세요."

"네. 그게 자꾸 보고 싶어서… 누가 뭐라 하던가요? 조심할게요."

나도 손주가 태어나고서야 반장님의 마음을 알게 되었다. '카
~톡' 소리만 나도 자동으로 휴대폰으로 눈이 가게 되는 것은 어
쩔 수가 없다. 잠깐이라도 틈이 나면 제일 먼저 하는 일이 손주
동영상을 보는 일이다. 세상 어떤 배우가 이렇게나 예쁠까? 몸
짓 하나, 표정 하나, 말 하나하나를 다 외울 정도이다. 손주는 늙
어가는 나에게 신이 주신 최고의 선물이며 나의 생의 마지막 에
너지다.

제1부 아파트에서 생긴 일

아이들 호기심은 무죄

"소장님 어찌 좀 해결해 주이소. 아침마다 할 짓이 아입니더."
아침부터 미화반장이 짜증을 내면서 보고를 한다.
"예, 어떻게든 해결해 볼게요. 조금만 기다려 보세요."
머쓱한 표정을 지으며 미화반장을 달래어 보냈다.

복도에 비치된 소화기를 비상계단에 분사하는 장난질이 오늘
로 세 번째다. 처음에는 아이들의 장난이라 여겨 이러다 말겠
지 하는 안이한 생각으로 안내 방송만 하고 지켜보고 있었으나
날이 갈수록 파손되는 소화기가 늘어나 문제가 심각해졌다. 청
소일로 미화반장의 성화도 대단했다. 무엇보다도 이러한 장난
이 위험하고 잘못된 행동이라는 것을 알려주고 인식시키는 것
이 필요했다. 파출소에 신고는 하였지만 난감하기는 경찰도 마
찬가지였다. 촬영된 CCTV 영상을 확인 후 다시 신고해 달라면
서 돌아갔다.
어쩔 수 없이 직원들이 수사관이 되어 범인을 잡기 위한 대책

회의가 열렸다. 여기저기 흩어진 발자국으로 보아 3명 정도의 아이들이 벌인 일임이 분명했다. 여러 가지 의논 끝에 우리는 이 녀석들을 CCTV가 있는 곳으로 유인하기로 하고 관리 동 입구에 소화기를 놓아두었다. 미끼를 던지고 돌아서려니 길고양이를 잡기 위해 케이지 안에 햄이나 참치 캔을 두고 유인하던 TV 장면이 떠올라 쓴웃음이 나왔다. 이제 기다리기만 하면 된다. 그러나 우리의 예상과 정반대로 비상계단에서의 장난질은 계속 일어났다.

아침에 출근하면서 관리 동 입구에 있는 소화기를 확인하는 것이 일상이 되었다. 소화기가 제자리에 있으면 아직도 싸움이 끝나지 않았다는 얘기였다. 온갖 일이 뒤죽박죽이 되어 버려 응당 있어야 할 자리에 있는 소화기가 그 자리에 있으면 실망감이 솟아나고 미화반장의 아침 보고가 없으면 아이들이 어제 일 안 하고 쉰 것을 고마워해야 할 지경이었다. 언제 이 숨 막히는 전쟁이 끝날까.

그날도 잔뜩 흐리고 비가 올 듯 말 듯 찌뿌둥한 아침이었다. 차에서 내려 관리 동을 쳐다보니 빨간 소화기가 보이지 않았다. 미끼를 물은 것일까. 갑자기 엔도르핀이 분출되고 긴박감이 몰려왔다. 관리 동 화장실은 분말가루로 범벅이 되어 있고 비상계단 입구까지 연결된 발자국 끝에는 수명을 다한 소화기가 놓여 있었다. 난장판이 되어 있는 현장을 보고 있노라니 짜증보다는 안도의 한숨이 앞섰다.

　　　　　　　　　　　　제1부 아파트에서 생긴 일

CCTV 영상에는 초등학생 남자아이 3명이 찍혀 있었다. 맨 앞쪽의 대장으로 보이는 아이가 관리 동 복도를 걸어오면서 태권도라도 하듯 앞 발차기를 하며 펄쩍펄쩍 뛰었다. 뒤를 이어 한 명은 전쟁에서 승리한 전사의 전리품처럼 소화기를 어깨에 걸치고 있었고 또 다른 한 명은 맨손으로 총을 쏘는 포즈를 취하고 있었다. 그들은 마치 카니발에라도 참가한 사람 같았다. 이리저리 춤을 추며 화장실 쪽으로 가고 있는 아이들은 자기들의 행동이 잘못된 것이라고 생각하기보단 단순한 놀이로 즐기는 듯했다.

경찰이 도착하여 증거 영상을 본 다음 얼굴을 모자이크 처리한 후 게시판에 올려 제보를 받는 방법을 쓰자고 제안했다. 옷차림이나 형체만 보여줘도 또래 아이들은 금방 알아볼 수 있단다. 그러면 신고가 들어올 것이라고 말하고 돌아갔다. 나는 경찰의 말에 반신반의하였다. 보복이나 후환이 두려워 쉽게 나서지 못할 것이라고 생각했던 것이다.

그러나 나의 이러한 예상은 무참히 빗나가고 말았다. 게시판에 게시가 되자마자 경비실로 아이들에 대한 신상 제보가 접수되었으며 관리사무소에까지도 자녀들에게서 제보를 받은 부모님들의 신고가 줄을 이었다.

파출소에서 연락이 왔다.

아이들, 부모님, 선생님이 오후 5시에 파출소에 모이기로 하였으니 참석하여 피해 사실을 확인해 달라는 것이다. 음료수 두 박스를 사서 파출소로 향했다.

한 박스는 한 달이 멀다 하고 아파트에 출동해야 하는 경찰에 대한 고마움으로, 다른 하나는 무서움에 떨고 있을 아이들을 위함이다. 파출소에 들어서니 먼저 도착한 선생님과 학부모들이 다가와서 심려를 끼쳐서 미안하다며 인사를 한다. 문 옆 구석 의자에 옹기종기 모여 앉아 있는 아이들은 어깨를 축 늘어뜨린 채 머리를 숙이고 있었다. 은빛 금테 안경을 쓴 파출소장님이 내가 제출한 사건 일지를 들고 아이들에게 가까이 가더니 묻는다.

"주동자가 누구야?"

아이들은 그때서야 고개를 들었다. 눈을 휘둥그렇게 뜨면서 한 아이가 대꾸를 한다.

"주동자가 뭐예요?"

나는 터져 나오려는 웃음을 꾹 참았다.

파출소장님의 목소리가 약간 높아졌다.

"먼저 하자고 한 사람 말이다. 누가 먼저 하자고 했니?"

아이들은 가장 덩치가 큰 아이를 가리켰다. 발차기를 하면서 앞장서던 아이였다. 지목을 당한 아이는 다시 고개를 푹 숙였다. 그리곤 아무 말이 없었다.

"너가 하자고 그랬어? 쟤 말이 맞아? 진짜야?"

날카롭게 다그치는 엄마의 목소리에 아이는 아무 변명도 하지 않았고 모든 것이 자기 책임임을 인정하는 듯 눈물만 뚝뚝 흘리고 있었다. 나는 그 아이가 측은하기도 했지만 한편으로는 감동

　　　　　　　제1부 아파트에서 생긴 일

이 밀려왔다. 조그만 일에도 온갖 핑계를 대면서 남 탓으로 돌리는 어른들에 비하면 이 아이는 얼마나 용기 있는가? 잘못을 인정하는 일도 용기가 필요한 것이다.

다른 부모들은 자기 아이를 나무라기보다는 그저 항변하기에만 급급했다.

그녀들은 자기 아들은 모르고 따라서 했다면서 생활 기록부에 기재가 되어서는 안 된다고 힘주어 말하고 있었다. 아이들의 호기심 가득한 장난이 왜 생활 기록부에 기록되어야 하는 것인지, 엄마들이 기를 쓰고 막으려는 이유는 무엇인지 나로서는 알 길이 없었다. 그녀들의 행동을 보면서 무엇이 어디서부터 잘못되었는지 참으로 답답한 마음이 들었다.

"다시는 이런 일 하면 안 돼."

나는 가져온 음료수를 아이들 손에 일일이 쥐어 주며 머리를 쓰다듬어 주었다.

파출소장이 묻는다.

"소장님, 어떻게 하시겠어요?"

"아이들의 장난에 무슨 나쁜 뜻이 있겠습니까?"

"이 일은 없던 것으로 하고 학교에나 파출소에나 어디에도 기록이 남지 않도록 해주십시오." "파손된 소화기 7개는 입주민의 재산이니까 변상받겠습니다."

말을 마치고 나는 바쁜 일이 있으니 그만 가야겠다고 파출소 문을 나섰다.

파출소장이 따라 나오면서 다시는 이런 일이 없도록 단단히 혼을 내주겠다고 나를 안심시킨다. 나는 아이들을 빨리 보내 주라고 당부를 하였다. 파출소가 얼마나 무서운 곳인데….

먼 훗날 아이들은 파출소를 볼 때마다 곁에서 힘이 되어 준 어머니를 향한 그리움이 사무칠 것이다.

길 건너 오뉴월의 노을이 양철 지붕 위에 걸쳐져 분말가루처럼 흩어지고 있었다.

소화기분사

　제1부 아파트에서 생긴 일

나무는 살아 있다

입주자 대표 회장님께서 이번 회의 때 아파트 내 식목 계획을 회의 안건에 올리라고 의견을 개진하셨다. 안건이 선정되면 관리사무소장은 회의 안건을 검토하고 실행 계획을 세워서 입주자 대표 의회 3일 전에 회의 자료를 각 대표들에게 전달한다. 동 대표들은 전달된 자료를 바탕으로 안건을 충분히 파악하고 계획서를 면밀하게 검토한 후 회의에 참석한다. 그래야 본인의 의견도 제시할 수 있고 타인의 의견을 수렴하여 수정안을 제시할 수도 있다.

동 대표가 회의 안건을 사전에 충분히 숙지하지 않은 상태로 참석하게 되면 회의는 중구난방이 된다. 자료에 나와 있는 내용을 반복해서 이야기하는가 하면 타인의 의견을 근거 없이 반대하는 경우가 생기기도 한다. 회의 시간은 길어지고 결론은 나지 않는다. 마치 지구인과 안드로메다은하의 외계인이 마주 앉아 회의를 하는 것 같다.

관리사무소장은 회의에 배석하여 토의 내용을 경청하고 대표들이 궁금해하는 사항에 답변하는 역할을 맡는다. 의결 내용이 관리 규약이나 법령에 위배되지 않는지 의견을 제시하기도 한다. 이러한 토론을 거친 후에 안건이 의결되면 관리소장이 의결된 내용을 집행하게 되는 것이다.

4월에 식목을 하려면 3월 말까지는 회의 결과가 도출되어야 하기 때문에 회의 자료를 준비하느라 3월 초순부터 마음이 바쁘기 시작했다.

내가 나고 자란 곳은 도시 지역이라 나는 나락[03]을 본 적도 없었고 쌀은 나무에서 자라는 줄 알았다.

초등학교 때 식목일이면 민둥산을 푸른 산으로 만들어야 한다는 선생님의 가르침에 따라 전교생이 야산에 올라갔다. 이름도 모르는 묘목을 심고 발로 꾹꾹 다져 주었던 일과 가끔씩 학교 뒷산에 올라 기다란 나뭇가지를 엑스자로 엮어 만든 젓가락으로 송충이를 잡았던 것이 내가 기억하는 자연의 전부다. 신발주머니에 한가득 송충이를 잡아야 하는 목표를 잊어버리고 '염불보다 잿밥'이라고 친구들과 산속을 뛰어놀다 목표를 채우지 못하여 담임 선생님께 혼이 났었다. 벌거숭이산이 많으면 우리나라를 미개국으로 취급한다든지 "홍수 때 산사태가 난다", "산소가 부족하여 공기가 탁해진다"하는 선생님의 설명을 이해하게 된 것은 먼 훗날의 이야기였다. 자연과 더불어 함께한 생활이 고작 이 정도인 나로서는 무궁화와 해바라기 꽃을 구분하는 것이 최선이라

---

03 나락: 도정(搗精)하지 않은 볍씨 상태의 겉곡이다.

면 과장된 표현일까?

식물에 문외한인 나인지라 어디서부터 시작을 해야 할지 막막했다. 먼저 해야 할 일은 아파트 내 조경이 어떻게 조성되어 있는지 파악하는 일이었다. 이참에 아파트 내 나무를 모두 알아야 되겠다고 생각하고 식목된 나무부터 조사하기 시작하였다. 아파트가 군 소재지에 위치하다 보니 도시의 아파트보다는 조경 면적이 꽤 넓었고 준공된 지 얼마 되지 않은 터라 '식재 계획도'와 '수목 수량표'가 보관되어 있었다.

수목 조감도를 펼쳐 보니 글씨가 너무 작아서 보기가 불편하였다. B4 용지로 확대 복사를 하여 페이지를 일일이 이어 붙였다. 이어 붙인 조감도는 사극 드라마에서 내관이 어명을 전달할 때 펼치는 교지처럼 기다란 두루마리가 되었다. 이렇게 만들어진 두루마리를 둘둘 말아 손에 들고 다니면서 나무의 이름부터 알아보기를 시작하였다. 바람이 몰아치면 두루마리가 휘날려서 실 끊어진 가오리연처럼 날아다녔다.

수목 수량표에 있는 수목 종류를 헤아려 보니 상록 교목 9종, 낙엽 교목 15종, 상록 관목 6종, 낙엽 관목 9종, 지피 7종, 덩굴류 1종 등 총 47종류의 수목이 조성되어 있었다. 수목 조감도에는 교목은 기호와 이름을 함께 명기해 놓았으나 관목은 나무 이름 없이 기호만 표기되어 있어 실제 나무를 보고 난 뒤 기호 표시를 찾아서 기재된 이름을 알아가야 했다.

3월 초순이라 아직 나무에 꽃은 피지 않아 나무 이름을 숙지하기가 쉽지 않았다. 나무를 보고 이름을 알기보다는 나무가 있는 동별 위치를 보고 이름을 추측하는 정도였다. 나무를 다른 곳으로 옮기면 말짱 도루묵이 되어 버리는 어설픈 조사가 계속되었다. 그렇게 지루하고 실효성 없는 조사를 쉬엄쉬엄하는 동안 놀라운 변화가 발생하였다. 3월 하순이 되자 죽은 듯 깡마른 가지에서 거짓말처럼 손톱만 한 새싹들이 나를 향해 삐죽삐죽 얼굴을 내밀었다. 하루하루가 다르게 꽃봉오리가 많아지더니 마침내 불꽃처럼 화려하게 꽃망울을 터트렸다. 평생 한 번도 경험하지 못했던 아름다움이 경이로움으로 다가왔다.

꽃을 보니 나무의 이름이 쏙쏙 머리에 들어왔다. 여태 건성으로만 알고 있던 꽃의 탄생 과정이 가슴속에 하나씩 똬리를 틀기 시작하였다.

이제 나무와 꽃들은 병풍에 그려진 한 폭의 산수화가 아니었다. 꽃들은 그림이 아닌 살아 있는 생명체로서 내게 다가와 아침마다 인사를 했다.

"반가워요, 소장님!" "안녕, 목련화!"

김춘수 시인의 시 '꽃' 중에서 "내가 그의 이름을 불러주기 전에는 그는 다만 하나의 몸짓에 지나지 않았다. 내가 그의 이름을 불러주었을 때 그는 나에게로 와서 꽃이 되었다."의 의미가 단순한 청춘의 감동이 아닌 체험으로 살아났다. 시인의 시적 상상력과 통찰력에 대한 놀라움으로 심장은 벅차올랐고 고개가 절로 숙여졌다. 세월에 따라 '

시'는 또 다른 의미로 내게 다가왔다.

나날이 태어나는 생명의 경외감!

여기서 불쑥 저기서 불쑥 피어나는 꽃들은 사람처럼 얼굴이 없어 모두 예뻤다.

산수유가 피자 연이어 목련꽃이 피고 이에 뒤질세라 벚꽃이, 철쭉이, 흰 말채 꽃이, 영산홍이, 온갖 꽃들이 시샘하듯 앞서거니 뒤서거니 피어나니 아파트는 울긋불긋한 꽃대궐로 봄의 향연을 만끽한다. 나무는 꽃들의 잔치가 끝나면 열매가 떨어지고 잎이 사라진 앙상한 가지를 드러내겠지만 나는 슬퍼하지 않을 것이다. 새로운 생명이라는 희망의 씨앗을 잉태하고 있음을 알기에⋯.

이제는 식목할 나무를 구입해야 할 차례였다.

나무를 찾기 위하여 봄마다 산림 조합에서 개최하는 나무 시장을 찾았다. 산 중턱에 자리한 나무 시장은 층층이 계단을 지어 매우 넓었다. 여러 종류의 묘목들이 고랑을 사이로 맨 앞쪽에 푯말을 세운 뒤 가지런히 줄지어 있었다. 푯말에는 수종, 구분, 개화기, 결실기, 용도, 가격이 표시되어 있었다. 주인을 맞이하기 위하여 아름다움을 뽐내는 묘목들의 자태가 중국 시안에서 출토된 진시황릉의 병마용갱을 보는 듯했다. 옆에 있는 비닐하우스에는 각종 분재들이 층을 나누어 진열되고 있었다. 아는 만큼 보인다고 했던가? 어느 정도 나무와 꽃에 대하여 공부를 하고 나니 구경하는 즐거움이 쏠쏠하게 좋았다. 꽃을 구경하는 사람들

모두가 아름다워 보일 지경이었다. 겨울에도 아파트에서 포근함을 느낄 수 있도록 상록 교목을 구입할까 생각했지만 식목 구입비로 책정된 금액을 벗어나 수량을 조절하기가 어려웠다. 교목은 낙엽 활엽수인 산딸나무를, 관목은 상록 철쭉인 아까도 철쭉을 구입하여 단지 내에 식목을 하였다. 나무를 심고 나니 보고픈 마음에 발걸음이 자주 그쪽으로 향했다. 식물은 주인의 숨소리, 발소리를 듣고 자란다 하지 않는가?

이후로 나는 나무들이 있는 정원을 방문하면 그들에게 인사를 하는 습관이 생겼다. 관리사무소장을 하지 않았다면 이런 기쁨이 나에게 있었을까?

산딸나무가 어른이 되고 더 많은 열매를 맺을 때까지 여기서 일하며 지켜보고 싶지만 세월이 나의 바람을 받아 줄지는 모를 일이다.

산림조합나무시장

제1부 아파트에서 생긴 일

그녀는 무엇을 그토록 지켜야 했을까?

휘몰아치는 비바람에 떨어진 은행잎이 차창을 때렸다. 갈기처럼 솟구치는 바람은 너부러진 낙엽을 쓸어 하늘로 휘감는다. 매서운 바람에도 대로변의 가로수는 마지막 잎새를 하나라도 붙잡아 두려는 듯 놓아주지 않는다. 어둠은 시간을 타고 내 맘 깊은 속까지 스며들었다. 마음 한구석에 남아 있던 숙제를 해결하기 위해서 대한주택관리사협회ㅇㅇ도회 사무실로 향했다. 신문과 방송을 온통 도배하다시피 한 주택관리사의 죽음을 배웅하러 가는 길이다. 지금 그녀를 만나 보지 않으면 평생 후회할 것 같은 미련이 내 주위를 맴돌고 있었다. 아니, 솔직히 만나서 물어보고 싶었다. 무엇을 그토록 지켜야만 했는지….

그녀는 지천명을 갓 넘긴 나이에 근무 중인 사무실에서 입주자 대표 회장의 칼날에 찔려 불귀의 객이 되어 버렸다. 이제 삶의 질곡을 벗어나 여유로운 여생을 맞이할 꽃다운 나이에 청천벽력 같은 일이, 그것도 백주 대낮에 일어났다는 사실이 믿기지 않았다.

언론 매체의 내용을 종합해 보면 나이가 예순 둘인 입주자 대표 회장은 관리사무소장이 아파트 관리비를 횡령한다고 의심을 하였다. 그래서 횡령을 막는다는 명분으로 아파트 입주자 대표 회장과 관리사무소장이 공동 명의로 관리하게 되어 있는 관리비 통장의 복수 인감을 본인 단독 명의로 변경하였다. 관리비는 안전한 관리를 위하여 관련법에 따라 회장 인감과 관리사무소장 인감이 복수로 등록되어 있어야 한다. 이에 따라 관리사무소장은 복수 인감 통장으로 변경을 요청하였고 양측의 갈등은 시작되었다. 관리비 횡령에 대한 지방 자치 단체의 감사는 무혐의로 밝혀졌다.

이러한 일련의 과정에서 자기가 관리사무소장에게 무시당했다는 생각에 사로잡힌 회장이 사고 당일 오전 9시 30분경 칼을 들고 관리사무소에 난입했다. 그리고 관리사무소장의 목 부위를 칼로 찔러 무참히 살해하고 도주해 버렸다. 관리소 직원들은 설비 점검 때문에 외부 작업을 하러 나가서 관리사무소에는 그녀 혼자 있었다. 작업을 마치고 들어온 직원이 관리사무소장을 발견하고 즉시 119에 신고하였으나 119가 도착하였을 때는 이미 숨을 거둔 상태였다.

그녀는 독신이었으며 홀로 90세 노모를 모시고 사는 성실하고 착한 막내딸이었다.

어머니가 충격을 받아 정신을 잃을까 봐 언니는 동생의 죽음을 알리지 못하고 여행을 떠난 걸로 해 두었다고 한다. 눈에 넣어도 아프지 않을 딸을 그렇게 허무하게 하늘나라로 보낸 것이다. 한 사람의 그릇된 오해와 분노가 평화로운 가정의 행복을 송두리째 빼앗아 가 버렸다.

윤흥길이 쓴 소설 『완장』에 등장하는 종술이처럼 크건 작건 권력을 쥐면 업무 외적인 부분까지 사용하고 싶어 하는 속물적 근성이 인간의 내면에 자리하고 있다.

'말 타면 종 두고 싶다.'라는 속담이 실감난다.

입주자 대표 회장 자리에 오르는 것은 그 자리에 맞는 역할을 하라는 것이지 자리 자체를 즐기고 사용하라는 것이 아니다. 그럼에도 불구하고 일부 동 대표는 회장만 되면 완장질을 해댄다.

동별 대표자를 하다 보면 좋은 소리보다는 싫은 소리를 더 많이 듣는다. 그러니 중, 소규모 단지는 동별 대표자 후보로 나서기를 꺼려하여 입주자 대표 회의 구성이 어렵다. 반면에 대규모 단지는 동별 대표들 간 계파가 형성되어 세력 다툼하는 무리들의 장이 되기도 한다. 모두 그렇지는 않겠지만 많은 입주민들은 아파트 관리에 무관심하다.

플라톤이 주장한 "정치에 무관심하면 가장 저급한 인간의 지배를 받게 된다."라는 말처럼 저급한 인간들이 입주자 대표 회의를 장악하면 관리사무소 직원들은 그들의 지배를 받게 되고 만다.

공동주택 관리법 65조에는 '관리사무소장의 업무에 부당하게 간섭하여서는 아니 된다.'라고 업무에 부당한 지시나 명령을 하는 일을 배제하고 있고, 이를 위반할 때는 '관리사무소장이 지방 자치 단체장에게 사실 조사를 의뢰할 수 있다.'라고 되어 있다. 하지만 부당한 지시자에 대하여 별도의 벌칙 규정도 없을뿐더러 어느 누구도 자신 있게 사실 조사를 요청할 수 있는 환경도 아니어서 이 조항은 사실상 선언적 문구에 지나지 않는다. 어느 쥐가 고양이 목에 방울을 달 수 있단 말인가? 입주자 대표 회장의 입장에 동조하지 않을 경우 관리사무소장은 언제든지 교체될 수 있기 때문에 파견 나온 관리사무소장 입장에서는 고용 불안에 시달리면서 대부분 참을 수밖에 없는 것이 현실이다. 일부이긴 하지만 입주자 대표 회장의 부당한 지시, 업무 간섭, 부당 해고, 이권 개입 등의 사례가 발생하고 있으니 아파트의 안정적인 관리를 위하여 주택관리사법을 제정하여 관리사무소장의 신분을 보장하는 제도적 장치 마련이 시급하다.

　아울러 이제는 공동주택 종사자들에 대해 국가적 차원에서의 안전 보호 대책 마련이 시급한 시점에 와 있다.

　대한신경정신의학회 조사 결과에 따르면, 만 19세 이상인 대한민국 성인의 50%가 분노조절장애를 겪고 있고 이 중 10%는 의학적 치료가 필요한 수준이라고 한다. 국민의 75%가 공동주택에 거주하고 있으니 성인 인구 4,323만 명을 기준으로 현재 전국 아파트에는 1,621만 명의 분노조절장애와 162만 명의 치료가 필요한 수준의 정신 질환을 앓고 있는 사람이 살고 있다는 산술적 계산이 나온다. 공동주택 관리 현장은 관리와 격리가 필요한 이런 사람들과 함께 생활함으로 인한 유해 요인에 심각하게 노출되어 있다.

이○○ 소장의 경우도 입주자 대표 회장 한 사람의 인격에 문제가 있다고 치부하고 두루뭉술하게 넘어간다면 제2, 제3의 이○○ 소장이 나올 것은 뻔한 일이다.

내비게이션이 목적지에 가까이 왔음을 알렸다. 바람은 잦아들었고 어둠은 산 넘어 나직이 깔리고 있었다. 대한주택관리사협회 ○○회 사무실을 들어서니 사무국장이 반갑게 맞아 주었다.

사무실은 생각보다 좁고 초라했다. 배치되어 있는 가구며 실내의 인테리어는 드라마 '야인시대'에 나오는 동대문 사단의 회의실을 연상할 정도로 간소하고 소박했다. 안쪽 벽면에 이○○ 소장의 빈소가 차려져 있었다. 국화 한 송이를 들고 한동안 멍하니 그녀를 바라보았다.

오른쪽 가르마를 타고 왼쪽으로 단정하게 빗어진 머리, 달걀형의 갸름한 얼굴. 영정 사진 속의 그녀는 평상시 모습 그대로였다. 그녀가 그토록 지키고 싶었던 것이 무엇이었는지 나는 물어볼 수 없었다. 그녀는 나에게 주택관리사의 사명을 일깨워 주었으며 무엇을 두려워하지 않아야 하는지 미소로 대답하고 있었다. 이 순간이 지나면 모든 이의 기억에서 차츰 지워져 가겠지만 내 마음속에는 영원히 살아 있을 사람이다.

이제 남은 몫은 우리가 할 일이다. 그녀는 별이 되어 우리의 길을 밝혀 줄 것이다.

부디 하늘나라에서 편히 쉬소서…

천국에는 아파트가 없을 테니까.

오성 장군의 계급장

35℃를 넘나드는 7월의 무더위가 기승을 부린다. 소나기라도 한줄기 내렸으면 하는 기대에도 아랑곳없이 해님은 열기를 쨍쨍 내뿜는다. 더위에 지친 어르신들을 위로하고 인사도 할 겸 수박 두 덩이와 바나나 두 꾸러미를 들고 노인정을 방문하였다. 노인정에는 8명 정도의 어르신이 계셨다.

할머니들은 고스톱을 즐기고 할아버지 두 분은 장기를, 다른 분들은 소파에 앉아 담소를 즐기고 계셨다.

"어르신 안녕하십니까." "날씨도 더운데 고생이 많으십니다."

"어이, 소장 왔는가."

노인회 총무를 맡고 계신 어르신이 반갑게 맞아 주신다. 총무님은 날씬한 몸매에 은테 안경을 끼고 머리는 단정히 빗어서 한쪽으로 넘겼다. 옷맵시가 첫눈에 봐도 인텔리풍이 물씬 풍기는 할아버지다. 서예 공부를 하셨는지 해마다 봄이면 '입춘대길(立春大吉)', '건양다경(建陽多慶)', '가화만사성(家和萬事成)'이란 붓글씨를 한지에 써서 노인정 입구 현관 유리창에 붙여 놓으신다. 나도 노인정에 갈 나이가 되면 멋진 취미를 하나 가지고 있어야 할머니들에게 인기가 있을 텐데, 생각 따로 몸 따로 움직이니 쉽지 않은 일이다.

"고맙게도 이런 걸 사 오다니. 우리 노인들 생각하는 사람은 소장뿐이라니까."

할머니 한 분이 웃으시며 얼른 과일을 받아들더니 주방으로 향한다. 총무님은 가져온 과일을 함께 먹고 가라며 들어오라고 하신다. 바쁜 일이 있어 가 봐야 한다고 한사코 거절하였으나 할 이야기가 있다며 막무가내로 손을 잡아당긴다. 할 이야기가 있다는데 돌아설 수는 없었다. 손에 이끌려 마지못해 방으로 들어섰다.

노인정에 계신 분들은 동네 어른신이기도 하지만 입주민이기도 하다.

자치 단체장이 마을을 순시하면 어르신들이 앞장서서 지역 숙원 사업을 해결해 달라고 요청하듯이 관리사무소장을 만나면 입주민들은 불편한 사항들을 토해 낸다. 자치 단체장이야 다음 선거를 의식하여 지키지 못할 약속을 남발할지도 모르지만 나의 경우는 다르다. 비용이 들지 않는 소소한 불편 사항은 직원들의 힘으로 최대한 해결하려고 노력해도 경비가 소요되는 일들은 관리사무소장이 마음대로 약속할 수 없다. 이러한 부분은 입주자 대표 회의의 의결을 받아서 집행하여야 되는 것인 데다가 입주자 대표 회의도 공동주택 특성상 개개인의 욕구를 모두 수용하지는 못한다. 그러므로 내가 함부로 해결해 주겠다고 말을 할 수 없는 것이다. 그러다 보면 말이 길어지고 대화가 지속되다 보면 입주자 대표 회의가 잘하니 못하니, 부녀회가 어떠니 저떠니, 미화원이 잘하느니 못하느니 등의 이야기가 오간다. 자칫 잘못 응대라도 하게 되면 불필요한 논란이 발생하기도 한다. 이럴 때면 생각을 잠시 휴가 보내고

"예, 그렇습니다. 검토해보겠습니다."를 반복한다.

혹여나 영혼 없이 대답하는 것이 들키기라도 할까 봐 짐짓 진지한 척 고개를 끄덕이기도 하고 깊은 고민에 잠긴 척하기도 한다. 팔자에 없는 배우 노릇을 감내해야 하는 것이다.

현재 노인정 회원은 20여 명이 되는데 갈수록 회원 수가 줄어든다고 총무님의 걱정이 태산이다. 우리 아파트 노인정에는 관리비에서 지원되는 비용이 없다. 해마다 어버이날에 노인정 소속 회원님들에게 식사를 제공하는 것이 지원금의 전부다. 그러므로 관공서에서 나오는 지원금으로 노인정을 꾸려가야 하는데 회원 수에 따라 금액에 차이가 있으니 걱정이 될 만도 하다.

총무님이 하실 말씀이란 것이 노인정 경비 지원 문제일까?

관리사무소장에게 돈을 지출하는 문제는 민감한 사안이다. 입주자 대표 회의를 설득하는 난관도 있겠지만 불필요한 지출을 줄여서 관리비를 절감해야 하기 때문이다. 벌써 어떤 말로 나의 어려움을 알려야 할지 고민이 됐다. 우리는 각자의 사정으로 인해

비장해진 얼굴로 서로를 마주하고 있었다.

"안 소장, 아파트에 거주하는 65세 이상 노인네들을 추려서 연락처를 내게 주면 안 될까?"

"왜 그러십니까?"

"내가 직접 전화를 해서 회원을 늘려 보려고 하네."

지원금 문제가 아니니 안도의 한숨이 나왔다.

"총무님, 개인 정보 보호법 때문에 그건 좀 어렵습니다."

"본인 동의 없이 개인 정보를 제공할 수가 없거든요."

"그러면 관리사무소에서 내 전화번호를 주고 내게 연락하도록 하면 안 될까?"

"예, 총무님 저희가 입주자의 정보를 사용하는 경우는 제한이 되어 있습니다."

"관리비가 체납된 경우라든지 전자 투표를 하기 위해서라든지, 공용 목적으로만 사용이 가능합니다." "이런 경우는 연락을 해도 될지 모르겠네요."

"그럼, 어떡하나."

총무님의 얼굴에 긴 세월 쌓아온 지혜로도 해결하지 못할 막막함이 어렸다. 나는 입주민의 편의를 위해 일하는 관리사무소장으로서, 앞으로 그와 같은 길을 걸어갈 인생 후배로서 그를 도와줄 방법을 생각했다.

"총무님, 노인회장님 명의로 안내서를 만들어 주시면 65세 이상 입주민의 세대 우편함에 투입하겠습니다. 그리고 회원 가입을 독려하는 방송도 하겠습니다."

"그것 좋은 방법이네, 그럼 그렇게 해 주게나."

내가 65세 이상 노인의 명단을 제공하지 못하는 것은 나도 모르게 개인 정보 보호법에 저촉이 될까 염려가 되기 때문이다. 일전에 세대 소유자가 자기 집에 세 들어 사는 세입자가 관리비 미납이 있는지 문의해 왔다. 나는 무심코 알려 주었다가 세입자의 거센 항의를 받은 바 있다. 개인정보보호위원회에 문의해 보니 미납 관리비를 소유자에게 알려 주려면 세입자의 동의를 받아야 한다고 하였다. 관리사무소장을 하다 보면 평소처럼 덤벙대고 생각 없이 툭 내뱉은 말들로 사달이 나는 경우가 종종 생긴다. 뭔가 꺼림칙하다 싶으면 꼭 탈이 난다. 확인하고 또 확인하여 처리해야 뒤탈이 없다는 것을 깨달았을 때는 시행착오를 여러 번 겪은 후였다.

'드르륵~.' 한참의 기다림 끝에 주방문이 열리는 소리가 났다.

"자, 모두 이리 오세요. 수박입니다."

과일을 들고 간 할머니가 수박을 잘게 썰어 얼음을 가득 담은 수박화채를 큰 스테인리스 그릇에 담아 오셨다.

"바나나는 안 들어오나?" 총무님이 묻는다.

"바나나는 저녁에 오는 사람 먹으라고 남겨두었어."

"소장이 사온 건데 모든 식구가 맛을 봐야지."

괜스레 미안한 마음이 들었다. 모두 나누어 먹을 만한 양은 아닌데….

사람들은 커다란 스테인리스 그릇을 중앙에 놓고 원을 그리듯 빙 둘러 앉았다. 할머니는 참볼 그릇에 화채를 담아 건넸다. 화채를 건네는 손등이 허물을 벗고 있는 뱀처럼 울퉁불퉁하다.

"소장은 몇 살이고?"

"예, 아직 5학년입니다." 나는 나이를 슬쩍 몇 살 낮추어 말했다.

"청춘이네. 우리 아들하고 나이가 비슷하겠네."

"우리 아들이 뭐하냐 하면은…"

"아지매, 아들 자랑 그만 해라. 소장하고 아들하고 무슨 관계가 있노."

자식들의 형편에 따라 당신들이 살아온 세월을 보상을 받는다고 생각하듯 어르신들은 자식 자랑에 열심이다. 자식들이 얼마나 출세하였는지, 손자가 무엇을 하고 있는지, 며느리가 매달 용돈은 얼마나 챙겨 주는지를 자랑하기에 바쁘다. 노인정에서의 위세는 아들과 며느리, 손자에게 달려 있다. 젊어서는 남과 비교되고 늙어서는 자식과 손자를 앞세워 비교되는 인생의 얄궂은 속성은 벗어날 수 없는 삶의 굴레일까?

홍색 알을 쥔 어르신은 화채 국물이 무릎에 떨어지는 것도 모른 채 장기판을 응시하고 있었다.

"어르신 큰 내기라도 하시는 모양입니다."

"허허. 지면 기분 나쁘잖아. 내가 더 잘 두는데 오늘은 영 안 되네."

그래, 어차피 인생은 폼생폼사다. 나이가 무슨 상관이람. 기분에 따라 살고 기분에 따라 죽는 거지.

어느덧 화채 그릇이 밑바닥을 드러낸다. 할머니가 빈 그릇을 주섬주섬 챙기면서,

"소장은 여기 오려면 한참 멀었어, 일흔이 넘어도 여기 오면 설거지를 해야 해."

"형님들은 도와주지도 않아."

알 듯 모를 듯 입술을 실룩이면서 웃는 모습이 투정을 부리는 것은 아닌 것 같다.

노인정을 나서니 햇볕은 한결 부드러워졌다. 세월의 파고를 거치면서 아롱진 개울 같은 주름, 까마귀 똥 같은 검버섯, 파뿌리 같은 백발, 터널 같은 앞니, 새우등처럼 오그라든 허리. 얼굴에 주렁주렁 달린 인생 계급장이 마치 오성 장군의 어깨 위에 빛나는 별처럼 눈부시다.

나이가 들면서 나보다 한 살이라도 많은 어르신을 만나면 고개가 절로 수그러진다.

그들이 이겨낸 인고의 세월에 대한 존경이며 나 또한 그들의 발자취를 따라 걷고 있기 때문이다.

어린이집에 살아난 동심

1) 비가 만든 달님나라

책상 위에 올려둔 휴대폰이 '카톡'을 외친다.

'소장님 천장에서 물이 또 떨어져요. 어떡해요. ㅠ.ㅠ.'

애교스러운 이모티콘과 함께 어린이집 원장님이 연락을 보내
왔다.

현장을 확인하기 위하여 어린이집에 들러 샛별반에 들어서려
고 하니 선생님이 나를 막아섰다. 조금만 기다려 달라며 방으로
들어가신 선생님은 잠시 후 문을 열어주었다. 낯선 사람을 무서
워하여 우는 아이도 있으니까 먼저 사정을 이야기하고 경계심을
갖지 않도록 안심을 시킨 후 사람을 들인다고 하였다.

방 안에는 천장에서 떨어지는 물을 받으려고 놔둔 세숫대야
가 있었고 물기를 잔뜩 머금은 수건들이 방바닥 여기저기에 흩
어져 있었다.

우리 아파트에는 주민 편의 시설로 임대하여 운영하는 어린이

집이 있는데 한 살부터 네 살 사이의 어린이 40여 명을 보육하고 있다. 그중에서도 세 살 이하 아이들이 모여 있는 샛별반 천장에서 비가 샌다. 작년 가을에 옥상 전체 방수를 하였는데 올여름 장마에 또 비가 샜다.

방의 일부를 차지한 물받이 대야 때문에 7명 정도의 샛별반 어린이들이 한쪽에 옹기종기 모여 비좁게 생활하고 있었다.

"안녕!" 하고 인사를 했지만 아이들은 멀뚱멀뚱한 눈으로 나를 가만히 쳐다보고만 있었다. 그때 한 아이가 살금살금 내게 다가오더니 "아빠." 하고 부르며 다리를 껴안는다. 다리에 착 달라붙어 나를 올려다보는 초롱초롱한 맑은 눈동자가 아침 이슬처럼 반짝였다. 순간 세월에 무뎌져 버렸던 나의 감수성이 봄비에 젖듯 가만히 맘을 적셔 왔다. 예쁘다는 한 단어로 표현할 수 없는 그 어떤 마음… 나비가 꽃봉오리에 앉아 살포시 날개를 접는 신비로움과 연약함에 대한 애잔한 마음이 뒤엉켜 왔다.

선생님이 "아빠 아닌데, 할아버지인데."라며 얼른 아이를 떼어 놓는다.

"아직 할아버지는 아닌데." 무뚝뚝한 말투에 선생님은 무슨 잘못을 한 것처럼 무안해 어쩔 줄 몰라 했고 나는 웃으며 괜찮다고 했다.

천장에는 비 자국이 곳곳에 나 있었다. 이 순간에도 조그만 빗방울이 똑똑 떨어지는 중이었다.

원장님이 한쪽 천장 위를 가리키며 "저쪽은 벽면도 누렇고 곰 팡이 냄새도 나서 아이들 건강에도 좋지 않으니 천장의 석고 보 드를 모두 떼어내면 안 될까요?"

"만약 학부모들이 보기라도 한다면 큰일이에요."

그 말대로다. 학부모들 대부분이 입주민들이니 당연히 항의는 관리사무소로 빗발칠 것이 뻔하다.

"석고 보드를 제거하면 덴조(지붕 안쪽의 목재 구조물)가 보이고 콘 크리트 천장이 보일 텐데 아이들이 무서워하지 않을까요?"

"그래도 아이들 건강문제가 우선입니다." "기침이라도 하게 되 면 낭패입니다."

석고 보드는 그대로 둔 채 벽지 보수 작업만 할까 염려스러웠 던 것이다. 나는 원장님의 걱정을 이해할 수 있었다. 어린이집은 어떠한 시설보다도 아이들의 건강과 안락한 휴식을 위해서 깨끗 하고 쾌적한 환경으로 만들어 주어야 한다.

보수 공사가 시급했다. 보수 업체에 연락을 취하고 방을 점검 하였다. 그런데 비가 또 문제였다. 장마철이라 보수 공사가 늦어 질 수도 있다는 대답이 돌아온 것이다.

비는 며칠 동안 계속되었다. 급한 대로 샛별반 천장의 석고 보 드를 철거했다. 덴조가 감옥 창살처럼 걸쳐 있었고 콘크리트 천 장은 빗물 자국이 번져 캔버스 위에 황갈색의 물감을 덧칠해 세 계 지도를 만들어 놓았다. 다행히 아이들은 무서워하지 않고 잘

놀고 있었다. 공사를 마칠 때까지 다른 반과 합치면 어떠냐고 물어보니 아이들도 또래의 놀이 문화가 다르고 공간이 협소하면 부딪치는 일이 많아 다툼이 일어날 수 있기 때문에 안 된다고 하였다. 보수 업체에 몇 차례 보수를 요구하였으나 이런저런 핑계로 차일피일 미뤘다. 어린이집이라고 빨리 작업해야 한다고 재촉했건만 일정을 잡아 방문하겠다고만 하였다. 시간만 야속하게 흘렀다.

원장님한테 전화가 왔다. 며칠 전 학부모가 아이를 데려다 주면서 물었단다.

"원장님! 우리 아이가 어린이집에는 달님이 하루 종일 있다고 하는데 무슨 말이에요?"

원장님은 어쩔 수 없이 천장에 있는 세계 지도를 보여 주었다고 했다. 천장에 얼룩진 비 자국을 보고 아이들이

"저게 뭐예요?"라고 물어서 선생님이

"비가 만들어 낸 달님나라야."라고 대답했던 것을 아이가 엄마에게 말한 것 같다고, 혹여 입주민이 관리사무소로 연락할 수도 있으니 미리 알려 주는 것이라고 했다. 어른에게는 그저 흉한 비의 흔적이 아이들에게 달님나라로 아름답게 묘사된 것이다. 선생님의 풍부한 상상력에 미소가 절로 나왔다. 하지만 이제는 원장님의 걱정대로 아이들의 생활이 불편해지지 않도록 공사가 빨리 진행되어야 하는 상황이었다.

우리의 마음에, 아이들의 순수함에 정말 달님이 소원을 들어주기라도 한 걸까.

그럭저럭 비도 그치고 따사로운 햇살이 돋았다.

보수공사는 순조롭게 진행되었다. 샛별반은 천장부터 벽면 전체를 도배하였다. 산뜻하게 밝아진 방 안에 달님나라의 모습은 사라져 버렸다.

원장님이 웃으면서 말한다. "아이들이 달님나라를 찾아요." "그래서 천장에 진짜 달님나라 그림을 붙이려고 해요." 나도 맞장구를 쳤다.

"달에 떡방아 찧는 토끼도 그려 넣으면 좋을 것 같은데."

"소장님, 이번 참에 달님반으로 이름을 바꿀까요?" "호호호."

어린애 같은 원장님의 얼굴에서 그늘이 지워지고 순수함이 배어났다. 달은 또 다른 모습으로 아이들 곁에 있을 것이며 시공간을 초월하여 변함없이 많은 이야기를 들려줄 것이다.

2) 나는 교육자입니다

우리 아파트에서 운영하는 어린이집의 원장님으로부터 어린이집이 국공립 전환 대상 어린이집으로 선정되었으니 승인을 부탁드린다는 연락이 왔다. 지방 자치 단체가 한 해에 한 곳을 선정하여 국공립으로 전환할 수 있는 기회를 주는데 그 대상으로 선정되면 먼저 입주자 대표 회의의 승인을 얻고 그다음 전체 입주자 과반수의 서면 동의를 얻어 최종적으로 국공립 전환이 결정된다.

어린이집이 국공립으로 전환된다는 것은 아파트의 주민 편의 시설로 개인에게 임대하여 운영되고 있는 어린이집을 지방 자치 단체에게 일정 기간 무상으로 임대하여 국공립으로 운영되는 것을 말한다. 원장 및 직원들은 국공립 어린이집 직원들과 동등한 대우와 급여가 보장되며 자치 단체로부터 리모델링 및 기자재비 등의 지원을 받아 한층 업그레이드 된 모습으로 어린이집을 개원하게 된다.

며칠 뒤 입주자 대표 회의가 소집되었다. 동 대표들 간에 팽팽한 의견 대립으로 회의는 지루하게 이어졌다. 찬성 측에서는 국공립 어린이집 개원으로 아파트의 가치 상승과 보육 교사의 처우가 높아져 질 높은 서비스를 받을 수 있다고 주장하는 반면에 반대 측에서는 무상 임대로 인하여 월 임대료가 없어지므로 수입적인 측면에서 아파트에 실질적인 도움이 되지 않는다고 하였다.

결국 원장님의 의견을 들어보기로 하고 입주자 대표 회의와 어린이집 원장과의 간담회 자리가 마련되었다. 이런저런 대화가 오가던 중 동 대표 한 분이 어린이집을 지방 자치 단체가 관리하게 되면 원장님의 신분이 사업가에서 직원으로 변동하게 되니 사업가의 프로 정신이 없어져 안일한 근무 자세로 일할 수도 있지 않느냐고 물었다. 원장님은 정색을 하며 반박했다. 자기는 사업가가 아니라 어린이의 보육을 담당하는 교육자로서의 사명 감을 갖고 여태 이 일에 종사해왔다고, 본인을 이익이나 좇는 사업가라는 표현은 자기를 무시하는 것이니 철회해 달라고 열변을 토하였다. 아니, 열변이라기보다 거의 울분에 가까웠다. 얼마나 억울했던지 눈가엔 이슬이 맺혔다. 그러나 동 대표는 자기는 원장님과 생각이 다를 뿐이지 모욕할 의도는 없었고 원장님의 생각을 나에게 강요해서는 안 된다면서 철회할 의사가 없음을 분명히 하였다. 내심 국공립 전환을 바라는 나는 원장님의 강경한 태도에 혹시 마음 상한 대표들이 승인을 하지 않으면 어떡하나 걱정이 앞섰다. 원장님은 자기를 이익이나 추구하는 사업가라고 생각하는 이상 서로 간의 대화는 무의미하다며 자리를 털고 일어나 버렸다.

입주자 대표 회의는 어린이집 임대차 계약에서 임대자의 위치에 있고 원장은 임차인의 입장에 있다. 입주자 대표들과 감정이 쌓이면 원장님은 재계약 시 불이익이 있을 수도 있었다. 사람들은 자기가 불리한 상황에서는 때로 원칙과 소신을 바꾸기도 한다. 그럼에도 불구하고 원장님은 자신의 교육 신념에 확신이 차 있었다. 강단 있는 그녀의 모습이 부럽기도 하였지만 다른 한편으론 세상과 타협하지 못하는 그녀의 강직함이 무척 긴장되기도 했다. 그런데 오히려 원장의 그러한 소신은 동 대표들의 마음을 움직였고 입주자 대표 회의 결과, 입주민 동의 절차를 진행하는 걸로 승인을 하였다.

사람은 자신의 직업을 일, 경력, 소명이라는 크게 세 가지 방식으로 인식한다고 한다. 자신의 직업을 일(Job)로만 인식하는 사람은 직업을 단순히 물질적 보상을 얻기 위한 수단이라고 여긴다. 또 직업을 경력(Career)으로 여기는 사람은 직업 자체를 즐기기보다는 현재의 직업을 통해 수입, 지위, 명예 등에서 더 나은 성취를 얻는 것에 목적을 둔다. 하지만 직업을 소명(Calling)으로 여기는 사람은 직업이 인생의 가장 중요한 부분 중 하나이며 자신의 일을 삶과 분리될 수 없는 것으로 보고, 물질적 보상이나 경력 발달을 위해 일하는 것이 아니라 개인에게 주는 깊은 충만감과 더 나은 세상을 만드는 데 기여한다는 믿음으로 일한다. 관리사무소장을 하면서 나는 직업에 대해 어떤 인식으로 일을 하고 있을까?

원장님의 소명 의식[04](김命意識) 앞에서 나 자신이 부끄러워졌다.

---

04 소명 의식: 개인의 일을 의미와 목적이 있는 것으로 인식하고 자신의 일에 헌신하려는 태도.

남쪽 나라로 간 다해는 돌아왔을까?

자연의 봄이 꽃으로부터 온다면 사람의 봄은 아이들로부터 온다. 아파트 마당으로 찾아온 봄은 목련을 시작으로 산수유, 벚꽃, 진달래, 영산홍이 뒤이어 봄 내음을 맡으려고 얼굴을 삐쭉 내민다. 코로나19로 인하여 사회적 분위기가 뒤숭숭하지만 그래도 봄은 어김없이 그 자리로 다시 돌아온다. 놀이터에 놀고 있는 아이들의 울긋불긋한 옷 색깔이 살아 움직이는 형형색색의 철쭉 같다. 무겁고 칙칙한 점퍼를 벗어 던진 아이들의 움직임은 경쾌하고 날렵하다. 바람이라도 몰아치면 하늘로 날아가 버릴 것 같다. 천진난만한 얼굴은 마스크에 가려 있지만 '까르르' 웃음소리엔 아련한 동심이 묻어 나온다. 물끄러미 아이들을 쳐다보고 있노라니 저 멀리 한 송이 뭉게구름 위에 다해가 나를 보고 환하게 웃고 있다.

다해는 내가 관리사무소장으로 근무하고 있던 시골의 조그만 아파트에서 만난 아이다.

두 돌이 갓 지난 여자아이로 다문화 가족의 자녀이다. 놀이터에 나오는 날이면 뒤뚱거리는 걸음걸이로 사무실에 들렀고 나는 냉장고에 넣어둔 사탕을 꺼내 꼬마 손님에게 건넸다. 사탕을 받아든 다해는 관리실 앞 놀이터로 향한다.

어느 날 사무실에서 일을 보던 나의 허리를 누군가 만졌다. 깜짝 놀라 돌아보니 작은 여자아이가 내 뒤에서 나를 올려다보며 서 있었다. 어떻게 애기 혼자서 여기에 왔을까? 나는 의아하여 출입문을 보았지만 아무도 보이지 않았다. 관리실 출입문은 봄철이 되면 아예 열어두는 경우가 많았는데 입구가 내 등짝 옆으로 나 있어서 인기척이 없으면 출입자를 알 수가 없다. 엄마가 잠깐 한눈을 판 사이에 놀이터에서 놀던 아이가 관리실로 들어왔던 모양이다. 나는 아이의 손을 잡고 놀이터로 향했다.

그곳에는 서너 명의 다문화 가정의 엄마들이 기다란 의자에 앉아 담소를 나누고 있었고 다해 또래의 아이들은 놀이터 모래밭에서 놀고 있었다. 다해는 나에게서 떨어지지 않으려고 찡얼거렸다. 나는 다해 엄마의 허락을 받아 아이의 손을 잡고 아파트를 한 바퀴 돌았다. 그렇게 다해는 놀이터에 올 때마다 관리실에 들어왔고 나는 귀여운 애기 손님에게 커피 대신 동그란 머리가 달린 막대 사탕을 준비했다.

아파트에 근무하면서 주의해야 할 점은 아이들이 귀엽다고 또는 안다는 이유로 아이들 몸에 손을 대거나 부모의 허락 없이 먹을거리를 함부로 주어서는 안 된다는 것이다. 세간에 아동을 상대로 한 범죄들이 많이 일어나고 있기도 하고 또한 괜한 오해나 의심을 유발시킬 수도 있기 때문이다. 보육 교사나 부모들이 아이가 낯선 사람을 가까이하지 않도록 경계심 교육을 철저히 시키는 것이 지금의 현실이다.

그러나 4시경에 관리사무소로 찾아오는 꼬마 손님은 나와 오후 순찰을 함께 하는 유일한 직원이 되었다. 다해는 아장아장 걸어가면서 고양이의 눈으로 길바닥의 이곳저곳을 살핀다. 장미꽃이 떨어져 있으면 주워서 손에 쥐고 반짝이는 조각을 보면 꽃을 내던지고 조각에 손이 간다. 움푹 파인 길에 발이 걸려 뒤뚱거리지만 용케 넘어지지 않는다. 다해는 내가 볼 수 없는 것을 찾아내는 유능한 직원이다. 일의 대가는 고작 사탕이 전부이지만 다해는 사탕을 손에 들고 깡충깡충 뛰기도 하고 머리를 좌우로 흔들면서 정신없이 걷는다. 이리저리 갈지자로 눈에 들어오는 모든 사물에 다가간다. 간혹 잠시 멈추어 내가 따라오는지 뒤를 돌아보는 것 외에는 앞으로만 달린다. 조금 걷다가 힘이 들면 뒤돌아서서 두 팔을 벌리고 나를 기다린다. 나는 다해를 번쩍 안아 올린다. 바람에 묻어오는 애기 냄새가 상큼하다. 다해는 고즈넉한 시골 아파트의 무료함과 적적함을 달래주는 나의 아기천사이다. 아들이 다해 같은 손녀를 낳아 준다면 좋으련만, 괜한 내 욕심이다.

제1부 아파트에서 생긴 일

노란 병아리 차가 도착하는 3시경이 가까이 오면 나의 손길도 바빠진다. 나는 갈쿠리를 어깨에 둘러메고 놀이터로 향했다. 갈쿠리를 메고 가는 나의 모습이 마치 서유기에 등장하는 저팔계가 삼지창을 메고 걷는 모습과 흡사하다. 대개의 놀이터는 바닥이 탄성 고무 칩으로 되어 있지만 우리 아파트는 모래밭으로 되어 있다. 다섯 손가락을 굽어 놓은 긴 갈쿠리로 모래를 헤집어 모래밭 속에 숨어 있을지도 모를 위험 물질, 유리조각, 돌멩이, 담배꽁초를 찾아서 치운다. 일손도 부족하거니와 모래를 자주 갈아 주지 않으면 위생상의 문제도 있어 우레탄 탄성 고무로 변경하고자 건의도 하였으나 이런저런 사유로 차일피일 미루어지고 있었다.

노란 병아리 차가 아이들을 아파트에 내려놓는다. 박스에 갇힌 새끼 병아리가 탈출을 하여 엄마 닭에게 안기듯 아이들은 차에서 내려 엄마 품에 얼굴을 묻는다. 둘러맨 가방을 벗어 엄마에게 건네곤 곧장 놀이터로 뛰어간다. 그러나 차에서 내린 다해는 엄마의 손에 이끌려 놀이터를 뒤로한 채 집으로 향한다. 놀이터는 아이들의 시끌벅적한 소리로 생기가 돈다. 엄마들은 벤치에 앉아 휴대폰을 꺼내 든다. 가끔 아이들을 쳐다보는 일 외에는 고개를 드는 일이 없다.

한 시간 남짓 소란스럽던 놀이터가 조용해지면 이번에는 다문화 가정의 아이들이 엄마와 놀이터에 온다. 일반 가정과 다문화 가정이 놀이터를 이용하는 시간이 다르다. 이유는 여러 가지가 있겠지만 한 가지 분명한 사실은 다문화 가정은 아이들보다 엄마들이 더 재미있게 논다는 것이다. 그녀들은 휴대폰을 보지 않는다. 마주보며 웃고, 떠들고, 손뼉을 치며 맞장구를 친다. 남편 이야기일까, 시어머니 이야기일까, 아니면 두고 온 고향가족들 이야기일까. 함박웃음 뒤에서는 항상 곁에 있었던 부모님과 친척들 그리고 친구들이 그리워 눈물을 흘리고 있을지도 모를 일이다. 젊은이들이 도시로 떠난 시골에 아이 울음소리는 '잊힌 우리의 소리'가 되었다. 놀이터에도 그 빈자리를 다문화 가족이 메워가고 있다.

다해가 성장하면서 문화적 차이에서 오는 갈등을 겪지 않도록 차별 없고 평등한 사회가 되어야 한다. 그리하여 다해가 이 나라를 사랑하고 더불어 살아가면서 꿈을 맘껏 펼칠 수 있는 기회의 나라 대한민국이 되기를 기도해 본다.

그해 찬바람이 불어오는 날 다해는 남쪽의 따뜻한 나라에서 겨울을 보내고 꽃 피는 봄이 오면 돌아온다며 떠났다. 그러나 다음 해 봄이 되어도 다해는 보이지 않았다. 국적을 취득하면 헤어진다는 흉흉한 소문이 바람을 타고 떠다녔다. 나는 봄이 채 가기도 전에 아파트를 떠났다.

지금 하늘에 떠 있는 저 뭉게구름은 따뜻한 나라에서 다해를 실어 온 것일까? 모래밭 놀이터에서 실어 온 것일까?

다해가 물고 있던 사탕이 녹아내리듯 푸른 그리움을 뒤로한 채 뭉게구름이 흩어지고 있었다.

윗집의 바닥은 아랫집의 천장입니다

한국환경공단에서 안내문이 전달되어 왔다.

「층간소음 우선상담요청 안내문(관리 주체용)」

'가동 101호(이하 "신청 세대")에서 우리 기관에 가동 201호(이하 "상대 세대")와의 층간소음 중재상담을 신청해 주셨습니다. 관리 주체는 신청 세대 및 상대 세대와 우선상담을 실시해 주시면 감사하겠습니다.'

관리사무소장이 하는 일 중에 제일 인력(人力)으로 해결하기 어려운 1순위가 층간소음이다. 관리사무소에서 중재를 해보지만 문제 해결의 길은 멀기만 하고 당사자들의 하소연을 듣다 보면 안타까운 마음에 가슴만 답답해진다.

101호와 201호 사모님은 일전에 한차례 관리사무소에서 중재를 한 적이 있었다. 그러나 해결이 잘 되지 않은 모양이었다. 101호에서 층간소음 문제로 '층간소음 이웃사이센터'에 민원을 접수하였기 때문에 절차상 관리사무소에서 양측을 먼저 상담하여야 한다. 나는 101호 세대에 전화를 걸어 관리실에서 만나기로 하였다.

"이웃사이센터에 민원을 접수하셨네요."

"저번에 관리사무소에서 만난 이후로도 전혀 개선이 되지 않아 어쩔 수 없었습니다."

"많이 힘들었겠습니다."

"상담 절차상 제가 201호에 연락을 하여 민원이 접수되었음을 알리고 201호에서 '이웃사이센터'의 방문 상담에 동의할 것인지의 여부를 확인하여야 합니다. 그래도 괜찮으시겠어요?"

"예? 우리 집만 소음 측정을 하는 것이 아니라 윗집에도 알려야 한다고요?"

"그렇습니다. 윗집에서 동의를 하지 않을 경우에는 아랫집만 소음 측정을 진행합니다."

"윗집에서 쉽게 동의를 할까요?"

"그건 저도 모르겠습니다."

"소장님, 어떻게 하면 좋을까요?"

"제 생각에는 민원을 접수한 사실을 말하지 않고 201호 사모님을 만나 보는 것이 어떨까요?" "민원 사실을 알게 되면 201호에서 불쾌하게 생각할 수도 있고 소음 측정 결과에 따라 윗집에서 나 몰라라 할 수도 있습니다. 층간소음 기준에 해당되더라도 경미한 벌금 정도만 부과될 수도 있고요. 감정의 골은 더 깊어질 수도 있습니다."

"층간소음 관련 부서에 민원을 접수하거나 경찰에 신고하는 등의 방법은 경우에 따라 역효과를 불러올 수도 있습니다." "그러므로 최후의 방법으로 선택하셔야 합니다."

"사모님만 좋으시다면 제가 만남을 주선해 보도록 하겠습니다."

전화기 너머로 알겠다는 대답이 들려왔다.

아랫집은 돌이 채 안 된 갓난아기를 돌보고 있는 전업주부로 아기가 낮잠을 잘 시간에는 윗집 자녀의 피아노 소리 때문에, 저녁에는 아이들의 발자국 소리에 노이로제가 걸릴 지경이라며 하소연하고 있다. 맞벌이 부부가 사는 윗집은 초등학교를 다니는 자녀가 2명 있다. 피아노 학원을 다니고 있는데 학원을 다녀오면 그날 배운 걸 복습하느라 집에서 피아노를 친단다. 윗집은 낮에 피아노 치는 게 뭐가 문제냐며 항변하고 저녁에는 자녀가 뛰지도 않는데 괜한 시비를 건다고 볼멘소리를 하였다.

나는 두 가정과 조율하여 날을 정하였다. 약속한 날 저녁, 우리는 회의실에서 만났다.

대체로 관리사무소장은 입주민의 말을 듣는 것이 우선이지만 이런 경우는 내가 말을 먼저 해야 한다. "101호 사모님, 전번에 만남 이후로 조금 나아졌습니까?"

"아뇨, 달라진 게 없어요." 아랫집 입주민은 정색을 하면서 단호히 말했다.

이에 질세라 위층 입주민도 잽싸게 대꾸했다.

"우리도 할 만큼 하고 있다고요. 더 이상 어떡하란 말이에요?"

두 사람의 날쌘 입씨름이 시작되었다. 이제부터는 관리사무소장은 할 일이 없다. 팔자에 없는 판사가 되어 양측의 의견을 듣는 것뿐이다. 주로 아랫집은 원고가 되고 윗집은 피고가 된다. 재판정에 앉아 있는 판사의 입장이나 테이블에 앉아 있는 나의 입장은 겉으론 다를 게 없다. 차이가 있다면 판사와 달리 나는 양측의 의견에 거짓 진술 여부를 판단할 필요가 없으며 승자를 가려야 할 의무가 없다. 나는 양측의 진술에 모두 공감이 간다는 긍정의 신호도 할 수 있으며 때로는 안쓰러운 표정을 짓기도 하고 고개를 끄덕이는 등 동정의 표시도 한다. 고통을 받고 있는 양측에 연민의 정을 느끼며 어떻게든 원만히 해결이 되었으면 좋겠다는 바람을 담아 천장을 응시한다. 드라마에서 배우들이 상대 배우가 대사를 읊을 때 자기 대본을 외우는 데 집중하는 것처럼 그녀들이 말을 주고받는 사이에 다음 대사를 구상하느라 생각을 쉴 새 없이 정리해 보지만 배터리가 소진되어 가는 휴대폰마냥 갑갑함만 더해 간다.

아파트는 공동체 생활 특성상 '층간소음'이라는 문제가 일어날 수밖에 없는 곳이다. 이를 해결하는 완벽한 해법은 없다. 아랫집과 윗집이 대화를 통하여 서로 이해하고 양보하는 타협의 자세가 필요하다. 아랫집은 특별히 조용히 해 주었으면 하는 시간대를 윗집에 요청하고 윗집은 소음을 줄이기 위하여 노력한 내용을 아랫집에 충분히 설명하고 이해를 구하는 것이 우선이다. 그다음 서로 어느 정도 수용하는 자세가 필요하다. 상호 이해와 배려가 선행되고 믿음이 쌓일 때까지 대화의 끈을 놓지 않아야 한다. 대화를 통하여 친밀감이 형성되면 따뜻한 이웃이 되는 것이다.

나 또한 아파트에서 생활하다 보니 층간소음을 겪었던 적이 있다.

피곤한 일상을 마치고 잠을 자려고 누웠는데 윗집에서 요란한 발자국 소리가 들려왔다. 아내에게 윗집에 가서 좀 조용히 하라고 이야기 하면 안 되겠냐고 말하니 아내는 알았다며 윗집에 올라갔다. 조금 뒤 집으로 돌아온 아내의 얼굴은 층간소음 문제로 싸우고 온 사람의 얼굴과는 사뭇 달랐다. 나는 궁금하여 아내에게 어떻게 되었냐고 물었다.

윗집에 딸들이 셋 있는데 아내가 올라갔을 때 셋이 모두 베란다 쪽에서 손을 들고 벌을 서고 있더라고 하였다. 아이들이 심하게 뛰면서 장난을 치기에 아랫집 오빠들 공부하는 데 방해가 된다고 아빠가 딸들에게 벌을 세웠다는 것이다. 아내는 나에게 이야기를 전하며 아이들이 귀엽기도 하고 안타까운 마음이 들었다고 말하였다. 그 이후로 아내도 나도 아이들이 조금 시끄럽게 뛰어도 크게 불편하다는 생각이 들지 않았다. 아버지가 주의를 줄 것이며 곧 멈출 것이라는 믿음이 생겼기 때문이다. 이후 아내와 윗집 새댁은 늘그막에도 언니 동생 하면서 잘 지내고 있다.

역지사지[05](易地思之)란 말이 있다. 사람이 살고 있는 곳이라면 어디서나 문제는 생기게 마련이겠지만 마음의 문을 열고 서로가 상대의 입장이 되어 본다면 슬기롭게 극복할 수 있는 방법이 있지 않을까?

갑자기 윗집 입주민이,

"전번 만남에서 이야기된 대로 거실에 방음 매트도 설치하였고 아이들도 10시 이후에는 잠을 재우는데 더 이상 할 게 없어요."

"소장님, 내 말이 맞죠." 이럴 경우 참 난감하다.

한쪽 말에만 고개를 끄덕였다간 상대방에게 집중 비난을 받는다.

'소장님은 왜 그쪽 편만 드세요. 더 이상 이런 자리는 필요가 없어요.'

한쪽 편을 든다는 오해가 생기면 회담은 끝이다. 회담이 오래 간다고 해서 마땅한 해결책이 있는 것도 아니다. 다람쥐 쳇바퀴 돌 듯이 자기 입장만 되풀이한다. 마누라의 잔소리가 정다울 지경이다.

"층간소음 문제는 양쪽이 100% 만족할 수는 없습니다. 윗집에서도 방음 매트를 설치하는 등 성의를 보이시니 서로 조금씩 양보하여 타협을 보는 게 어떨까요? 윗집에서는 피아노 연습을 오

---

05 역지사지: 「처지(處地)를 서로 바꾸어 생각한다.」는 뜻으로, 상대방(相對方)의 처지(處地)에서 생각해봄.

제1부 아파트에서 생긴 일

후 3시에서 5시 사이에 해 주시고 아랫집에서는 이 시간은 양해해 주세요. 그리고 발소리는 거실뿐만 아니라 방과 방, 방과 주방 사이를 오고 갈 때에도 발생할 수 있으니 그 부분에도 방음 매트를 설치하는 것이 어떨까요?"

"서로가 불편한 부분이 발생할 때는 인터폰을 통하여 연락을 하시고요."

윗집 사모님은 알았다고 대답을 하곤 자리를 떴다.

남은 사람들 사이에는 어색한 침묵만 흘렀다. 아랫집 새댁은 한동안 자리를 뜨지 않고 깊은 상념에 잠겨 있었다.

"아기는 어디에 맡기고 오셨어요?"

"몸이 안 좋아 친정어머니가 집에 와 있어요." "소장님, 저 앞으로 어떻게 해요?"

속이 많이 상한 듯 눈언저리가 붉었다.

"윗집에서 오늘 나눈 이야기를 실천할 겁니다. 믿어봅시다."

가정은 모든 꾸밈과 가식을 내려놓고 가장 사랑하는 사람들과 함께 부대끼며 서로의 지친 몸과 영혼이 위로받는 평화의 공간이다. 또한 내일을 위하여 에너지를 충전해야 하는 휴식의 공간이다. 이 평화가 아랫집은 층간소음으로, 윗집은 아래층의 항의로 방해를 받으니 그 스트레스는 말로 표현할 수가 없다.

어깨가 축 늘어진 채 힘없이 돌아서는 그녀의 뒷모습에 어찌할 수 없는 무력감이 뒤엉켜 마음이 짠했다.

천국과 지옥의 영혼들도 아파트에 살고 있을까? 위층에 천사들이 살고 있을 거야.

아파트도 위층에 천사들이 살았으면 좋겠다.

미움이 그리움으로

1) 불청객

"소장님, 그 사람이 또 오고 있어요."

경리주임이 바쁘게 사무실로 들어오면서 소리를 질렀다. 한동안 보이지 않아 이젠 안 오나 보다 했었는데 또 온단다.

아침 회의를 마친 뒤에 그러니까 오전 9시 30분쯤이었다. 관리사무소에 남자 한 분이 찾아왔다. 관리사무소장을 찾기에 반갑게 인사를 하고 테이블에 안내 후 마주 앉았다. 나이는 50대 초반 정도로 보였으며 머리에는 하얀 빵모자를 쓰고 손에는 조그만 가방을 들고 있었다. 조금 마른 체형에 금테 안경이 갸름한 얼굴의 날카로운 눈매를 더 돋보이게 했다.

"저는 ○○○동에 사는 입주민인데 소장님께 부탁을 좀 드려야겠습니다."

일반적인 민원인과 다르게 점잖게 말하고 있었으나 말속에는 정중함과 단호함이 배어 있었다.

민원이 있어 방문하는 입주민들은 대부분 문을 들어서기 무섭게 잔뜩 화난 표정으로 전투적인 자세를 취하며 도발적인 언사를 구사하는 경우가 많다. "소장이 누구야?", "관리사무소는 뭐 하는 곳이냐." 등의 거친 표현이나 행동은 마치 동물들이 싸우기 전에 기선 제압용으로 몸을 부풀리거나 으르렁거리는 행동과 흡사하다고 할 것이다. 나도 알아볼 것은 다 알아보고 왔으니 허튼 소리를 하면 가만히 있지 않겠다는 무언의 압력과 목적을 달성하고자 하는 결연한 모습이 그 행동에 담겨 있다. 반면에 개인적인 용무로 관리사무소를 방문하는 사람은 이 남자처럼 점잖고 차분하다.

"무슨 부탁이신지…?"

"내가 늦은 나이에 자격증 공부를 해보려고 하는데 도서관을 좀 이용하려고 합니다."

나는 선뜻 대답을 할 수가 없었다. 잠깐 뜸을 들인 후,

"입주민 님, 그건 좀 곤란하겠습니다."

"도서관은 규모도 작고 소장 도서도 제대로 구비가 되어 있지 않아 빈약한 편이며 무엇보다 입주 이후로 수 년 동안 사용하지 않고 있습니다. 한 분만을 위하여 사용할 수는 없지 않겠습니까?"

"나도 옆에 있는 아파트에서 동 대표를 하다가 분양 때부터 입주하여 줄곧 살아왔는데 왜 사용할 수 없다는 겁니까?"

"예, 사용할 수 없다는 것보다는 경제적인 측면에서 입주민에

제1부 아파트에서 생긴 일

게 비용 부담이 가기 때문에…"

"소장님, 엉뚱한 소리 마시고 도서관을 사용할 수 없는 근거를 대 보세요."

여태 사용하지 않고 왔을 뿐이지 딱히 제시할 근거를 생각해본 적도 없었다. 동 대표를 했다는 말에 약간은 조심스러워졌다. '나는 동 대표 경력이 있으니 잘 알아서 해라.'라는 협박 같았다.

"건데, 그게…." 나는 우물쭈물 말꼬리를 흐리고 있었다.

우리 아파트는 지하층에 관리 동이 있는데 입구를 들어서면 왼편에는 관리사무소, 오른편에는 피트니스 센터가 있고 입구 맞은편 안쪽에는 작은 도서관이 있다. 작은 도서관은 17평 정도의 규모로 도서라 한들 입주 시 입주민들이 기부한 자질구레한 책 300여 권이 전부다. 그것도 벽 쪽에 분류도 되지 않은 채 뒤죽박죽 책꽂이에 진열되어 있을 뿐이었다.

건축 준공 도서에 '작은 도서관'이라고 명명된 도서관은 본래의 기능을 하지 못한 채 지금은 입주자 대표 회의실로 사용되고 있다. 도서관의 기능을 회복하기 위하여 여러 차례 입주자 대표 회의를 하였으나 도서 구입비, 사서 임금비, 전기세, 수도료 등 관리 비용이 문제였다.

피트니스 센터처럼 회원제로 운영하여 사용자 부담으로 경비를 조달하려고 해도 도서관이란 특성상 매일 고정적으로 사용하는 입주민이 없다. 관리비에 부과하여 운영 경비를 충당하는 방법도 사용 부담 공평성에 대한 입주민의 시비가 있을 것이 분명했다.

결론을 내리지 못하고 차일피일 미루고 있던 중 때마침 아파트 옆에 ○○군 청소년 문화 센터 건립이 추진되고 부대시설로 북 카페가 운영될 예정이라는 소식이 돌면서 이 문제는 일단락되었다. 그런데 지금 와서 난데없이 도서관을 이용하겠다니 난감한 문제였다.

굳이 여기서 공부를 해야 할 이유가 있느냐. 나의 입장을 생각해 줄 수 없느냐. 읍소라도 하고 싶었지만 먹힐 것 같지가 않았다. 그는 잠시 나를 바라보더니 자리를 박차고 일어나 작은 도서관으로 향했다. 어쩔 수 없이 나는 열쇠를 들고 그의 뒤를 따랐다. 항상 다녔던 복도지만 오늘은 유난히 낯설게 여겨졌다. 지하층에서 발자국 소리가 이렇게 컸던가? 앞서가는 그의 발자국 소리가 벽을 치며 크게 울려왔다.

문을 열고는 전등을 한쪽만 켤까? 아님 두 쪽을 다 켜야 되나? 고민을 하다가 어떻게든 전기를 아껴야 되겠다는 생각과 전등 불빛이 밖으로 새어 나가지 못하게 해야만 한다는 생각에 한 개의 스위치만 올렸다. 그러자 그가 나를 돌아보며 말했다.

"소장님! 모든 전등을 켜 주세요." 그의 한마디에 나의 혼란스러움은 연기처럼 사라지고 분노가 스멀스멀 기어오르기 시작했다. 굳이 2개의 스위치를 다 켜라니 도대체 어떤 이유에서 두 개를 고집하는지 물어보고 싶은 용기가 생겼다. 용기라기보다는 조금도 나를 배려하지 않는 무례함과 뻔뻔함에 대한 오기가 발동된 것이었다.

"한 개만 켜도 공부에 지장이 없는데 굳이…."

말이 채 끝나기도 전에 그는 손을 휘저으면서 자기는 안구 건조증이 있어 주위가 어두우면 눈이 쉬 피로해지니 불을 밝게 해야 한다고 말했다. 그는 옛날 채권 장사들이 들고 다니던 모양의 갈색 가방을 책상 위에 뚝 던지더니 방석을 꺼내어 긴 사각 책상 4개를 붙여 만든 테이블에 앉았다. 그런 다음 마호물병을 책과 가지런히 책상 위에 놓았다. 얼핏 보니 행정법, 사무관리론 등의 제목이 눈에 띄었다. 분위기가 냉랭한지라 무슨 자격증 공부를 하는 것인지 물어볼 엄두도 나지 않았다. 그렇게 전등을 켜 주고 나오면서 뒷일이 걱정이었다.

빵모자 아저씨(직원들은 그렇게 부른다)가 도서관을 사용한다고 해서 반대할 입장은 아니지만 뒤이어 닥쳐올 민원이 걱정되는 것이었다. 작은 도서관은 지하에 있다 보니 전등을 하루 종일 사용해야 한다. 현관문은 모두 유리로 되어 있어 불빛이 복도로 새어 나오면 관리소를 방문하는 입주민이나 헬스장을 사용하는 입주민이 불빛을 볼 수 있는 것이다. 가뜩이나 관리비 부담에 민감한 입주민들 입장에서는 이 사실을 알게 된다면 전기료 비용에 대한 민원을 제기할 것이 불을 보듯 뻔했다. 게다가 여름철이 다가오면 에어컨까지 켜 달라고 할 텐데… 이 일을 어이 할꼬?

작은 도서관을 아예 폐쇄하는 것이 유일한 방법이나 아파트 복리 시설의 용도 변경은 지방 자치 단체장의 행위 허가 사항이므로 입주자 대표 회의 결정만으로 시행할 수 있는 사항도 아니었다. 빵모자 아저씨가 계속 온다면 달리 제지할 방법이 없었다. 해결할 수도, 해결될 수도 없는 민원이 가장 골치 아픈 것이다. 하루 사이 어제의 천국이 오늘은 지옥으로 변해 버렸다. 그랬던 그가 어느 날부터 보이지 않았다. 며칠간은 기다려 보기도 했지만 한 달이 넘도록 그는 보이지 않았다. 그렇게 시간은 흘러갔고 우리가 편안함에 젖어들 때쯤 그가 또 나타난 것이다.

2) 불편한 동거

그는 아침 10시가 조금 넘으면 입실을 하였고 집에서 점심을 먹는 잠깐의 시간 외에는 오후 4시까지 도서관에서 시간을 보냈다. 다시 작은 도서관은 시아버지가 거주하는 방이 되었고 새어 나오는 불빛만큼이나 내 마음도 갓 시집온 새댁처럼 안전부절 갈피를 잡지 못하는 시간이 되풀이되었다. 간혹 민원이 있을 때마다 며칠만 사용한다고 얼렁뚱땅 둘러대며 양해를 구했다. 그러던 어느 날 사무실로 들어서는 나를 경리주임이 불렀다.

"소장니~임!"

목소리가 아주 경쾌하고 밝다. 기실 아파트 관리사무소에서 일하면서 특별히 기쁜 날이라곤 별로 기억에 없다. 간혹 음료수나 과일을 가져다주는 입주민이 있기는 하지만 고맙기는 하여도 기뻐할 만큼의 일은 아니다. 일반 회사처럼 승진이 있는 것도 아니고 직책을 올려본들 부하 직원이 있는 것도 아니니 영전하여 축전이나 축하 난을 받는 일은 더더욱 없다. 평생 아무개 아파트 관리사무소장이고 아파트 경리주임이다.

"주임님, 오늘 무슨 좋은 일이 있는가 봐. 목소리가 봄바람 난 처녀 같네."

"소장님, 제가 중요한 사실을 알았어요. 빵모자 아저씨 있죠, 사모님에게서 전화가 왔어요."

빵모자라는 말에 귀가 번쩍 뜨였다.

"뭐? 뭔데."

나도 모르는 사이 경리주임에게 가까이 다가가서 귀를 쫑긋 세우고 있었다.

"빵모자 아저씨가 곧 서울 간대요."

경리주임의 말을 빌리면 아저씨는 뇌종양으로 서울에 있는 병원에서 수술을 받고 투병 중이었는데 수술 경과가 좋아 집에서 요양하고 있었다는 것이다. 집에 혼자 있기가 갑갑하고 심심하여 발병 전에 공부하던 행정서사 시험을 준비하기 위하여 작은 도서관에 오게 되었다고 한다. 그런데 다시 올라가게 되었고 이번에 가면 한 달 정도 병원에 있을 것 같다며 아저씨 때문에 직원들에게 폐를 끼쳐 드려 미안하다고 하더란다.

겨우 한 달이라고?

사람 마음이 참 간사하기 이를 데 없다. 하루만 오지 않아도 좋겠다는 생각은 온데간데없고 한 달이란 말이 무척 실망스러웠다. 어디서 이런 이기심이 스멀스멀 생겨나는지 이러한 마음이 나도 싫었다. 이기심을 종양 제거하듯 오려 내어 개울에 던져 버리고 싶다. 개울이 아니라 다시는 생겨나지 않도록 태양의 불구덩이에 던져 태워 버리고 싶다. 그 사람이 이사 가버렸으면 하는 생각을 갖지 않은 것만 해도 내가 선량한 마음의 소유자라고 긍정할 만큼 이기심이 내 마음에 깊숙이 뿌리를 내리고 있구나 생각하니 소름이 돋았다.

"소장님 이제 한 달은 발 뻗고 살겠네요."

나와 고민을 함께하려는 경리주임의 마음이 고마웠다. 그러나 빵모자 아저씨가 암 투병 중이었다는 말이 머릿속에서 빙빙 맴돌았다.

3) 하늘에서 배달 온 커피

내가 근무하는 아파트 옆에는 큰 하천을 따라 둘레 길이 조성되어 있어 일찍 출근하여 아파트에 차를 세워놓곤 둘레 길을 산책하곤 했다. 둘레길 중간에 하천을 가로지르는 징검다리를 지나서 길옆에 이름 모를 꽃들도 나를 따라 걸었다.

아침부터 희끄무레했던 날씨가 기어이 가랑비를 내렸다. 산책로 주변에는 마땅히 비를 피할 곳도 없어 빨리 사무실로 가기 위하여 달렸다. 숨을 몰아치며 아파트 입구쯤에 다다랐을 때 장의차가 입구에서 좌회전하며 내가 있는 쪽으로 달려왔다. 생전에 살던 집을 둘러보고 장지로 가는 중이었다. 장의차가 내 곁을 스쳐가는 순간 '혹시' 하는 생각에 호흡이 가빠졌다. 불길한 잡념을 지우려 애를 쓰면서 가랑비 속에 장의차의 뒷모습이 완전히 사라질 때까지 멍하니 바라보았다. 빵모자 아저씨가 아니길 진심으로 바랐다. 빗물인지 눈물인지 모를 물방울이 볼을 타고 흘러내렸다. 그는 꼭 씩씩한 모습으로 나타날 것이며 그가 도서관에 오면 따뜻한 커피라도 한잔 대접할 것이다. 그렇게 마음을 다잡으면서 관리실로 들어섰다.

"ㅇ 주임님, 아침에 아파트에서 나오는 장의차를 봤는데… 빵모자 아저씨가 이닐까?"

"왠지, 이상한 생각이 들어서."

"그래요? 설마 그럴 리가요." 경리주임은 별 생각 없이 툭 내뱉더니

"아니, 한 달이 지났잖아요."

그 말을 듣는 순간 마음이 더욱 복잡해졌다. 경리주임 말처럼 한 달이 지났건만 한동안 그는 보이지 않았다.

아파트에서는 동 대표 선출이 한창인 때라 바쁜 일정의 연속이었다. 동 대표를 선출하기 위하여 선거관리위원회가 구성되었다.

회의 후 우리는 함께 저녁 식사를 하게 되었다. 화기애애하게

담소를 나누던 중 선거관리위원이며 식당 사장님이신 위원님께서 말씀하시길,

"어이, ○○○씨 남편 돌아가신 것 알아?" "아파트 ○○회원 하셨던 분 말이야."

선거관리위원들 중 절반 정도는 그녀를 아는 것 같았다.

"어떻게 돌아가셨는가?

"뇌종양인가 뭔가 수술 받고 투병을 했다는데 얼마 전에 돌아가셨다나 봐."

뇌종양이라는 말을 들은 순간 무엇인가로 머리를 한 대 맞은 듯 정신이 멍해졌다. ○○○씨 남편이 빵모자 아저씨인지 나는 궁금해졌다.

"몇 동에 사시는 분인데요." "나이는 몇 살 정도 되나요?"

"우리 옆 동, 나이도 얼마 안 됐지. 아마 50세 초반쯤 될 거야. 좀 나아져서 집에서 요양한다더니 안 됐어. 부부가 같이 장사할 때 금실도 좋았는데."

"남편이 돌아가고 난 뒤 하던 가게를 접고 카페를 차렸는데 많이 이용해 달라고 우리 가게에 한 번 왔었어."

"식사 마치고 그곳에서 커피나 한잔 하지. 내가 살게."

가랑비 내리던 그날.

아니기를 그렇게 염원하였는데. 그가 내게 마지막 인사를 하려고 가랑비를 뿌렸나 보다.

착잡한 마음을 뒤로하고 나는 이들을 따라 카페로 발걸음을 옮

졌다. 카페는 넓고 아늑했다. 노란색 할로겐 전등이 포근함을 더해 주었다. 그녀가 반갑게 우리 일행을 맞이해 주었다. 검은 바지에 정장 차림이었다.

"사장님, 오늘은 반가운 손님을 한 분 모셔왔네.""우리 아파트 관리소장님이셔. 처음 볼 거야."

선거위원장님이 나를 소개했다. 나는 엉겁결에 엉거주춤한 자세로 인사를 건넸다.

"안녕하세요. 가게가 참 넓고 포근하니 좋습니다. 손님이 많이 오시겠어요."

"아파트 관리하시느라 수고가 많으시죠."

그녀는 옅은 미소를 지으며 손을 내밀고 악수를 청해 왔다. 그녀의 얼굴 위로 빵모자 아저씨의 얼굴이 겹쳐져서 얼굴을 제대로 인식할 수 없었다. 관리사무소에 전화하여 나를 걱정해 주던 아름다운 마음이 손끝을 타고 희미하게 느껴졌다.

빵모자 아저씨가 남긴 마지막 말이 귓전에 울렸다.

"소장님, 다음에 나랑 따뜻한 커피라도 한잔 합시다."

그는 내가 자신을 싫어했던 것을 알면서도 나를 용서하듯이 이승에서 한 약속을 아내를 통해 지키고 있었다. 숨이 막혀 앉아 있기조차 힘들었다. 점점 옥죄어 오는 공간을 빨리 벗어나고 싶었다.

"벌써 갈 거야? 맥주 한잔 더 해야지요."

선거위원장의 소리를 뒤로하고 가게 문을 나섰다. 담배 연기가
그가 있는 하늘을 향하여 향 연기처럼 날아갔다.

미안합니다. 감사합니다.

산책길

제1부 아파트에서 생긴 일

마음이 보아야 눈에도 보인다

401호에서 호출이 왔다.

아랫집(301호) 천장에 물이 새어 누수 탐지를 하고 있는데 아무래도 자기 집이 원인이 아닌 것 같다며 공용 하수관에 의한 누수가 의심되니 관리사무소장님이 직접 와서 확인을 해 달라는 것이다. 401호에 도착을 해보니 세대에서 섭외한 누수 업체가 싱크대를 들어내고 벽면의 타일을 깨부순 상태였다. 그리고 그 공용 비트⁰⁶ 안에서 물이 흘러 바깥으로 삐져나온 물 자국 흔적이 있었다.

"소장님! 저희가 누수 지점을 몇 달째 조사해 왔으나 원인을 알수 없었는데 오늘 타일을 깨어 보니 비트 안이 의심이 됩니다. 파공을 하려면 아파트 측의 동의가 필요합니다."

세대 간에서 발생되는 누수는 세대에서 업체를 불러 해결하는 것이 원칙이나 업체가 세대에서 발생한 것이 아니라고 의견을 제시하면 관리사무소에서 확인을 한다.

---

06 공용 비트: 벽 속에 설치되어 있는 공용 배관이 지나는 통로이다.

누수 발생 지점을 알아보려면 비트 벽면을 파공하여 하수관이 설치되어 있는 내부를 들여다보는 것이 우선이었다. 401호 입주민에게 비트 내부를 조사한 후 공용 하수관이 누수의 원인일 경우에는 아파트 측에서 처리하고 세대 하수관이 원인인 경우에는 원인 제공 세대 측에서 처리하여야 한다고 설명을 하여도 내 말을 들으려 하지 않는다. 관련 규정을 잘 모르거나 또는 관리사무소가 세대에 책임을 돌리려고 한다고 의구심을 갖고 있기 때문이다. 이런 경우 입주민은 관리소장의 말을 믿지 않으려는 경향이 있다. 나는 누수 업체 사장님에게 설명을 부탁하였고 사장님의 말에는 믿음이 갔는지 조금은 기세가 누그러들었다.

아직 누수의 원인이 밝혀지지도 않았지만 401호 입주민은 어디에서 물이 새는지, 이유가 무엇인지 속사포같이 질문을 겸한 푸념을 늘어놓았다. 여태까지 원인이 자기 집이라고 여기고 아랫집의 항의에 참고 지내 왔던 억울함과 분노를 한꺼번에 솟아내고 있었다.

상대방이 흥분해 있을 때에는 말을 조심하는 게 상수다. 함께 흥분해 말씨름을 하다 보면 사건의 본질은 없어지고 말이 꼬리를 물고 물어 서로 감정만 격해진다. 나는 입주민을 진정시키기 위하여 이제 저희가 원인을 찾아볼 테니 기다려 달라고 했다.

하수 배관이 싱크대 옆 벽면 공용 비트 속에 감추어져 있으므로 싱크대를 들어내고 공용 비트 벽면을 파공하여 원인을 찾아

제1부 아파트에서 생긴 일

내야 한다. 바로 윗집부터 층층이 원인 제공 세대를 찾기 위한 세대 방문이 시작되었다.

그러나 작업에 돌입하자마자 난관을 맞닥뜨리고 말았다. 싱크대를 오랫동안 사용한 탓에 하부장이 휘어지고 변형되어 걸레받이와 맞닿아 잘 빠지지 않았다. 무리하게 힘을 가할 경우 테두리 손상이나 싱크대 파손이 발생할 수도 있었다. 이럴 경우 원상복구가 어렵고 자칫하면 싱크대 교체를 요구하는 경우도 있기에 작업을 강행하였다가는 또 다른 문제를 유발할 수 있었다. 고심 끝에 싱크대 하부장을 젖히고 손을 밀어 넣어 지름 3센티 정도의 구멍을 내어 드러난 벽돌에 물기가 있는지 없는지 육안으로 확인해 나갔다. 비트 안이 아니라 바깥 벽면에 묻은 물 자국으로 확인하려니 어려움이 이만저만이 아니었다. 여러 세대를 확인해 본 결과 100% 확신은 없었지만 501호 벽에서부터 물기가 시작되었다고 추정이 되었다.

501호 입주민의 협조를 구하였으나 반대가 완강했다.

"소장님, 우리 집이 누수의 원인이라고 100% 확신할 수 있으세요?"

"입주민님 100% 장담할 수는 없으나 조사 결과 여기에서 누수가 발생한 것으로 추정이 됩니다."

"정확한 원인은 비트의 벽을 파공해서 확인하여 보면 공용 하수관인지 세대 하수관인지 알 수 있을 것 같습니다."

"100% 확신도 못하는데 저희 집 벽을 부순다는 게 말이 됩니까?"

"나는 허락할 수 없습니다."

하긴 어느 날 갑자기 이유도 없이 불쑥 나타나서 멀쩡한 벽을 깨부순다면 어느 누구도 쉽게 받아들이기는 어려울 것이다. 입주민의 강경한 태도로 보아 벽면 파공은 불가능할 것 같았다. 통사정을 하여 동의를 받아 파공을 하더라도 만에 하나 이곳이 아니라면 발생할 뒷일을 감당할 자신도 없었다. 그렇게 그 집을 나오고 말았다.

401호 입주민에게 저간의 사정을 설명하고 501호 바닥 대신 401호의 천장 부위를 파공해야 되겠다며 협조를 구했다. 뜻밖에도 선뜻 응해주며 고생한다는 덕담까지도 해 주었다. 처음 방문했을 때 까칠함을 기억하는 나로서는 이 한마디에 기분이 유쾌해졌다. 그런데 작업 일정을 잡아 놓고 보니 안도의 한숨보다 새로운 걱정이 몰려왔다.

만일 이곳이 누수의 원인이 아니라면….

10%의 불확실성이 확실성을 점점 갉아먹고 있었다.

혹시나 모든 것을 처음부터 다시 시작하여야 한다는 끔찍함은 전율을 넘어 공포에 가까웠다. 어릴 적 공포영화를 봤을 때나 온몸이 땀에 흥건히 젖을 정도의 악몽을 꿨을 때 느꼈던 그런 공포였다.

제1부 아파트에서 생긴 일

401호 싱크대 옆 천장 아래의 타일을 걷어내자 벽돌 벽면에 물기가 보였다. 정확한 확인을 위하여 벽을 부수고 넓게 파공을 해 보니 공용 비트 안에 공용 하수관과 우수관이 나란히 있고 501호 싱크대 직상 하수관에서 물이 떨어지고 있었다. 비트를 타고 내려온 물이 401호 층간 슬래브에 고여 301호 천장으로 스며들었던 것이었다. 업체 사장님은 501호 싱크대 수평 하수배관에서 파손이 일어나 하수관이 설치된 수로를 따라 물이 내려오는 것이니 501호의 싱크대 수평 배관을 수리하여야 한다고 하였다. 막힌 변기가 뚫리듯 한밤의 무서운 꿈도 일시에 내려갔다. 해냈다는 성취감에 몸이 하늘을 날아갈 것 같았다.

화단을 가로질러 사무실에 가는 길에 아침에는 보이지 않았던 산철쭉이 연보라색 자태를 뽐내며 나를 보고 웃는다. 꽃잎 안쪽에 검게 보이던 반점이 오늘따라 진홍색으로 선명했다. 행복이란 사물이 눈에 보이는 것과 마음에 보이는 것이 같을 때 느끼는 평정심이 아닐까? 오늘은 나를 깨우는 악몽 없이 편히 잘 것 같다.

인생은 돌고 도는 물레방아

　벽에 걸린 시계가 6시를 향하여 힘겹게 오르막길을 오르고 있다. 퇴근 시간이 가까운지라 하던 일을 슬슬 마무리하고 있을 때 전화벨이 울리고 굵직한 바리톤 목소리의 남자가 나를 찾았다.

　"관리소장님 바꿔주세요."

　"예, 접니다."

　"○○○동 입주민 ○○○입니다.""몇 시에 퇴근하세요?"

　순간 살짝 언짢은 기분이 들었다. 입주민이 퇴근 시간까지 체크를 하시나.

　"6시에 퇴근합니다. 왜 그러시죠?"

　"제가 소장님 만나 뵙고 상담 좀 하고 싶어서 그럽니다."

　"무슨 상담입니까?"

　"일전에 저희 집사람이 소장님께 말씀드려 놓았다고 하던데요. 전화를 하면 시간을 내어 주실 거라고."

　관리사무소를 들락거리는 사람이 한두 사람인가. 조금 더 들어보면 알겠지.

"혹 무슨 일입니까?"

"주택관리사란 직업에 대하여 알고 싶어서요."

"아~ 예! 일전에 사모님과 대화를 나눈 적이 있습니다." "내년에 정년퇴직 하신다는…."

"제가 6시 30분쯤 관리소에 갈 수 있는데 괜찮으시겠어요?"

"그러세요. 기다리고 있겠습니다."

입주민이 좋은 일로 내게 전화하는 일이 없다 보니 입주민이라 하면 경계심부터 몸에 배어 긴장감이 엄습하는 것은 직업병 탓이리라.

얼마 전 입주민이 관리사무소를 방문하여 이야기를 나눈 적이 있다. 남편이 내년에 정년퇴직을 하는데 아직은 돈을 벌어야 할 형편이라 무슨 일을 해야 할지 걱정이 많다고, 그것 때문에 요즈음 잠도 제대로 자지 못한다고 푸념한 적이 있었다. 나는 지나가는 말로 주택관리사 공부를 해보는 것이 어떻겠냐 말했다. 관리소장은 자격증을 보유한 전문 직종이라 본인의 노력에 따라서 나이가 들어도 정년퇴직 걱정 없이 일을 할 수 있다는 말도 덧붙였다. 그러자 입주민이 소장님이 직접 남편에게 이야기를 해 줄 수 없겠냐고 물었고 나는 흔쾌히 승낙을 했던 기억이 났다.

잠시 후 한 남성이 사무실로 들어왔다.

짤막한 키에 다부진 체격의 중년 남성으로, 회색 근무복 차림이었는데 가슴엔 ○○중공업 마크가 선명하게 새겨져 있었다.

"퇴근하셔야 되는데 시간을 뺏어 죄송합니다."

"아뇨, 괜찮습니다." 차를 권하며 자리로 안내했다.

"내년에 정년퇴직을 하는데 아는 분이 아파트 관리사무소장 일을 해보라고 해서 검색을 해보니 자격증 준비는 어떻게 해야 하는지, 취업전망은 어떠한지, 주로 어떤 일을 하는 것인지 여러 가지 궁금하여 소장님을 찾아뵙게 되었습니다."

"잘 오셨습니다. ○○중공업에 얼마나 근무하셨는가요?"

"36년 근무했습니다."

"아이쿠! 대단하십니다. 조금 쉬셔도 될 텐데 바로 일을 하시 려고 하십니까?"

"글쎄요. 집안 사정도 있고 아직도 젊은 나이라 놀기도 그렇 고…."

그는 나이도, 아들이 둘인 것도 나와 같았다.

인생의 시작은 60세부터라고 떠들어대는 세상인데도 정년을 강요받고 노후를 위하여 새로운 일자리를 찾아 헤매야 하는 베 이비붐 세대의 아픈 현실이 미워졌다. 어디서부터 무엇이 잘못 되었을까?

청춘 시절에는 레드카펫이 쫙 펼쳐진 저 너머에 찬란한 오색 무지개가 손닿을 곳에 걸려 있었다. 윤동주의 시집을 옆구리에 끼고 어두운 골목길을 비틀거리면서 '서시(序詩)'에 쓰인 대로 한

제1부 아파트에서 생긴 일

점 부끄럽지 않게 살기로 맹세했다. 김찬삼의 세계 여행기는 미래의 동경이었고 보헤미안 랩소디는 낭만이었다.

그러나 지구 자전은 중년이란 삶의 지게를 어깨에 걸쳐 놓았다. 무지개는 다가갈수록 중력을 거스르며 멀어져 갔다. 세상을 한탄하며 푸시킨의 시 '삶이 그대를 속일지라도'를 주문처럼 외면서 어긋나기만 하는 인생을 후회하였다.

100세 시대! 노동 시간은 늘어나고 노년은 삶의 무게에 찌그러진다. 무지개는 색깔을 잃고 비구름으로 변해 있다. 애당초 무지개는 신기루였음을 이제야 알았다. 욕망을 찾아 헤매는 동안 내 발자국에 상처받은 무수한 마음이 아우성치고 있었다. 어떻게 이들을 거두어야 할까? 로버트 해리의 시 '지금 하십시오.'를 펼쳐놓고 때늦은 사랑을 배운다.

사랑을 다 갚기도 전에 인생의 무대에서 내려와야 할 내일이 두렵다.

"오랫동안 근무하셨으니 퇴직금이 꽤 많으시겠습니다. 노후는 걱정 안 하셔도 되겠습니다."

"아뇨, 퇴직금으로는 대출금도 갚지 못합니다."

그도 나처럼 아들 둘을 키웠고 큰아들을 장가보낼 때 살고 있는 집을 대출받아 아들 전세 자금으로 사용했다고 하였다. 아직 독립하지 못한 자녀들과 준비가 덜 된 노후를 대비하기 위해 정년퇴직과 동시에 다시 일자리를 찾아야 한다. 이제 정년퇴직은 은퇴가 아니라 10년을 더 일해야 하는 하나의 과정일 뿐이다.

나는 그에게 주택관리사에 대하여 장밋빛 설계를 제시하였지만 마음 한구석엔 시험을 합격할 수 있을까? 하는 노파심이 들었다. 시험이 만만치 않으니 공부에 자신이 없으면 괜히 시간 낭비하지 말라는 말이 목구멍에 걸렸다. 하지만 끝내 말하지 않았다. 선택은 그의 몫이었다.

그는 자리에서 일어서면서 말을 했다.

"소장님, 말씀 잘 들었습니다." "지금 일을 하고 있는 소장님이 부럽습니다."

"예, 힘을 내십시오. 기회는 있습니다."

나 또한 별반 다를 건 없지만 지금 이 자리가 너무나 감사할 뿐이다.

인생사, 새옹지마[07](塞翁之馬)라! 예전에는 내가 그들이 부러웠고 지금은 그들이 나를 부러워한다. 과거는 죽은 것이며 현재는 나의 일이고 미래는 신의 몫이다. 현재를 포기하지 않는다면 신이 미래를 열어 줄 것이다. 예순이면 아직 살아야 할 날이 많기 때문이다.

---

07 새옹지마: 세상만사(世上萬事)는 변화(變化)가 많아 어느 것이 화(禍)가 되고, 어느 것이 복(福)이 될지 예측(豫測)하기 어렵다는 뜻의 사자성어다.

제1부 아파트에서 생긴 일

제2부

주택관리사를
목표로

절망에서 다가온 우연한 기회

나는 자칭 애주가다.

술을 좋아하는 사람들에게 각자 나름의 이유는 있겠지만 내가 생각하기엔 찾을 때 가까이 있어 좋고, 힘겹고 외로울 때 위로가 되며, 어떤 곳에서 만나도 맛이 변하지 않는다는 것이 좋은 점 같다. 이런 친구가 내 곁에 있다면 얼마나 행복할까? 하지만 과유불급이라는 말이 있다. 술도 과하면 미치지 아니함만 못하다. 술이나 친구나 상대를 욕되게 하지 말아야 곁에 있는 것이다. 나도 술 때문에 낭패를 본 적이 더러는 있었다. 그런 내가 술 때문에 덕을 본 적이 있었다면 이번이 아닐까? 절망의 나락에서 술을 찾다가 주택관리사가 된 사연은 우연일까? 필연일까? 아니면 하늘이 내게 주신 마지막 기회일까? 가끔은 이런 생각을 해본다.

회사가 구조 조정을 하게 되었다. 이곳은 세 번째 직장이며 2년 남짓 근무를 했다.

앞으로 무엇을 해야 할 것인지 막연한 불안감과 자괴감이 내

주위를 맴돌았다. 아내는 작은 치킨 가게를 운영하고 있으나 벌이가 신통하지 못했고 큰아들은 대학을 졸업하고도 직장을 구하지 못해 스펙을 쌓느라고 동분서주하고 있었다. 작은 아들은 아직 대학을 다니고 있어 앞으로 벌어질 일을 상상만 하면 참으로 암울했다. 내일의 희망을 잃는다는 것은 황폐한 사막에 홀로 버려진 고통이다.

한동안 소란스럽던 사무실은 차츰 평온을 찾아갔고 애써 태연한 척 서로 인사를 하며 일상으로 돌아왔다. 삼월 말일자로 퇴사가 정해지고 마지막 한 달은 오전만 근무하는 어정쩡한 상태가 지속되었다. 사무실에서 나는 유령인 듯 아닌 듯 홀로 지내다 커피를 한 잔 마시고 점심때가 되어 나왔다.

어제와 다름없는 하늘이 오늘따라 더욱 밝고 눈부시다. 술이나 한잔 하려고 적당한 식당을 찾아 두리번거리는데 맞은편 건물 옥상의 간판이 눈에 띄었다.

「주택관리사, 공인중개사 전문 학원 합격생 최다 배출」

예전에 지인이 아파트 관리사무소장이란 직업을 말한 적이 있지만 나는 한 번도 이 직업에 대하여 생각을 해본 적이 없었다. 관리사무소장이란 나이 많고 갈 곳 없는 사람들의 직업이라 여겨지기도 했지만 각종 민원에 시달리는 것은 생각하기도 싫었다. 이 편협한 시각을 바꾸는 데는 그리 오랜 시간이 걸리지 않았다.

점심시간이라 식당에는 사람들이 북적거렸다. 바쁜 시간에 혼자 자리를 차지하고 있는 것도 눈치가 보였고 낮술을 마시는 것도 남사스러웠다. 시간도 보낼 겸 식당을 나와 학원에 들어섰다. 계단을 따라 올라가니 양쪽 벽에 합격자들의 얼굴과 합격 년도가 적힌 단체 사진이 즐비하게 늘어서 있었다. 액자걸이 위엔 먼지가 쌓여 있고 일부는 앞 유리에 금이 가 있었다. 빛이 바래서 누런색을 띤 사진 속 사람들이 엄지손가락을 척 올리고 환하게 웃음 짓고 있다. 얼굴만 다를 뿐 데칼코마니[08]로 찍어낸 듯 한결같다. 고종 황제가 대한제국 제복을 입고 대신들과 촬영한 100년 전 사진을 떠올리게 한다. 문을 열고 들어서니 원형 카운터 앞 희끄무레한 안경테 너머로 조금은 나이가 들어 보이는 여직원이 하던 일을 계속 하면서 "어서 오세요."라며 말로만 인사를 한다.

"어떻게 오셨어요."나 "무엇을 도와 드릴까요?"도 아닌 대뜸 "어느 과목을 신청하실 거예요?"라고 물었다.

"아, 주택관리사에 대하여 알고 싶어서 왔습니다."

"그러세요~?" 하고선 뜸을 들이다 힐긋 얼굴을 살펴보더니 나이를 물어본다. "선생님 나이면 주택관리사보다 공인중개사 쪽이 더 나으실 것 같은데요." "경륜이나 사회생활을 고려하시면 중개사 쪽이 취업이 수월하실 수가 있습니다."

공인중개사는 물건 확보를 위하여 영업을 하여야 한다. 오랫동안 영업 관리자로 재직한 경험으로 볼 때 계약 체결을 위한 영업

---

08 데칼코마니(Decalcomanie): 다른 종이를 덮어 찍어서 대칭적인 무늬를 만드는 회화 기법이다.

활동이 쉽지 않다는 걸 알고 있기에 공인 중개사는 관심이 없다고 하였다. 단호한 거절 때문인지 그녀는 공인중개사 권유는 그만두고 주택관리사 수업에 대한 설명을 해 주었다. 방문한 시기가 3월 초순이라 이미 수업이 절반가량 진행된 상태였다. 시험이 7월경에 있으므로 시간이 촉박했다. 그녀는 지금 수강 신청을 하시면 올해 시험에 합격하지 않더라도 내년에 50% 할인 혜택이 있으니 지금 등록해야 한다고 하였다. 유독 내년 수강신청 시 50% 할인 혜택을 강조하였다. 어차피 그녀는 합격 여부보다는 수업에 더 관심이 있을 터이고 다년간 축적된 예리한 눈빛으로 판단하건대 내가 올해 합격할 사람처럼은 보이지 않았을 것이다. 나도 그럴 자신은 없었다. 집에서 빈둥거리며 아내의 눈치를 보기 싫어 밖으로 나갈 장소라도 찾는 심정으로 여기에 온 것이니까. 내일 배움 카드는 정원이 초과하여 사용할 수 없으며 실업 급여 수령 시 수강생은 구직 활동자로 인정해 준단다. 구직 활동을 하지 않아도 된다는 말에 솔깃하여 앞뒤 따지지 않고 등록을 해 버렸다.

3월 중순, 퇴사를 보름 남겨두고 직원들과 작별을 했다. 학원에 도착하니 서울서 교재가 내려와 있었다. '회계원리', '민법', '공동주택 시설개론', '주택관리 관계법규', '공동주택 관리실무'. 생소한 제목과 두툼한 두께가 마음을 짓누른다. 책을 쓱 훑어보니 한글로 쓰였을 뿐 이집트의 고대 문자 '로제타 석[09]'을 해독하는 편이 훨씬 쉬울 것 같았다. 책을 펼쳐 놓고 책장 하나 넘기고 허공을 쳐다보며 한숨을 쉬었다. 수업 시간에는 안경을 연신 올렸다 내렸다 하는 분주함에 머리보다 손이 더 바쁘다.

늦게 공부를 시작한 탓에 공부 시간도 보충해야 하였고 집에서는 집중이 되지 않았다.

"학원 근처에 독서실이 어디 있을까요?"

"여기 5층에 있어요. 좌석이 몇 개 남지 않아 빨리 사용 여부를 결정하셔야 합니다."

독서실을 둘러보니 40여 좌석의 책꽂이에 비치된 책들이 모두 부동산 교재다. 여기서도 혼자라니 소외감과 고독감이 몰려왔다. 빈자리는 안쪽 구석에 2개, 문 입구에 1개가 있었다. 문 입구에 있는 좌석에 자리를 잡았다. 한 시간마다 휴식을 해야 하는 습관 때문에 안쪽에 자리를 잡으면 내가 들어오고 나갈 때 다른 학생들에게 민폐를 끼칠까 신경이 쓰였기 때문이다.

그렇게 엉덩이로 공부를 시작하였고 인생 2막은 조금씩 문을 열기 시작하였다.

---

09 로제타 석(Rosetta Stone): 이집트의 도시 라쉬드(로제타)에서 발견된 비석으로, 고전 이집트어 해독의 시발점으로 꼽히는 발굴품이다.

다시 책상에 앉아서

1) 내 이름은 안씨

6월인데도 날씨가 후덥지근하다. 시험은 한 달 앞으로 다가오고 마음은 조급했다.

조금이라도 시간을 아끼고 싶어 식당 밥 대신 도시락으로 점심을 해결했다. 가게 일이 늦게 끝나 곤히 잠든 아내를 깨우기도 편치 않아 도시락은 내가 준비를 했다. 보온 도시락을 꺼내 집에 있는 반찬을 대충 담고 밥솥을 열어 보니 밥이 없다.

'여보, 밥이 없어 도시락을 못 가져간다. 반찬은 담아 놓았으니 일어나면 도시락 좀 가져다줄래.' 식탁에 메모를 남기고 집을 나섰다. 독서실로 향하여 터벅터벅 걷고 있을 때 한 청년이 빨간 장미 바구니를 들고 지나갔다. 아내도 빨간 장미를 좋아하는데….

오래전 이야기다. 아내 생일을 이틀가량 앞두고 백화점에서 전화가 왔다. 생일 이벤트 안내로 꽃바구니, 와인, 케익 세트가 있는데 결제를 하시면 배달을 해 주겠다는 내용이었다. 나는 별생각 없이 그러라고 했다. 이틀 후 아내 생일날이었나 보다. 현관을 들어서는데 와인이랑 케이크와 함께 빨간 장미 바구니가 보였다.

아내는 살가운 태도로 나를 보며 "당신 오늘 내 생일인 걸 어떻게 알았어? 내가 빨간 장미 좋아하는 것 기억하고 있었네."라고 말했다. 미련한 나는 눈치도 없이

"알긴, 뭘, 백화점에서 전화 왔었어."

순간 아내의 눈길이 변한다.

"그럼 그렇지. 당신이 뭘 알겠어." 하더니 휙 돌아선다. 아뿔싸! 이를 어째! 후회했지만 이미 엎질러진 물이었다.

그냥 "생일 축하해. 당신 고생 많았어. 사랑해~" 이렇게 말을 했으면 얼마나 좋았을까? 미국인들은 아침저녁으로 "I love you."란 말을 잘도 한다는데 나에겐 이 말이 왜 이리 어려울까?

집을 나올 때 메모지에 사랑한다는 말 한마디 적지 못한 아쉬움이 밀려왔다.

점심시간이 되기 전에 아내로부터 전화가 왔다.

"여보, 밥이 없어 못 가져간 거야? 미안해요!" "당신 본 지도 오래된 것 같은데 얼굴도 볼 겸 그냥 외식할까?" "뭐 필요한 건 없어?"

"보온병에 냉커피 타서 가져 올래?"

"알았어. 생각해 보고 필요한 것 챙겨갈게."

우리는 독서실에서 가까운 식당에 자리를 잡았다. 밥을 반도 먹지 않은 나를 보고 집사람이 걱정스러운 얼굴로 물어본다.

"밥을 왜 그리 많이 남기는 거야? 어디 아픈 거야?"

"아니, 밥을 많이 먹으면 졸려서 그래. 공부도 안 되고."

아내는 나를 물끄러미 쳐다보더니 내가 공부하는 자리를 보고 싶다고 가보자고 했다.

독서실에 도착한 아내가 책상에 먼지가 많다며 한마디 한다.

"당신 나가 있어, 청소하게."

집사람이 물걸레로 내 자리를 청소한다.

"여보, 이게 무슨 뜻이야." 선풍기를 닦던 아내가 나를 돌아보며 묻는다.

일전에 독서실 자리가 덥다고 푸념을 했더니 아내가 탁상용 선풍기를 한 대 구입해 주었다. 공부하던 중 자리를 잠깐 비우면 선풍기가 남의 자리에 있었다. 아마도 학생들이 독서실 물건이라 생각하고 누구나 사용하면 되는 걸로 오해를 하고 있었던 것 같았다. 내 것이란 표시를 해 두어야 했다. 그러나 선풍기가 작아 마땅히 표시할 장소가 없었다. 생각 끝에 선풍기 테두리에 네임 펜으로 '안씨 것'이라 표기해 뒀는데 그것을 보고 궁금해하는 것이다.

"응, 내 것이라는 표시지."

"공사판에서 인부 부를 때 쓰는 '이씨', '안씨'를 말하는 거야."

"그래. 내 성이 '안'이니까."

아내는 만감이 교차되는 듯 미간을 찌푸렸다.

"다른 표시를 하지." "'안씨'는 좀 그래."

한때는 잘 나가던 남편이 '안씨'라는 이름도 직책도 없는 무명인이 되어 있는 현실에 마음이 미어지는 탓이리라. 성공자의 과거는 비참할수록 아름답고 실패자의 과거는 화려할수록 비참하다. 나는 지금 어느 구간에 서 있는 것일까. 오늘은 울 만한 일도 없는데 자꾸만 눈물이 난다.

2) 효자가 따로 있나

첫 모의시험 결과가 나왔다. 평균 40점을 넘지 못했다. 평균 60점을 넘어야 합격이다. 회계는 모르는 문제가 많았고 민법은 지문이 길어 끝까지 풀지도 못했다. 시설개론은 쉽다고 생각한 문제가 함정이 많아 종종 틀렸다. 독서실에 가지 않았다. 이런 마음으로 공부가 될 리 없었다. 술 한잔 하고 싶은데 같이 할 사람이 없다. 아들에게 전화를 걸었다.

"아들, 공부는 잘 돼가는 거야? 술 한잔 할래? 엄마 가게 앞 양덕시장 파전집으로 올래?"

"그럴까요, 아버지." 선뜻 대답하는 아들. 자기도 공부하느라 여유가 없을 텐데 나를 헤아려 주는 마음이 고맙다. 어쩜 아들도 술이 한잔 하고 싶을 때가 있었지만 그런 모습을 아버지에게 보여 주기가 싫어 참았을 것이다. 등 떠밀려 하는 일이 무엇이 재미있을까?

    낮 시간이라 시장은 붐비지 않았다. 내가 이곳을 자주 찾는 까닭은 사람 사는 향기가 있기 때문이다. 지갑에 딸랑 이만 원밖에 없는 나로서는 가격이 정해진 안주를 파는 집은 무리다. 이 선술집의 안주는 순대, 어묵, 튀김, 파전, 삶은 계란, 떡볶이가 전부지만 이천 원이든 삼천 원이든 원하는 가격으로 주문이 가능하다. 덤으로 얹어 주는 주인아주머니의 푸근한 인심과 입담도 맛을 더한다. 시장통 가게라 누추하지만 마음은 어느 궁궐 못지않게 편안한 곳이다. 순대 한 접시, 파전 한 개를 주문하고 마주 앉았다.

    아들은 나를 닮지 않았다. 내 얼굴은 큐브처럼 사각형인데 아들은 서구적 타입의 계란형이다. 이목구비도 또렷하니 비슷한 것 하나도 없다. 그렇다고 섭섭하거나 아쉽지 않다. 못나고 부족한 것은 닮지 말았으면 하는 심정은 부모의 바람이다. 간혹 짧은 다리가 '닥스훈트[10]'를 닮았다며 나를 빗대어 말할 때면 농담인 줄 알지만 심장이 철렁한다. 만일 얼굴까지 나를 닮았다면 원성이 하늘에 닿아 하늘에 계신 아버지도 편히 쉬지 못할 것 같다.

    "아버지, 아버지랑 이렇게 마주 앉아 이야기할 수 있는 시간이 올 것이라고 저는 상상도 할 수 없었어요." "아버지는 항상 엄격

---

10 닥스훈트: 개의 한 품종. 허리가 길고 다리가 짧다.

하고 무서웠죠. 지금도 첫 직장에 계셨더라면 이런 자리가 있을까요? 지금 아버지는 많이 변하셨고 저는 이게 좋아요."

그때는 왜 그랬을까?

굳이 핑계를 대자면 온통 회사 일에만 몰두하였다. 돈만 벌어오면 가족은 당연히 곁에 있는 것이고 난 아버지의 역할을 다하고 있다고 생각했다. 그때는 내 앞길엔 아스팔트 길만 있는 줄알았다. 그러나 고랑을 건너고 언덕을 오르면서 진정한 가족이 무엇인지 알 수 있었다.

우리는 내일의 꿈에 대하여 이야기를 나눴다. 나는 아파트 관리사무소장이 되어 믿음직한 남편과 자상한 아버지가 되고 싶다고, 아들은 괜찮은 회사에 입사하여 승진도 하고 멋진 여자를 만나 사랑을 해보고 싶단다.

꿈을 포기하면 희망이 사라진다. 멀어져 가는 내 자신을 붙들고 나를 믿어야 한다. 다른 선택의 여지는 없다. 내 손을 꼭 잡은 아들의 사랑이 손끝을 타고 심장에 멎는다. 나는 혼자가 아니다.

"아들입니까?" 옆자리에서 혼자 술을 마시고 있던 늙수그레한 중년 남성이 거나한 목소리로 말을 건네 왔다.

"예."

"부럽습니다. 우리 아들은 나만 보면 피하는데." 그리곤 술을 한 잔 권하며 "좋은 아들 두셨습니다." 하곤 자리로 돌아갔다. 아들은 술잔을 건네더니 어깨를 으쓱거리며 그 남자의 말을 따라 한다.

　　　　　　　　　　제2부 주택관리사를 목표로

"저는 효자입니다. 하하하."

그래 너는 효자다.

아들은 자라면서 한 번도 어긋난 길을 가지 않았다. 나와는 다르게 엄마 위로도 할 줄 아는 다정한 남자였다. 취직을 못했다고 미안한 마음을 가지지 않아도 된다. 이 정도로 훌륭하게 자라준 것만으로도 고맙다.

"결혼하고 마음이 바뀌면 안 돼." "하하하."

그 남자의 한마디에 우중충한 분위는 사라지고 우리는 기분이 좋아졌다. 먼 훗날 오늘의 기억이 혹시 있을지도 모를 부자 갈등을 해소하는 추억이 될 것이다.

시험 10일 전 모의 시험지를 구입하여 실전처럼 문제를 풀어봤다. 최종 모의시험 결과는 55점. 원장님이 실제 시험은 조금 쉽게 나오니 걱정하지 말란다. 합격이냐 불합격이냐의 경계선에 놓여 있다. 언제쯤 턱걸이 인생에서 벗어날까. 이번만큼은 행운의 여신이 곁에 있어 주기를 간절히 바랐다.

시험 전날 밤 독서실 옥상에 올라 네온사인이 반짝이는 중앙대로를 내려다봤다. 불빛을 번쩍이며 달리는 저 많은 차들은 어디서 와서 어디로 가길래 저리 바삐 달리는 것인지. 나만 먼 행성에 덩그러니 홀로 버려져 있다. 이 깜깜한 우주에서 벗어나 저 세상으로 빨리 돌아가고 싶다. 불빛 찬란한 저곳으로….

시험장에 도착하니 선배 관리사무소장들이 격려를 해 준다. 시험에 합격한 그들에게 저절로 고개가 숙여진다. 물 한 병을 받아 들고 시험장에 입장했다. 벽에 걸린 시계 바늘이 9시 30분에 도착했다. 시험지 위에 두 손을 모아 이마에 대고 기도했다.

'하느님을 원망한 적도 있사오나 삶이 고단해 그랬습니다. 하늘이시여! 용서해 주시고 오늘만큼은 어린양을 외면하지 마소서.'

가슴 졸인 시간들이 지나고 나와 아들은 다시 시장통에서 소주잔을 들었다.

둘의 합격을 축하하면서….

인생 2막 일자리를 찾아서

1) 메아리 없는 이력서

본격적인 취업 전쟁이 시작되었다. 관리사무소장 취업이 만만치 않음을 짐작은 하고 있었지만 현실이 되고 보니 이렇게 어려울 줄 몰랐다.

나의 아침은 컴퓨터 접속으로 시작된다. 대한주택관리사협회 ○○도회 홈페이지 구인란 공고의 채용 정보를 확인하고 초임 소장이 근무 가능한 500세대 미만의 아파트를 추려낸 다음 응시할 회사의 정보를 검색하고 미리 작성해 둔 이력서 중 하나를 선택하여 회사가 필요로 하는 목적에 맞게 수정한다. 나를 채용하지 않으면 훌륭한 인재를 놓칠 것처럼 온갖 미사여구를 줄줄이 엮어 넣는다. 완벽한 포장을 위해서 이력서를 지우고 고쳐 쓰기를 반복 또 반복한다. 단어 몇 개를 바꾸어 쓴다고 내용이 달라지는 것은 아니지만 지푸라기라도 잡아야 하는 심정이다. 인사 관리자가 이력서를 보고는 나의 간절한 호소에 혹여 가련한 생각이 들어 면접이라도 볼 수 있게 해 준다면 이 노력도 헛되지 않을 것이다. 과거의 경력은 이 분야에서는 아무짝에도 쓸모가 없다. 그러다 보니 직업에 관한 전문성은 하나도 없고 허세로 채워진 과거에 대한 참회의 고백서를 쓰는 것 같다. 어느 가수가 부른 노랫말처럼 '훨훨훨, 모두 털고 한 세상을 보냈더니 내 인생의 이력서는 이것뿐이요. 공연히 한 세상을 헤매었구나.'

대한주택관리사협회 ○○도회 홈페이지 구인란은 시간이 지날수록 빨간 색깔의 '마감' 숫자로 화면을 채워 갔다. 줄어드는 신규 모집 공고만큼 내 심장도 쪼그라들고 있었다. 그러나 십여 곳으로 보낸 나의 이력서는 아무런 메아리가 없다.

전화는커녕 '다음 기회에 보자.'는 간단한 문자조차도 없다. 광고성 전화만 줄을 잇는다. 합격자 동기생들 중에서 젊은이들은 취업에 성공했다는 소식이 들려온다. 나이가 문제일까.

석 달이 지나가자 몸도 마음도 지쳐갔다. 막연히 이메일로 응시만 해서는 승산이 없었다. 무엇보다도 취업에 대한 정보가 필요했다. 이곳이 타지인 나에게는 정보를 취득할 어떠한 인맥이나 학연도 없었다. 내가 거주하고 있는 아파트의 관리사무소장을 만나 볼까 생각하였으나 서로 불편할 것 같았다. 친구한테 내 처지를 주절주절 얘기하고 난 뒤에 오는 께름직한 그런 느낌이랄까. 아예 전혀 모르는 사람이 편할 것 같았다. 한참을 고민한 끝에 일전에 명함을 받아 두었던 소장이 기억났다. 그는 대한주택관리사협회 ○○지부 사무국장으로 기수 동기회 회식 때 찾아와 인사말을 하고 도움이 필요하면 연락을 하라며 명함을 주었다. 사무국장을 찾아가기로 마음을 먹고 전화를 걸었다.

관리사무소에 들어서니 경리주임이 맞아준다.

"무슨 일로 오셨죠?"

"소장님을 만나 보려는데요."

"소장님은 지금 작업 나가셨는데요. 약속은 하셨어요?"

"예."

"여기에 앉아 조금만 기다리세요."

커피를 타 주고는 자기 일에 집중한다. 사무실은 세 사람이 겨우 앉을 수 있을 만큼 좁았다. 벽면에는 행사 일정이 빼곡히 적힌 보드 칠판이며 연간 업무 계획서 등 각종 게시물이 창문을 가리고 있어 실내가 어두웠다.

나는 소장이 작업을 하러 갔다는 말에 신경이 곤두섰다. 소장이 작업도 해야 하나? 못 하나 제대로 박아 본 적이 없는데. 내가 이런 작업들을 할 수 있을까. 두려운 생각이 들었다.

"설비 기사는 없나요?"

대꾸가 없다. '못 들은 척하는 건가, 아님 못 들었나.' 아마도 업무에 집중하느라 미처 내 말을 알아듣지 못했는가 보다. 그렇게 생각하는 것이 편했다. 없는 놈이 삐짐을 탄다고 괜히 나 홀로 상대방 말을 곡해하고 토라져 버린다. 직업이 없으니 모든 생활이 뒤틀리고 생각도, 행동도 움츠러들었다. 소소한 일에도 주늙이 들고 나를 감싸 주려는 가족의 배려도 견디기 힘들었다. 지루하기만 했던 지극히 평범한 일상들. 출근하고, 퇴근하고, 저녁이면 반주 한잔 걸치던 그런 시간들이 이렇게 그리워질 줄이야. 기약 없는 그날은 언제쯤 오려나.

작업 시간이 길어지는 모양이다. 테이블 위에는 흔한 신문이나 잡지도 없다. 고개를 푹 숙이고 스마트폰에 빠진다. 얼마나 지났을까.

"어이구, 소장님 반갑습니다. 조금 늦어서 미안합니다."

"아직 소장도 아닌데."

"다들 그렇게 부릅니다. 곧 소장이 되실 테니까."

"염치 불구하고 불쑥 찾아와서 미안합니다."

"아이, 무슨 말씀을, 잘 오셨습니다."

그는 공구 가방을 내려놓으며 악수를 청했다.

"작업을 직접 하시는가 봅니다. 설비 기사는 없습니까?"

"예, 작은 아파트라 경리주임과 저 두 명뿐입니다. 그마저도 경리주임의 근무 시간을 줄이려 해서 걱정입니다." "허허허."

회식 자리에서 처음 볼 때는 주의 깊게 보지 않았지만 그는 사십 대 후반 정도로 보였고 선한 사람이구나 하는 느낌을 주었다.

"작업을 직접 하시는 것을 보니 소장을 하기 전에 기계 설비 쪽 일을 하셨는가 봅니다."

"아뇨, 저도 이런 일이 처음입니다. 전혀 설비 일을 해본 적이 없습니다."

"하다 보면 다 할 수 있습니다. 걱정하실 필요 없습니다."

그는 마치 내 속을 들여다보기라도 한 듯 말했다.

"취업이 힘드시죠."

"이력서를 보내고는 있지만 연락 오는 곳이 없습니다."

관리사무소장 일을 한 지 3년이 된 그는 그 동안의 경험과 취업 방법에 대하여 얘기를 해 주었다.

관리사무소장 채용은 모두 공개 구인을 하는 게 아니라 알음알음으로 채용을 하는 경우도 많으니 위탁 관리 업체를 찾아가 본인을 알려 놓는 것이 우선이다. 그리고 초임 소장은 경력이 없기 때문에 아파트 측에서 채용을 꺼리는 경우가 많다. 찬밥 더운밥 가리지 말고 취업해서 경력을 만들도록 해라. 회사가 필요로 하는 정보는 소장들이 먼저 안다. 그러니 동아리 모임이나 봉사 단체에 가입하여 인맥을 넓혀 두라. 이력서를 남들보다 빨리 보내라. 처음으로 도착한 것은 꼼꼼히 읽어볼 확률이 높다. 취업을 준비하는 동안에 교육을 이수하고 간단한 시험만으로 취득할 수 있는 최소한의 자격증을 준비하라. 소방안전관리자, 조경관리사, 위험물안전관리자, 가스안전관리자, OA마스터 자격증 등을 소지하면 취업에도 유리하고 아파트 관리에도 도움이 된다. 초임 소장은 경리나 설비 기사가 둘 다 없거나 하나뿐인 아파트에 채용될 가능성이 높기 때문에 경리 일도 배워 두면 도움이 된다. 시설물 특별법 안전점검교육, 주택관리사보 안전교육, 승강기 안전관리교육 등 관리사무소장에게 필요한 교육을 사전에 이수하라. 물론 이와 같은 교육은 취업 후 이수할 수도 있지만 먼저 준비하고 움직이는 사람이 과실을 챙길 수 있는 것이다.

그는 A4 용지에 메모를 해 가면서 진정 어린 열정을 가지고 설명을 하였다. 그리곤 너무 조급하게 서둘지 말고 기다리면 반드시 취업이 된다고 확신을 주었다. 자기도 최선을 다하여 취업에 도움을 아끼지 않겠다고 했다. 그의 조언들은 사막을 지나면 오아시스가 있음을 알려 준 희망의 메시지였다. 여태까지 방구석에 갇혀 끄적거린 이력서는 간장병 마개로도 쓰이지 못할 한낱 종이부스러기에 불과했다. 인사 관리자가 코웃음을 칠 이력서를 보내고는 기대를 하고 있었으니 한심하기 짝이 없었다. 거듭 감사의 말을 전하고 관리사무소를 나서니 어두운 생각의 터널을 빠져나온 듯 찬란한 희망의 태양이 빛 가루를 뿌리고 있었다.

2) 휴대폰이 가져온 행운

창원에는 공동주택 전문학원이 없어 부산에 있는 학원에 내일배움카드로 등록을 하였다. 3개월 과정의 경리 업무와 OA마스터 과정을 신청하였다. 시내버스와 시외버스를 타고 다녀야 하는 학원 길이 피곤했지만 하루를 바쁘게 보내는 기쁨이 더 컸다.

나는 지금 썰물 때 미처 바다로 빠져나가지 못하고 갯벌에서 거품을 내뱉으며 살려고 발버둥 치는 물고기일 뿐이다. 밀물이 올 때까지 용기를 갖고 버텨야 한다. 그렇게 3개월의 과정을 수료하고 당당하게 이력서에 채워 넣었다. 다음 순서는 위탁 관리 회사를 방문하는 것이었다.

위탁 관리 회사에 전화를 걸고 약속이 잡히는 회사부터 방문을 시작하였다. 가슴에 이력서를 품고 한 손엔 드링크 음료수 한 박스를 들고 사무실에 들어섰다.

"이번에 주택관리사에 합격한 ○○○입니다. 인사차 방문했습니다."

여직원은 유리 탁자가 놓여있는 소파를 가리키며 조금만 기다리라고 했다. 나는 손에 든 음료수를 유리 탁자 한쪽에 올려놓고 엉거주춤 자리를 잡았다. 잠시 후 초로의 남성이 다가와 인사를 하며 명함을 건넨다.

"○○○ 이사입니다. 만나서 반갑습니다.""이력서는 가지고 오셨습니까?"

준비한 이력서를 꺼내려고 점퍼 안주머니에 손을 넣었다. 아뿔싸! 이를 어쩌나! 다음 회사에 가져갈 이력서가 한꺼번에 들어 있었다. 이력서를 꺼냈다. 겉면에 표시를 해 놓지 않았기 때문에 어느 것을 제출할 것인지 구분할 수가 없었다. '지원동기 및 포부'란에 지원하고자 하는 회사에 관한 얘기가 각기 다르게 쓰여 있는데…. '하늘이 노랗다'는 말은 이 순간을 말함이리라.

나를 바라보던 이사님이 웃으면서

"천천히 하세요." 하며 잠깐 자리를 비워 주었다.

잠시 후 돌아온 이사는 봉투를 열어 이력서를 꺼내 보더니,

"좋은 학교를 나오셨네요. 이 분야에는 도움이 안 될 수도 있는데….."

"어쨌든 적당한 자리가 나면 연락을 드리겠습니다." 그것이 전부였다. 준비성 없는 나를 얼마나 우습게 생각할까? 그나마 실제 면접이 아니니 다행이라고 스스로를 위로했다. 나는 구십 도로 인사하며 간절함을 대신하였지만 버스는 이미 지나간 뒤였다.

1층으로 내려오니 음료수 박스를 든 중년 남성이 승강기를 기다리고 있었다. 그도 나처럼…? 그러고 보니 나올 때까지 탁자 위에 홀로 덩그러니 놓여 있던 음료수가 내 처지를 대변하듯 눈앞에 아른거렸다. 다음 회사로 가는 동안 오늘 있었던 해프닝보다는 ○○○ 이사가 말한 "좋은 학교를 나왔네요. 이 분야에는 도움이 안 될 수도 있는데."라는 말이 머리를 떠나지 않았다. 무슨 뜻이냐고 물어보고 올 것을, 매번 앞에서는 말하지 못하고 돌아서서 후회를 한다.

L 사무국장으로부터 전화가 왔다. 시골에 있는 조그만 아파트에 관리사무소장을 구한다는 정보가 있는데 본인이 대략 이야기를 해 두었으니 현재 근무하고 있는 아파트 관리사무소장과 직접 통화를 하면 도움이 될 것이라고 힌트를 주었다.

다음 날 오후 관리사무소를 방문하여 현직 소장을 만났다. 그는 나보다 일 년 빠른 기수로 이곳이 첫 부임지이며 이제는 조금 큰 아파트로 이직을 한단다. 아파트는 150세대로 자치 관리였고 직원은 소장과 미화원 한 명이 전부였다. 어제 통화를 한 이유도 있었지만 L 국장의 부탁도 있고 해서 만남이 어색하지 않았다. 둘 다 나이며 처지도 비슷한지라 별 부담 없이 편안한 대화가 이루어졌다. 그가 나의 이력서를 보더니 학력에 입주자 대표 회장님이 조금 부담을 느낄 수 있을 거라고, 학력을 빼 버리면 어떨지 제안한다. 학력이 괜찮으면 오래 근무하지 않고 다른 곳으로 이직할 확률이 높다고 느끼기 쉬우며 면접에도 불리할 수 있다는 것이다. 나는 비로소 위탁 관리 회사 ○○○ 이사가 말한 "좋은 학교를 나왔네요. 여기는 도움이 안 될 수도 있는데."라는 말이 무엇을 의미하는지 이해할 수 있었다.

이미 서류는 5개가 접수가 되었고 서류 제출 마감까지는 열 명 정도의 지원자가 있을 것으로 예상을 한다. 서류 마감이 끝나면 입주자 대표 회의 회장이 제출된 서류를 검토하여 서너 명 정도를 추려서 입주자 대표 회의 임원들이 면접을 진행하고 소장을 선발한다고 하였다. 면접이라도 볼 수 있게 힘을 써 주면 안 되겠냐고 부탁을 하니 장담을 할 수는 없지만 최선을 다하겠다고 하였다. 그러면서 차라리 오늘 회장님을 만나 보라고 했다. 회장님은 대로변 삼거리에서 자전거 수리점을 운영하고 있는데 항상 가게에 있어 지금 가면 만날 수 있다는 것이다. 내가 승낙하자 그는 회장에게 전화를 넣었다. 그러나 이직 때문에 회장님과 조금 불편한 관계인 상태라 나와 함께 가지는 못했다. 그래도 마지막까지 그는 회장님은 오래 근무할 수 있는 분을 원하므로 그기에 맞게 대답을 하라는 조언을 아끼지 않았다.

자전거 수리를 하고 있던 회장님은 가게에 들어선 나를 반갑게 맞이해 주었다. 이력서를 보자고 하여 사무실에 제출하고 왔다고 하자 구두로 몇 가지를 물어본다. 나이는 몇 살이냐, 이곳에 연고가 있느냐, 이전에 무슨 일을 했느냐, 여기서 근무하게되면 숙소를 구할 것이냐, 얼마간 근무할 것으로 생각하느냐, 현재는 무엇을 하고 있느냐 등 실제 면접을 하는 기분이었다. 회장님은 나보다 두 살 위였으며 이곳에서 나고 자라 고향에 대한 애착심이 대단했다. 나는 아파트에 뼈를 묻는다는 각오로 일하겠다고 대답을 했다. 회장님은 뻔한 말이라도 듣기에 좋다며 '껄, 껄.' 웃었다. 내가 면접이라도 볼 수 있게 해 주면 감사하겠다고 인사를 하자 제출 서류를 모두 검토한 후에 생각해 보겠다고 말이 돌아왔다.

집으로 내려가려는데 휴대폰이 없는 것을 발견하였다. 회장님 가게에서 전화를 사용한 기억이 났다. 점퍼의 호주머니가 얕은 탓에 앉을 때 휴대폰이 밖으로 떨어지는 경우가 종종 있었다. 휴게소에 들러 공중전화로 휴대폰에 전화를 걸었다. 회장님이 전화를 받으셨고 나는 차를 돌려 자전거 가게로 출발했다. 일이 꼬이려니 되는 게 없다. 덤벙댄다는 느낌을 주지는 않았을까?

얼떨결에 성사된 회장님과의 두 번째 만남,

휴대폰을 받고 나서려니 회장님이 붙든다. 구면이라서 그런지 처음 만남보다는 편안해졌다. 커피를 마시며 우리 연배가 겪고 있는 자녀 문제나 노후 문제에 대하여 이런저런 이야기를 허심탄회하게 주고받았다. 이야기 말미에 회장님은 연락을 줄 테니 면접 준비를 하라고 했다. 아직 채용된 것도 아닌데 세상을 다 가진 기분이었다.

내일 3시에 면접이 있다고 연락이 왔다. 3명이 면접을 보는데 내가 마지막 순서다.

기회는 우연을 가장하여 다가온다. 휴대폰이 준 기회를 잡아야 한다. 이발을 한 지 보름도 지나지 않았지만 이발도 하고 구두도 닦고 옷도 반반하게 다림질을 했다. 이번엔 뭔가 타이밍이 좋은 느낌이 든다.

방금 면접을 본 사람이 관리실에 들러 관리소장에게 인사를 하고 간다. 나보다 훨씬 젊어 보였다. 희망이 실망으로 변해 갔다. 관리소장이 전화를 받더니 조금 이따가 면접실로 가라고 한다. 또, 들러리인가?

테이블을 중심으로 맞은편에는 회장님이 양옆에는 동 대표 네 분이 앉아 있었다.

여성 동 대표가 질문을 한다.

"여기서 초기 경력만 쌓고 다른 아파트로 가려는 건 아녜요?"

"아닙니다. 이 아파트에 뼈를 묻을 겁니다."

동 대표들이 모두 웃음을 터트렸다. 웃음소리에 나의 당황한 표정을 보셨는지 회장님이 한 말씀 하셨다.

"뼈는 묻지 말고 3년만 하세요." 동 대표들은 또 웃음을 터트렸다. "하하하."

동 대표들이 번갈아 가면서 질문을 하는데 이미 중심을 잃어버린 탓에 말을 버벅거리기 시작했다. 그럴 때마다 회장님이 가로채 대신 말씀을 하기도 하였다. 여성 동 대표가 웃으면서 말하였다.

"회장님은 이미 결정을 하셨네요." "호호호."

면접을 마치자 난이도가 전혀 없는 시험을 치른 것 같은 허망함이 밀려왔다. 인사를 하고 가려고 관리사무소를 들렀다.

"소장님, 회장님으로부터 잠시 기다리라는 연락이 왔습니다."

잠시 후 동 대표들이 관리실로 들어왔다.

"우리 아파트를 위하여 열심히 일해 주세요." 모두들 악수를 청했다.

그렇게 내 인생 이모작은 닻을 올렸다.

나의 해결사 K 선생님

내가 관리사무소장으로 처음 일을 시작한 곳은 시골 읍에 위치한 작은 아파트였다.

한 번도 해보지 않았던 일이라 두려움 반 호기심 반으로 열심을 다해봤지만 내겐 너무 생소한 일이라 녹록지만은 않았다. 백수로 지내 온 지난 시간들을 생각하면 무엇이든 못할 일이 없다고 마음을 다졌다. '그까짓 것 하면 되지.' 용기를 갖고 일을 마주 대했다. 세대수가 얼마 되지 않아 나 혼자 북 치고 장구 치고를 다 해야 했기에 매일이 긴장의 연속이었다.

이 곳에서 첫 번째로 곤경에 처한 일은 세대 관리비를 부과하는 일이었다. 관리비를 부과하기 위해서는 관리비 통장에 입금된 세대 관리비를 확인하고 정리해야 한다. 입금 관리를 잘못하면 세대에 부과될 관리비 금액이 틀려지므로 신중에 또 신중을 기해야 했다. 그런데 동, 호수도 없고 이름도 없는 입금 내역이 발생하였다. 간혹 친척이나 지인이 관리비를 대신 납부하면서 본인 이름으로 입금을 시킬 경우에 발생한다. 이럴 경우 금액이 일치되는 고지서를 찾기 위하여 전체 고지서를 일일이 대조해 확인하여야 한다. 그래도 딱 맞아 떨어지는 금액이 없었다. 일치된 금액이 없는 것인지 내가 못 찾는 것인지 확신이 없었다. 확인을 위한 반복 작업을 계속하는 사이 밤은 깊어가고 관리사무소의 불빛만이 어둠을 밝히고 있었다.

"안 소장! 퇴근 안 하고 뭐 하는고?"

가게를 마치고 집으로 들어가던 회장님이 불빛을 보고 들어오셨다.

"입금된 관리비를 정리하고 있습니다."

"집도 먼데 이렇게 늦게 가면 잠도 제대로 못 자고 피곤하겠네." 나는 회장님의 속내를 어느 정도 짐작하고 있었다. 회장님은 여기에 숙소를 구했으면 하는 의중을 에둘러 표현하는 중이었다.

"예, 안 그래도 방을 구하려고 알아보고 있습니다."

관리소장이 가까이 있기를 바라는 회장님의 마음이 충분히 이해가 되었다. 그도 그럴 것이 경비원도 없는 아파트에서 밤에 화재경보기가 오작동을 하거나 비상 상황이 생기면 뒤처리는 오롯이 회장님의 몫이었다.

면접을 볼 때 나는 이곳에 거주하겠다고 대답을 하였다. 초임 소장이다 보니 밤에도 일을 할 경우가 많았고 가게를 운영하는 아내와 함께 시간을 보내기도 힘들어 굳이 집으로 퇴근을 해야 할 이유도 없었다. 비 오는 날에 어두운 밤길을 운전하는 것은 더더욱 싫었다. 그러나 여기에 숙소를 구하기로 마음먹은 결정적 계기는 퇴근길에 소주 한잔 걸치는 직장인의 로망을 즐기고 싶었기 때문이다. 코끝으로 느끼는 삼겹살의 향기, 고막을 진동하는 '찌글찌글' 소리, 혀끝을 녹이는 침의 향연, 눈앞에 펼쳐지는 쌈장과 고기의 조합, 손바닥에 와 닿는 상추의 촉감 등이 나를 유혹했다. 한잔하고 싶다는 감정과 운전을 하고 집에 가야 한다는 이성의 갈등은 기뻐해야 할 퇴근 시간을 혼란으로 빠트렸다. 오감의 유혹을 뿌리치지 못하여 한잔 걸치고는 찜질방에 신세를 지는 날이 늘어나면서 돈도 몸도 지쳐갔다.

"저녁은?"

"요 앞 중국집에서 짜장면을 먹었습니다."

"일이 아직 많이 남았는가?"

"예, 조금 더 해야 될 것 같습니다."

"배가 출출할 텐데." 말씀을 마치고 나가시더니 회장님은 단팥빵과 우유를 사오셨다.

"늦어지면 우리 집에서 자고 가."

그의 따뜻한 한마디에 의자를 당겨 앉았다. 주저앉고 싶은 고비마다 나를 일으켜 세운 것은 위대한 석학의 명언이나 누구의 거창한 도움이 아니었다. 큰 것도 아니고 아주 작은 한마디의 말과 관심이 나를 걷게 하였다.

다음날 주택관리사 합격 동기이자 경리 일을 겸직하고 있는 여

소장인 K 소장님께 전화를 하였다. 저간의 사정을 설명하니 처리 방법을 일목요연하게 가르쳐 주었다. 잘못된 금액을 입력하면 확인되는 회계전산프로그램이 있었는데 그것을 모르고 밤새 혼자 끙끙대고 있었던 것이다. K 소장은 입금 정리가 끝나면 관리비 부과를 해야 하니 지금부터 준비하라고 하면서 처음이라 모르는 게 많을 테니 언제든지 물어보라고 하였다. 매일 서너 시간 통화를 했다. 들을 때는 이해가 되었지만 막상 실전에 들어가면 적용이 되지 않았다. 다시 전화하고 대답하고 그러기를 수십 번, 초보자인 나를 가르치기 위하여 같은 말을 몇 번이나 반복해야 하는 K 소장에게 미안한 마음이 들었다. 짜증이 날 법도한데 그녀는 전혀 그런 내색을 하지 않고 오히려 내게 부담을 줄까 봐 신경을 썼다.

"안 소장님, 미안함이나 부담을 갖지 마세요. 제가 대충 알려드릴 수도 있지만 소장님이 이 일을 계속하셔야 하기 때문에 꼼꼼히 가르쳐 드리는 겁니다. 처음 배울 때 원리를 확실히 깨우쳐야 다음부터는 일이 수월해집니다."

"어쩜, 제가 오히려 소장님을 괴롭히는 것은 아닌지! 호호호."

나의 마음을 미리 알고 챙겨주는 K 소장의 진심이 와 닿았다. 어릴 적 자전거를 처음 배울 때 뒤에서 누군가 자전거를 잡아주면 든든하듯 불안감이 사라졌다.

이제는 세대 사용료를 부과하기 위하여 전기와 수도를 검침하여야 한다. 전기 검침은 비상계단에 설치된 계량기의 숫자가 전자식으로 표시되어 인식하기가 어렵지 않다. 반면 수도 검침은 여러 가지로 애로 사항이 많았다. 양수기 함의 문고리가 낡아 없어졌거나 부서진 것이 많아 드라이브로 젖혀서 열어야 했다. 겨울철 계량기 동파를 방지하기 위하여 채워 넣은 옷가지나 헝겊이 함 속에 가득해 그것들을 일일이 끄집어내야 하기도 했다. 문제는 거기서 끝나지 않았다. 수도 계량기는 전기 계량기처럼 전자식이 아니고 십 단위로 숫자판이 위로 회전하며 숫자가 바뀌는 형식이라 변경 구간에 해당하는 숫자를 인식하기가 쉽지 않았다. 잘못 인식하게 되면 수도 사용량이 10톤가량 오차가 날 수 있었다. 양수기 함이 복도 아래쪽에 위치해 있기 때문에 쪼그렸다 일어섰다를 수백 번하고 나면 옷은 땀에 흠뻑 젖고 다리가 후들거려 걷기도 힘들어졌다. 어느 소장이 직원을 채용할 때 최소한 검침을 할 수 있는 체력은 되어야 한다고 농담 삼아 한다는 말이 빈말이 아니었다. 최근에 준공된 아파트는 원격검침시스템으로 검침 확인을 하니 이러한 수고를 할 필요가 없지만 오래된 아파트는 예나 지금이나 다를 바 없다.

전기, 수도 검침을 끝으로 관리비 부과 작업을 마치고 K 소장에게 확인하였다. 수능 답안지를 제출하기 전에 확인 또 확인하는 수험생의 마음으로 완료된 관리비 부과 내역서를 최종 저장했다.

얼마 후 관리비 고지서가 도착되었고 순서대로 우편함에 투입을 했다. 마지막 세대까지 투입을 완료했는데 두 장이 남는다.

'오잉', 어찌된 일인가? K 소장에게 전화를 했다. 이사 간 세대가 있으면 고지서가 발행되지 않으니 그 세대에 고지서가 투입되었는지를 확인해 보라고 했다.

모르는 게 없는 K 소장님!

이제 답안 제출도 끝났다. 성적이 어떻게 나올지는 입주민이 채점해 줄 것이다.

'따르릉', '따르릉.'

"차량 등록을 취소했는데 주차비가 나왔어요./수도 요금이 전월보다 많아요./매달 제 날짜에 꼬박꼬박 관리비를 납부했는데 연체료가 왜 있어요./ 전월에 이사 왔는데 관리비가 왜 이리 많아요./ 몇 달째 집을 비워 놨는데 전기료가 왜 나와요./차량 등록을 해지했는데 주차비가 나왔어요./ 다른 집 고지서가 왔어요….'"

"예, 죄송합니다. 제가 처음으로 관리비 부과를 하다 보니 착오가 있었습니다."

"곧 확인하고 시정하여 연락드리겠습니다."

"사무 보는 여직원은 없어요?"

"예, 제가 경리 일도 함께 하고 있습니다."

"아, 네… 그렇군요."

하지 않아도 될 전화를 하는 입주민의 심정을 생각하면 미안했지만 그래도 전후 사정을 듣고서는 더 이상 채근하지 않는 마음이 고마웠다.

"K 소장님! 저, 완전 낙제점이네요. 입주민에게 어떻게 대답을 해야 할지 모르겠어요."

"안 소장님! 다 해결할 수 있는 문제이니 너무 낙담하지 마세요."

"작은 실수를 해봐야 나중에 큰 잘못을 막을 수 있어요. 전산 프로그램 아이디와 비번을 알려주시면 제가 확인을 해보고 대답을 드릴게요."

사자성어에 '줄탁동시(啐啄同時)'라는 말이 있다. 병아리가 알 밖으로 나오기 위하여 안에서 쪼아 깨는 것을 '줄'이라 하고 어미 닭이 밖에서 쪼아 깨뜨리는 것을 '탁'이라고 한다.

K 소장님은 인생 2막의 알을 깨고 나오려는 나에게 '탁'이 되어 주었다. 그 후로 나는 지금까지 그녀를 'K 소장님' 대신 'K 선생님'이라고 부른다. 나보다 10살 어린 잊을 수 없는 예쁜 선생님!

관리사무소장 일을 시작하면서 많은 소장들의 도움을 받았다. 내가 도움을 청한 그들은 어김없이 자신의 일처럼 진정 어린 마음으로 도와주었다. 특히 대한주택관리사협회 ○○도회 게시판에 365일 하루도 빠짐없이 '국토교통부 민원(질의)회신 사례'를 올려주시는 J 선배 소장님의 열정과 노력에 진심으로 경의를 표한다. 이러한 '탁'들이 있었기에 나는 '병아리'에서 '닭'이 되어 가고 있었다.

주택관리사 자격시험을 준비하는 이들에게 알려 주고 싶다. 시

험만 합격하시면 여러분의 길잡이가 되어 줄 많은 선배 소장들이
있으니 걱정 마시고 꼭 도전해 보시길….

동기소장들과 거제 바람의 언덕

제2부 주택관리사를 목표로

내가 제로면 인생에 의미가 없다

「위의 사람은 「공동주택 관리법」 제67조 2항에 따라 주택관리사 자격을 취득하였음을 증명 합니다.」 드디어 '주택관리사' 자격증을 수령하였다.

관리소장은 실무 경력이 3년이 지나면 주택관리사보에서 '보'를 떼고 주택관리'사'가 된다. 주택관리사보는 500세대 이하의 의무관리대상 아파트만 취업할 수 있지만 주택관리사가 되면 세대수와 관계없이 관리소장직을 수행할 수 있게 된다. 운전면허증으로 따지면 대형 1종 면허증인 셈이다. 3년이 지나서 당연히 받는 것인데도 지나간 세월을 되돌아보면서 마음이 설레고 감동스러웠다.

나는 작은 아파트에서 경리나 시설 기사 없이 3년을 나 홀로 보냈다. 차변과 대변의 개념도 제대로 이해하지 못한 채 경리 일을 하였고 공구 이름이라곤 펜치와 망치밖에 모르면서 시설물을 관리하였다. 작은 아파트는 시설 기사가 없는 대신 시설을 관리해 주는 용역 회사가 있어 매월 한두 번씩 시설 점검을 온다. 용역 업체 직원들에게 하나하나 배워 가면서 소방, 전기, 수도, 승강기, 홈 네트워크 등 시설들에 대한 이해를 넓혀 갔다. 평소에 가까이 접해 본 적도 없는 시설 용어들을 기억하려니 돌아서면 잊어버리기 일쑤여서 설비 기계를 이해하는 데는 어려움이 많았다. 시설 관리 노트를 만들어 공구 사용법과 시설의 기능을 파악하여 일일이 기재하고 설명을 덧붙여 나갔다. 그렇게 적어 나간 글들이 어느덧 작은 노트 한 권을 채웠다. 지금 펼쳐 보면 볼품없고 하찮은 내용이지만 오늘의 나를 있게 한 것이기에 보면서 감상에 젖기도 한다. 마치 이제 가정을 꾸린 큰아들의 유치원 시절 일기장을 볼 때에 느끼는 향수와 같다고나 할까?

거리를 지나다 높이 솟은 아파트 단지를 볼 때면 가슴이 두근거렸다.

업무를 보던 중 궁금한 내용을 확인하기 위하여 선배 관리사무소장에게 전화를 할 때가 있다. 그럴 때면 경리직원이 전화를 받아서,

"소장님이 지금 직원들과 회의 중이신데 회의 마치면 연락드리도록 하겠습니다."라고 말을 한다. 경리직원의 나긋나긋한 목소리를 듣는 것도 상쾌했지만 직원들과 회의를 하는 소장의 모습이 떠올라 부러웠다. 나이를 더 먹기 전에 직원들이 있는 아파트에서 생활을 해 봐야 할 텐데….

큰 아파트는 입주민의 평균 연령이 낮아지고 입주자 대표 회의

구성원의 나이도 젊어지다 보니 나이 많은 관리사무소장보다는 젊은 소장을 선호하는 추세다. 관리사무소장 구인 광고를 보면 나이 제한을 두는 경향이 많아지고 있다. 이러한 이유는 여러 가지가 있겠지만 무엇보다도 오랜 세월 우리 사회를 지배해 온 유교 문화의 영향이 한 몫을 하고 있는 것은 아닐까?

흔히 들을 수 있는 표현 중에 "너 몇 살이야?", "나이도 어린 게,"라는 말은 상대방의 의견이 옳고 그름을 떠나 우월적 지위에서 상대를 대하려는 나이 계급이 의식 속에 잠재하고 있기 때문에 쓰이는 말일 것이다. 나이가 들어가는 만큼 나의 주변은 젊은 사람들로 채워질 것이니 일자리를 포기하지 않는 한 그들과 어울려 일하고 생활해야 한다. 그러자면 젊은 사람들의 생각과 사고방식을 이해하고 존중해야 그들과 소통하는 법을 배울 수가 있다. 나이가 들수록 변해야 할 것이 한두 개가 아니다.

언제쯤 직원이 있는 아파트에서 근무할 수 있을까? 노심초사 고민하고 있는 나에게 기회가 왔다. 위탁 관리 회사 본부장의 급한 연락을 받고 2시간 만에 함께 입주자 대표 회장을 만나러 갔다.

이력서를 보던 입주자대표 회장이 한마디를 던진다.

"작은 아파트만 근무하셨네요.""나이도 좀 되셨고."

"예, 모르는 것은 빨리 배워서 업무에 차질이 없도록 하겠습니다."

회장님은 이력서만 뚫어지게 쳐다보고 있었다. 불안감을 감지

한 본부장님이 옆에서 거든다.

"유능한 소장을 뽑았습니다. 잘할 겁니다."

회장님은 아무런 말이 없다. 대체로 상대방의 말에 대답이 늦다는 것은 부정으로 흐를 소지가 높음을 의미한다. 무언가 회장님의 생각을 긍정적으로 이끌어 낼 수단이 필요했지만 내가 할수 있는 것은 없었다.

잠시 눈치를 보던 본부장님이 "회장님! 수습 기간이 3개월 있으니 일을 시켜 보시고 마음에 안 드시면 그때 다시 결정하시죠."

본부장이 내놓은 회심의 제안에 마음이 움직였는지 그제서야 회장님이 입을 열었다.

"지금 관리소장이 없는데 언제부터 근무가 가능하죠?"

"근무 중인 아파트에 인수인계를 마치고 일주일 후에 근무가 가능하도록 하겠습니다."

이제는 현재 근무하는 아파트와 이별을 해야 한다.

조금 큰 아파트로 간다는 들뜬 마음으로 돌아왔지만 2년 반 동안 정들었던 이곳을 떠나려니 마음이 아려왔다. 그동안 따뜻하게 배려해 준 회장님과 동 대표들을 생각하면 그들이 느낄 배신감이 떠올라 다시 마음이 우울해졌다. 그러나 언제까지 나 홀로 소장을 할 수는 없었다. 회장님과 동 대표님들은 있는 동안에 수고했다며 좋은 말씀을 해 주셨지만 못 할 짓을 한 것 같은 미안함에 얼굴을 들 수가 없었다. 지금도 그들이 보고 싶은 것은 내게 보여 준 따뜻한 정이 그리움으로 남아 있기 때문이다.

새로운 도전이 시작되려는 밤 이런저런 생각에 잠이 오지 않았다.

나이 든 많은 사람들이 그렇듯이 나도 내 습관과 방식에 익숙해 있다. 새로운 변화를 두려워하고 앞에 놓인 도전에 맞서기보단 뒷걸음을 택하였다. 새벽이 동트기를 기다리면서도 이 밤의 포근함이 달아날까 봐 밤의 끝자락을 놓지 못한다. 그래도 내일은 기어이 오고 만다.

관리사무소 직원은 나를 포함하여 4명이다. 2년 정도 근무한 관리과장, 아파트 근무가 처음인 시설주임, 입주 때부터 근무한 경리주임이다. 사무실에 전화벨이 울린다. 습관적으로 수화기를 드니 경리주임이 말을 한다.

"소장님! 제가 받을 게요." 경리주임이 입주민과 통화를 마치고,

"ㅇㅇ동 공용 복도에 센서 등이 안 들어온답니다."

시설주임이 공구 가방을 챙겨 들고 관리과장과 함께 나선다. 나도 따라 나서려니

"저희가 작업하고 오겠습니다. 소장님은 안 가셔도 됩니다." 라고 한다.

전화를 받거나 전구를 교체하는 일은 예전에 내가 했던 일이라 그냥 있는 게 어색하기도 하고 신기하기도 했다. 그러나 이 편안함도 얼마 가지 않았다.

며칠 후 관리과장이 건강이 좋지 않아 집 근처의 아파트로 옮기기로 했다면서 이달까지만 일하고 사직을 하겠단다. 진작 옮기려고 마음을 먹고 있었는데 소장님이 오신 지가 한 달이 되지 않아 말을 못 했다고 했다. 이미 결정되어 있는 일이라 설득이 통하지 않았다. 관리과장에게 시설 관리를 배우고 있던 시설주임은 근심 어린 표정으로 관리과장과 나를 번갈아 쳐다보았다. 시설주임의 걱정이 여기서는 초보 소장인 나와 다를 바가 무엇이 있을까? 본부장이 이야기한 "3개월 해보고"란 말이 스치고 지나갔다. 이 난관을 헤쳐 나가는 것은 '나의 의지'뿐이다. 이 기회를 놓칠 수는 없었다.

나카무라 미츠루의 말을 곱씹어 본다. "인생은 곱셈이다(人生は掛け算)."

내가 제로면 아무런 의미가 없다.

도전하는 자세로 앞으로 나아가야 한다.

제3부

아파트가 맺어 준 새로운 인연들

친구와의 황혼 재회

초여름 장마가 땅이 물을 토해 내는데도 아랑곳없이 자기 일에 열심이다.

대학교 동문이자 지금은 아파트 관리사무소장을 하고 있는 친구로부터 아버님의 부고 소식이 날아왔다. 부부가 서로 잘 알고 지내던 터라 아내와 함께 조문을 하기로 하고 삼천포 시민 장례식장을 향하였다. 비가 오는 어둡고 칙칙한 날씨 탓에 돌아올 시간을 고려하여 조금 일찍 출발하였다.

장례식장에 가는 동안 집사람과 자연스럽게 친구에 대한 이야기가 오고 갔다. 내가 창원으로 이사를 오고 난 뒤로 연락이 뜸했다. 친구의 아내는 어떻게 지내고 있는지, 자식들은 무엇을 하는지 궁금했다. 35년 전으로 되돌아가 학창 시절의 기억을 되새기며 이야기꽃을 피우다 보니 조문을 간다는 생각보다는 여행을 가는 기분이다. 어느 잡지에서 여행의 만족도에 가장 많은 영향을 끼치는 요소가 무엇인가 하는 설문을 본 적이 있다. 여행 장소를 제치고 여행을 함께 가는 사람이 1순위를 차지하였고 그중에서도 친구와의 여행을 제일 선호했다. 아내와 함께하는 여행은 만족도가 얼마나 될까? 폭포처럼 떨어지는 비가 밖을 볼 수 없게 우리를 차 안에 가두어 놓았다. 창밖에서 우리를 지켜보는 시선도 없었다. 엉덩이에서 느껴지는 쿠션의 촉감이 어디론가 가고 있음을 느끼게 한다. 나는 빗속을 뚫고 번쩍이는 번개를 타고 과거로의 시간 여행을 가고 있었다. 우리는 우리가 미래에 평생을 같이할 운명인지도 모른 채 우산을 받쳐 들고 어깨를 감싸며 하염없이 빗속을 걸었다. 운전하는 사람이 아내인지 친구인지 구분이 안 된다. 귀를 살짝 덮은 흰 새치가 오래된 친구임을 알려 준다.

1시간 30분 정도를 달려 식장에 도착했다. 코로나19 팬데믹 현상이 막 시작되고 사회적 거리 두기가 범국민적으로 시행되고 있는 터라 조문객이 많지 않을 거라 생각했지만 예상과 다르게 많다. 친구가 인간관계를 잘했는가 보다. 빈소에 들어서니 먼저 친구의 아내가 반갑게 맞이하여 준다. 두 내외의 얼굴이 수척해 보이는 것이 슬픔 탓인지 세월 탓인지 알 수가 없다. 꽃이 지고 나면 낙엽이 떨어지듯 세월 비행기는 우리를 황혼이란 공항에 내려놓았다. 조문을 마치고 식사를 하면서 안부를 묻고 남편들의 직장 이야기로 화제가 옮아갔다.

친구는 주택관리사 4년차로 나와 마찬가지로 지금은 아파트 관리사무소장을 하고 있다. 직장을 그만두고 영어 학원을 운영하였는데 처음에는 고전을 면치 못했다. 그러나 이명박 대통령이 당선되어 글로벌 시대 개막을 알리면서 영어 조기 교육 열기가 한층 고조되었다. 일순간에 손해를 만회하고 날로 번창하였다.

그러나 세상사! 호사다마[11](好事多魔)라!

돈이 된다고 소문이 나자 영어 학원이 우후죽순 생겨나 한 건물 건너 학원이 있을 정도가 됐다. 학원생은 한정되어 있는데 학원은 많아지니 실력 있는 선생을 모시기 위한 몸값 또한 천정부지로 치솟았다. 심지어 선생이 다른 학원으로 이동을 하면 학원생도 선생을 따라갔다. 결국 버티지 못하고 5년 만에 학원을 접었다. 무엇을 할지 몰라 방황하고 있던 시절에 내가 적극적으로 주택관리사 공부를 권유하여 지금은 어엿한 관리사무소장이 되어 있다.

친구는 매사에 긍정적이며 낙관적인 성격이라 관리사무소장 직에 잘 적응하며 만족하였다. 아내는 영어 선생을 했는데 몸이 좋지 않아 쉬고 있는 중이었다.

"○○ 씨, 남편이 관리사무소장직을 흡족해하니 나도 좋아요. 고마움을 어떻게 갚아야 할지. 호호호."

두 사람이 기뻐하는 모습을 보니 우리가 무슨 큰 도움을 준 것처럼 덩달아 즐거웠다.

대학을 졸업한 후 서로 다른 길을 걷다가 인생 2막의 막바지에 공감할 수 있는 일을 함께 한다는 게 친구를 다시 얻은 것처럼 든

---

11 호사다마(好事多魔) :좋은 일에는 흔히 방해되는 일이 많다는 뜻의 사자성어다.

제3부 아파트가 맺어 준 새로운 인연들

든하고 뿌듯했다. 내가 주택관리사를 하지 않았다면 친구와 또 다른 만남이 있을 수 있었을까? 지금 하는 일이 자랑스러워졌다.

갑자기 친구가 얼굴을 쑥 내밀어 귓가에 입을 대더니 옆에서 식사를 하고 있는 사람을 가리킨다. 아는 지인인데 ○○군에서 부군수로 잘 나가다가 은퇴하고 관리사무소장을 하고 있다고 한다. 성격이 고슴도치 같아 입주자 대표 회의와 갈등에 어려움을 겪고 있다면서 안타까워했다.

돌아오는 길에 내렸던 폭우는 어느새 가랑비로 바뀌어 마음을 촉촉이 적셔 준다. 희미한 빗방울 너머 보이는 남해 바다는 제주도 여행에서 봤던 비 오는 델문도 카페 앞 바다와 닮아 있었다. 뿌옇게 서린 차창의 입김 위로 하트를 그리며 상념에 젖어 본다.

사람은 자기가 살아온 테두리 안에서 생각하고 그 선을 넘어 새로운 세상에 도전하는 것을 두려워한다. 내가 그랬고 내 친구가 그랬고 부군수로 잘 나갔다던 친구의 지인이 그랬다. 그러나 이제 우리 셋 모두 서로 다른 세상을 나와 같은 직업, 같은 이름으로 한데 묶여 있다. 이 새로운 세상에서 우리는 또 한 번 성공과 실패를 맛볼 것이다. 인생 1막의 끝을 앞두고 방황하고 있는 사람들은 할 일이 없는 것이 아니라 이런저런 핑계로 할 일을 찾지 못하고 있는 것일지도 모른다.

봉사 활동이라는 세상을 알고

주말은 나에게 평일과 다름없다. 좋은 점이 있다면 아무런 생각 없이 집에서 마음껏 뒹굴 수 있다는 것이다.

아내는 치킨 가게를 운영하느라 늘 바쁜 생활의 연속이다. 때문에 쉬는 날이면 친구를 만나랴 모임 하랴 얼굴 보기가 힘들다. 친구를 만나 장사에 찌든 스트레스를 푼다는데 함께 있어 달라고 하기에는 명분이 없다. 더군다나 내가 아내와 함께 즐길 수 있는 놀이가 없다는 것도 이러한 명분에 힘을 실어 준다. 안방에서 헤어 드라이기 소리가 '웅~웅'거리면 나의 심장도 울렁거린다. 혼자 있을 시간이 다가오고 있음을 알리는 소리가 멈추고 나는 아내가 무슨 말을 할지 안다.

"여보! 오늘은 나갔다가 가게로 바로 갈 거예요. 고등어찌개 해 두었으니 밥 잘 챙겨 드시고요." 현관문을 나서는 집사람의 뒷모습이 찰리 채플린[12]의 걸음처럼 사뿐하다.

---

12 찰리 채플린: 영국의 배우, 코미디언, 영화감독, 음악가이다.

제3부 아파트가 맺어 준 새로운 인연들

나이가 들수록 남자는 인간관계가 소원해지고 사람을 사귀는 게 어렵다. 반면 여자들은 남자들보다는 쉽게 사람을 사귀며 인간관계 또한 풍성해지는 것 같다. 아내만 보아도 그렇다. 오래된 친구보다 근래에 사귄 언니, 동생이 더 많다. 그렇다 보니 특별한 취미도 없이 혼자 보내야 하는 이러한 시간의 외로움은 아내도 해결해 주지 못한다. 나 홀로 감당해야 하는 것이다.

갑자기 휴대폰이 울린다.

"소장님, ○○○입니다."

반가운 이름이다. 내가 그녀를 처음 만난 것은 주택관리사 동기 모임 때였다. 당시 그녀는 아파트에서 경리 일을 하고 있었는데 곧 관리사무소장으로 나갈 것이라고 하였고 정말로 동기들 중에서도 일찍 관리사무소장이 되는 영예를 안았다.

"아, 어쩐 일로 전화를 다 하시고?" 의례적인 인사 후에 그녀가 묻는다.

"내일 바쁜 일 있으세요?"

"아~." 나는 선뜻 대답을 하지 못했다.

주말에 하릴없이 집에서 노는 모습을 남에게 들키고 싶지 않았고 인간관계가 빈약하여 남에게 별로 도움이 되지 않은 사람으로 인식되는 것도 싫었기 때문이다. 잠깐 뜸을 들이고 있는 사이 내 마음을 읽은 듯 먼저 말을 걸어온다.

"내일 바쁜 일 없으시면 저랑 데이트해요."

데이트를 하자고? 무슨 일일까? 순간 별별 생각이 전광석화처럼 머리를 스쳐간다.

"이런, 영광이! 만사 일을 제쳐 두고라도 응해야지요."

짐짓 시치미를 뚝 떼고 잽싸게 대답했다. 무슨 일이냐고 물어 보지 않았다. 그것은 중요한 것이 아니었다. 황량한 사막 같았던 나의 주말. 그녀가 '데이트'라는 단어를 꺼낸 순간부터 그 속에서 오아시스를 만난 기분이었다.

"그럼 제가 내일 1시에 소장님 댁으로 픽업하러 갈게요. 그때 봬요."

"그래요. 그럼 내일 봅시다."

밤새 설레는 마음을 추스르느라 늦게 잠이 들었다. 여느 때 주말이면 늦게 일어나는 것이 습관이지만 오늘은 기다림 속에 일찍 일어났다. 초등학교 때 소풍 가기 전날 밤 잠 못 이루고 아침 늦게 일어나 허둥대던 기억이 떠오른다. 오후 1시까지는 무려 5시간이라는 시간이 남아 있다.

여름이 막 시작되는 7월 초순이라 파란 줄무늬 양복에 분홍색 물방울 넥타이를 맸다. 앞머리는 드라이기로 살짝 웨이브를 올리고 진한 갈색 구두를 신었다. 이리저리 옷 추임새를 다듬는 중 휴대폰이 울렸다.

"소장님, 10분 뒤에 소장님 집 앞에 도착할 테니 준비하시고 정원횟집 앞으로 나오세요."

"옷은 캐주얼하게 간편복으로 입고 오시면 됩니다. 조금 이따

제3부 아파트가 맺어 준 새로운 인연들

봬요."

오! 마이 갓. 멘붕이다.

정원횟집까지는 3분 거리. 3분 정도는 먼저 가서 기다린다고 치면 나에게 주어진 시간도 3분뿐. 이 짧은 시간에 어떻게 옷을 갈아입고 캐주얼 복장을 선택한단 말인가? 나는 급히 아무거나 손에 잡히는 점퍼를 걸치고 헐렁한 감색 바지를 꺼내 입었다. 시간도 촉박하거니와 복장을 정해 준 것으로 보아 멋을 부릴 만한 상황은 아닌 것 같았다.

은색 SUV 차량이 멀리서 다리 위를 달려오고 있었다. 차량이 가까이 다가오는 속도만큼이나 심장을 부풀게 하는 기대감이 커졌다. 어디를 가는지, 그곳에 가서 무엇을 하는지도 모르는 채 나는 그녀의 차에 올라탔다.

드디어 그녀가 말을 꺼냈다.

"소장님, 오늘 뵙자고 한 것은, 제가 장애인 목욕 봉사 활동 팀장을 맡고 있는데 오늘 회원들이 많이 빠지게 되어 소장님께 부탁을 드리려고 전화했어요. 마침 소장님이 시간이 있으시다니 만나서 말씀드리려고 데이트 신청을 한 거예요."

"혹시 제가 미리 말을 하지 않아 기분이 언짢으세요?"

"봉사 일이 그렇게 힘들지 않아요. 보람도 있고요."

무슨 말을 해야 할지 한참을 고민했다. 데이트라기에 바깥바람 좀 쐬고 어디 놀러 가자는 말인 줄만 알았지 봉사 활동일 것이라고는 상상도 못했다. 거기다가 '목욕 봉사'다. 2막으로 넘어간 긴 세월을 되돌아봐도 누군가를 씻겨 본 기억은 없다. 가서 내가 무엇을 할 수 있을까? 제대로 할 수 있기나 할까? 생각을 하면 할수록 내키지 않는 마음만 쌓여갔지만 더 이상의 침묵은 그녀의 기분을 상하게 할 것 같았다. 어쨌든 그녀는 나의 이름을 불러준 사람이 아닌가.

나는 혼미한 정신을 추스르고 한마디 툭 내뱉었다.

"장소는 어디예요?"

"○○마을이라고 신촌동에 있어요, 이제 10분만 가면 돼요."

10분 동안 그녀는 영어 스피치 경시대회에 나온 학생처럼 쉴 새 없이 봉사활동에 대한 소회를 토해 냈다. 그녀가 속한 봉사 활동 팀은 대한주택관리사협회 ○○도회 중부지부 소속 소장님들의 자발적인 봉사단체로 월 2회 토요일에 활동한다고 했다. 여자 소장 10여 명, 남자 소장 20여 명 정도로 이루어져 지체 장애인들을 위한 목욕 봉사를 하는데 연휴가 있거나 휴가철이면 참석자가 줄어 일손이 부족하다는 것이다. 어느덧 차량은 ○○마을 입구를 들어서고 있었다.

이때까지만 해도 나는 지금부터 내 삶의 여정에 풍성한 열매를 가져다 줄 아름다운 경험이 시작될 줄은 몰랐다.

살다 보면 다시 만나지 말아야 할 원수를 만나기도 하지만 평생 잊지 못할 은인을 만나기도 한다. 원수를 꼽으라면 열 손가락

도 모자라나 은인을 꼽으라면 한 손도 남아돌 지경이다. 그 한
손에서 그녀는 설렘으로 다가와 나를 새로운 세상에 눈 뜨게 한
잊지 못할 은인이 되었다.

아픔과 사랑이 공존하는 세상

그녀를 따라 ○○마을에 발을 디딘 지도 2년이 흘러간다. 봉사 활동이라곤 회사 근무할 때 매년 봄철 '환경정화'란 현수막을 펼쳐놓고 회사 로고가 새겨진 어깨띠를 두른 채 하천이나 유원지를 돌며 쓰레기 줍기 정도가 유일했다. 말이 봉사 활동이지 봉사 활동과 회사 홍보가 혼재되어 있는 비자발적 참여며 업무의 연속이었다. 봉사의 가치와 의미도 느끼지 못했던 내가 지금 이 시간까지 올 수 있었던 원동력이 무엇이었는지 생각해 보면 지금도 신기할 따름이다.

2년 전 8월 초순, 나는 봉사대원들이 휴가를 떠난 탓에 인원이 부족해져 도와 달라는 봉사팀장의 부탁으로 대체자로서 참석을 하게 되었다. ○○마을에 도착하니 화단 옆 야외 휴게실에서 대기하고 있던 봉사대원들이 반갑게 맞아 주었다. 그들 중 평소에 안면이 있던 소장도 몇 분이 있어 긴장감이 다소 누그러졌다.

○○마을은 뇌 병변 지체 장애인에게 생활·의료·교육·사

회·심리·직업 재활 등의 서비스를 제공함으로써 개인 및 사회 생활에 필요한 기본적인 능력을 길러 주고 그들의 자립 능력을 개발하여 지역 사회 내 구성원으로 살아갈 수 있도록 제반 서비스를 제공하는 생활 공동체 재활 시설이다.

정면에 보이는 4층 건물을 중심으로 양옆에 디근자형 건물이 배치되어 있고 재활병원이 함께 있어 규모가 제법 컸다. 사무실로 들어서니 직원이 봉사대원 신청서를 내밀며 작성을 해 달라고 한다. 나는 오늘 대체자로 와서 다음엔 오지 않을 수도 있는데 굳이 작성을 해야 하느냐고 미지근한 대답을 하였다. 하루만 하더라도 봉사 활동 기록을 남겨야 하는 거라 재차 작성을 부탁한다. 요즈음은 사회봉사활동인증센터(VMS시스템)으로 봉사 활동 관리가 되므로 입력을 위해서는 필요하단다.

출근 체크를 마친 봉사대원들은 탈의실에서 옷을 갈아입고 각자 담당 구역으로 이동을 하였다. 여성 대원들은 1층에 있는 여성 장애인 방으로 가고 일부는 근처 빌라에 거주하고 있는 장애인에게로 갔다. 남성 대원들은 2층으로 올라갔는데 그곳에는 어느 정도 스스로 옷을 벗고 일어설 수 있는 경증 발달 장애인과 사지(四肢)를 전혀 사용할 수 없는 중증 발달 장애인 방이 있었다. 나는 중증 발달 장애인 방에 배정이 되었다. 한 명은 휠체어를 타고 있었고 6명은 방바닥에 엎드리거나 누워 있었다. 우리가 방에 들어서자 아이들이 어눌한 말씨로 인사를 했다. 무슨 말인지 알아들을 수는 없었지만 몸짓에서 반가움이 느껴졌다. 봉사대원들은 그들의 말을 알아듣고 대꾸를 하며 장난기 어린 스킨십을 주고받았다. 갓난아기의 옹알거림을 받아 주듯 능숙하게 대응하는 대원들의 모습에서 엄마의 모습이 떠올랐다.

목욕은 방 안에 있는 욕실에서 한다고 했다. 욕실을 살펴보니 일반 가정집의 욕실과 별반 다르지 않았다. 단지 바닥에 사람이 누울 수 있을 만큼 공간이 있었고 목욕 매트가 깔려 있었다. '저기서 어떻게 목욕을 하지?' 목욕탕의 따뜻한 물로 함께 목욕을 하면서 씻겨 줄 거라 생각했는데 그게 아닌가 보다. 바닥 매트 위에서 비누칠한 타월로 몸을 씻어 주는 방식이었다. 씻기는 조, 옷 입히는 조 중에 나는 씻기는 조로 배정받았다. 나의 덩치만 보고 힘도 세다고 생각했던 모양이다.

탈의한 아이를 욕실로 옮기기 위하여 두 사람이 한 조로 다리와 팔을 붙잡아 들고 이동을 했다. 욕실 문턱을 넘는 순간 미끄러져 다리를 놓치고 말았다. 아이의 외마디 비명과 함께 몸은 바닥으로 떨어졌다. 다행히 매트 위였지만 머리칼이 쭈뼛 솟고 등에서는 식은땀이 흘렀다. 몸이 유연하지 않은 아이들에게는 갑자기 떨어지는 일이 고통스럽기도 했지만 무서웠을 것이다. 선배 대원이 두 팔을 꽉 잡고 있었기에 다행히 아이는 다치지 않았다. 깜짝 놀란 선배 대원은 가슴을 쓸어내리며 안도의 한숨을 쉬었다. 두 다리를 잡을 때 허리를 굽혀 잡으면 안 되고 쭉 펴고 잡아야 다리를 놓치지 않는다고 조언을 해 준다.

머리 쪽은 선배 대원이 씻기고 다리는 내가 씻겼다. 아이들은 스스로 몸을 움직일 수 없었기에 한 손으로 다리를 들고 다른 한 손으로 몸을 씻기려니 여간 힘든 게 아니었다. 내 손길이 갈 때마다 아이는 '윽, 윽' 신음소리를 냈다. 내가 초보자라 그런 것 같아 미안함에 신경은 곤두서고 무엇이 불편한지 알 수 없으니 마음이 무거웠다. 이마에서 땀은 폭포수처럼 흐르고 있었다. 이런 모습이 안쓰러웠는지 선배 대원이 조금 쉬라고 하면서 내 몫의 일까지도 마무리 지었다. 겨우 한 명을 씻겼을 뿐인데 몸도 마음도 지쳐 버렸다. 선배 대원에게 민폐가 되는 것 같아 옷을 입히고 벗기는 일을 하겠다고 말하고 욕실을 나왔다. 하지만 그것도 만만치는 않았다. 팔, 다리, 어깨가 굳어 있어 마음먹은 대로 옷이 들어가지 않는다. 사람이 옷을 입는 것이 아니라 옷이 사람을 입는다. 무리하게 팔을 비틀다 보니 몸이 파르르 떨린다. 고통이 있겠지만 아픈 소리는 내지 않았다. 아이가 감사의 표현으로 참는 것인지, 나를 처음 보았기에 약간의 실수는 배려하여 넘어가 주는 것인지 알 수 없었지만 또 한 번 미안하고 고마웠다. 옷 입히기를 마치고 다른 아이의 옷을 채 벗기기도 전에 욕실에서 목욕을 마친 아이가 나왔다. 선배 대원이 또 거들어 주었다. 우왕좌왕하는 사이 두 시간이 지나갔고 몸은 녹초가 되었다.

봉사를 마치고 우리는 장애인들이 운영하는 커피숍에 모였다. 차를 주문한 뒤 운영 팀에서 준비해 온 다과를 먹으며 즐거운 담소를 이어갔다. 직업이 관리사무소장이라 대화는 아파트에서 일어나는 여러 가지 일들과 사건들에 관한 이야기가 주된 화제가 되었다. 소장들의 힘든 사연은 우주의 별만큼이나 많고 다양했다. 간식 타임을 끝으로 집으로 향하는 길에 올 때와 마찬가지로 봉사팀장의 차에 올랐다.

"소장님, 힘드셨죠. 오늘 봉사 활동한 소감이 어떠세요?"

"집에 있었으면 빈둥빈둥 시간을 보냈을 텐데 여기 와서 보람이 있었어요."

나는 그녀를 실망시키고 싶지 않아 마음에도 없는 소리를 했다. 그녀는 나의 말을 진심으로 느끼는 것 같았다.

"여기 봉사대원들도 처음에는 힘들어 했지만 꾸준히 봉사 활동을 하면서 보람을 느낀다고 해요. 소장님도 앞으로 그렇게 될 거예요."라고 말했다.

"예, 그럴 것 같아요."

"참 대단한 일을 하고 계시네요."

"대단한 일은 아니지만 봉사 활동에 만족을 느껴요."

그녀가 어떤 인성의 소유자인지는 알 수 없다. 다만 봉사 활동을 하고 있다는 사실만으로도 그녀는 선한 사람임이 틀림없다는 생각이 들었다. 타인을 위한 희생이든 자기만족을 추구하기 위함이든 봉사란 남의 아픔을 훔치는 사람이지 않은가. 승용차가 집 근처에 이르자 그녀가 말을 했다.

"집 앞까지 바래다 드릴게요, 다음 주에 또 봬요."

"다음 주에는 선약이 있는데."

나는 있지도 않은 선약을 있다고 했다. 봉사 활동에 큰 흥미를 느끼지도 못했거니와 민폐만 끼친 것은 아닌지 회의가 들었기 때문이다.

어느새 일주일이 지나가고 토요일이 되었다. 아침부터 마음이 싱숭생숭하다. 심심풀이로 하고 있는 고스톱 게임도 잘 되지 않는다. 오늘따라 머니가 적은 회원이 들어와 자기 판돈만큼 따고는 도망가 버린다.

'이런, 우라질 놈이 있나!'

화가 나서 욕설을 해보지만 나도 똑같은 짓을 따라하고 있다. 과유불급(過猶不及)이라 정도(程度)를 지나치면 미치지 못한 것과 같다는데 게임만은 '적당히'가 어렵다. 무의미하게 자판을 두드리고 있는 손가락이 나를 원망하는 것 같다. 그러기를 몇 시간째 시침은 오후 1시를 달려가고 있었다. ○○마을의 해맑은 얼굴이 떠올랐다. 차라리 목욕 봉사라도 가겠다고 할 것을….

선약이 있다고 했던 말이 후회스러웠다. 봉사팀장에게 전화를 할까 말까?

괜히 말을 번복하는 실없는 사람으로 인식되는 게 싫었다. 하지만 이렇게 게임하고 있는 내가 더 싫었다. 망설임을 이겨내는 데는 용기가 필요했다.

"팀장님, 오늘 선약이 취소되었어요."

"그럼 제가 데리러 갈게요."

"아니요. 제 차로 갈게요. 앞으로 데리러 안 오셔도 돼요."

내 차바퀴는 고스톱 게임을 깔아뭉개면서 ○○마을을 향해 달려갔다. 이후로 우산을 들고 빨간 옷을 입은 영감은 내 앞에 나타나지 않았다.

제3부 아파트가 맺어 준 새로운 인연들

숙명과 운명은 무엇이 다를까?

　○○마을에도 겨울이 왔다. 창밖으로 보이는 나뭇가지는 앙상하게 옷을 벗었고 바싹 말라 버린 나뭇잎들이 바람에 뒹굴고 있었다. 현수(가명)는 그림 그리기를 무척 좋아한다. 서랍장 위에는 장애인 미술 대회에서 받은 상장과 트로피가 놓여 있다. 그의 수상 작품이 어떠한지 보고 싶었지만 여기에는 없었다. 현수는 휠체어를 혼자 움직이지 못할 정도로 중증 장애인이다. 하루 종일 기저귀를 착용한 채 식판이 달린 휠체어에 앉아 있다. 기저귀를 차고 있지만 20살이 넘는 청년이다. 머리는 한쪽으로 15℃정도 기울어져 있고 턱은 약간 튀어 나왔다. 안경만 낀다면 영락없는 스티븐 호킹[13]이다. 심한 장애를 가지고 있는 그가 그림을 그린다는 것이 상상이 되지 않았다. 트로피를 매우 섬기는 그는 그것을 미래의 운명을 결정할 신의 선물로 여기는 듯하다.

　"현수는 어떤 그림을 그려서 상장을 받았어? 풍경화? 산수화? 정물화?"

---

13 스티븐 호킹: 영국의 저명한 천재 물리학자. 케임브리지 대학교의 전 석좌교수이며, 전공은 우주론과 천체물리학이다.

트로피에 관해서 내가 물어보면 현수는 눈을 크게 뜨고 눈동자를 이리저리 뒹굴며 무언가를 열심히 말을 한다. 그림에 얽힌 많은 사연을 이야기하는 것이려니 짐작하지만 좀처럼 알아들을 수가 없었다. 내가 트로피를 만져 보고는 제자리에 반듯하게 놓지 않거나 옆으로 비스듬히 두면 화를 낸다. 얼굴을 찡그리고 머리를 흔들어대며 화를 내는 모습이 소리부터 내지르는 우리랑 달라서 처음에는 화를 내는 것인지, 투정을 부리는 것인지 분간하기가 어려웠다.

오늘은 특별한 자녀가 봉사 활동에 참여하였다. 가끔 TV에도 나오는 아이돌 그룹, '골든 차일드'의 메인 보컬 'Y'였다.

"내가 말하던 학교 선배 소장님이셔. 내게 봉사 활동을 하도록 권유를 하신 분이지."

Y의 아버지가 아들을 내게 인사를 시켰다.

"안녕하세요. 아버지로부터 말씀 많이 들었습니다."

TV에서나 보던 아이돌 가수를 직접 보게 되니 살짝 흥분이 되었다. Y는 연보라 후드 티셔츠에 감청색의 면바지를 입고 있었다. 세련되고 깔끔하게 잘생긴 귀공자 타입이었다. 얼굴이 작은 사람이 TV 화면빨을 잘 받는다더니 얼굴이 정말 딱 손바닥만 했다.

"바쁠 텐데 여기 올 시간이 있던가요?"

"예, 아버님 뵈러 잠시 내려왔는데 마침 아버님이 이곳 말씀을 하셔서 저도 돕고 싶은 마음에 따라 나섰어요." 하곤 미소를 짓는다.

봉사 활동에는 소장들이 종종 자녀를 데리고 오기도 한다. 사회에 관하여 견문을 넓히고 나눔을 실천함으로써 아이들의 인성이 올바르게 형성되도록 하려는 아버지의 배려 때문이기도 하고 부자간의 추억을 만들고 싶은 마음이 녹아 있기 때문이기도 하다.

"선배님이 오늘 제 아들과 함께 봉사해 주시죠."

"오케이." 나는 Y를 봉사대원에게 소개를 하였다.

"C 소장의 아들입니다. 현재 아이돌 그룹 '골든 차일드'의 메인 보컬을 하고 있지요."

들뜬 목소리로 소개했지만 봉사대원들의 반응은 미지근했다. 아이돌보다는 트로트 시대에 가까운 사람들이 대다수였기에 Y를 모르는 것도 이해가 되었다. 1층 로비에 들어서자 사무실에 근무하는 젊은 여성 직원이 Y를 가리키며 혹시 가수가 아니냐고 물었다. '골든 차일드'의 메인 보컬 'Y'라고 알려 주자 난리가 났다. 직원들이 우르르 몰려나왔다. Y를 보더니 신나게 박수를 친다. 그리고는 장애인들을 데리고 나와서 기념사진을 부탁하기도 하고 사인을 요청하기도 하였다. Y는 싫은 기색 없이 손가락으로 V자 포즈를 취하며 일일이 촬영에 응하였다. 장애인이 다가와 손과 다리를 만지자 정겹게 맞잡아 주었다. 가식 없는 소탈함이 진심으로 다가왔다. 그제서야 봉사대원들은 포털 사이트 검색을 하기 시작하였다. 아직 정점을 달리고 있는 그룹은 아니지만 유명세를 타고 있는 전도양양한 그룹이었다.

나와 Y는 탈의실에서 옷을 갈아입고 방으로 들어갔다. 그는 한구석에 손을 앞으로 가지런히 모은 채 다소곳하니 서 있었다. 내가 아이들의 옷을 벗기기 시작하자 달려와 함께 옷을 벗겼다. 그는 서투른 몸짓으로 땀을 흘리며 열심히 도왔고 몸을 사리지도 않았다. 잠깐 쉴 틈이 생겨 딱딱한 분위기를 바꿔 보고자 Y에게 귓속말을 건넸다.

"올해 나이가 어떻게 되지요?"

"스물 셋입니다."

"여기 있는 사람들은 몇 살처럼 보이나요?"

"으음… 십오 세 정도….."

"그렇게 보이지, 실제는 23~25세가량 됩니다."

Y는 나이를 알고는 깜짝 놀라는 표정을 지었다.

"나도 처음엔 그렇게 생각해서 깜짝 놀랐어요, 그들의 순수한 표정이나 수줍어하는 행동이 10살이나 어려 보이게 하나 봐요."

Y는 내 말에 공감을 하듯 고개를 끄덕였다. 또래의 나이에 휠체어에 있는 현수와 무대에 서 있을 Y를 보면서 운명이란 무엇일까 생각해 본다. 예전에 강연에서 들었던 말이 생각났다.

"숙명은 뒤에서 날아오는 화살이며 운명은 앞에서 날아오는 화살이다."

숙명이 만들어진 길을 가는 것이라면 운명은 길을 만들면서 나아가는 것이 아닐까?

　현수에게는 그림이, Y에게는 노래가 헤쳐 나가야 하는 운명의 길이 아닐는지.

　봉사를 마치고 나오니 한 무리의 여중생들이 Y를 보려고 현관 앞에 몰려 있었다.

　"봉사대원님들! 우리도 Y와 함께 사진을 찍읍시다. 스타가 되면 찍을 기회도 없습니다."

　누군가의 외침에 따라 우리는 Y를 중앙에 두고 손가락으로 V를 그리며 기념 촬영을 했다. 촬영을 마치고 커피숍으로 향하는 Y의 발걸음이 가벼워 보인다. 뒷모습을 보며 '참 잘 자라주었구나.'라는 생각을 했다.

　'Y'의 노래가 세상 모든 사람의 아픔을 안아 주는 힐링이 되기를, '현수'의 그림이 장애인들에게 희망을 주는 선물이 되기를 기도한다.

봉사대원들과 Y

새로운 가족 앵무새와 만남

1) 헤어진 후의 그리움

앵무새와의 인연이 시작된 건 참으로 우연한 사건으로 인해서였다.

주택관리사 동기 모임 밴드에 공지가 떴다. 아파트에서 길을 잃고 돌아다니는 앵무새 두 마리를 보관하고 있는데 공고하고 몇 날이 지났어도 찾아오는 주인이 없어 관리실에 계속 데리고 있기도 그렇고 어떻게 할지 고민이라고, 관심 있는 소장님이 계시면 데려가라는 것이었다. 나는 별 의미 없이 '내가 키워볼까?' 하고 댓글을 달았다. 그리곤 그 일을 잊어버리고 있었다.

며칠 후 전화가 왔다.

"선배님, 앵무새에 관심이 있는 사람이 없으니 선배님이 한번 키워 보시죠. 제가 키울 형편도 안 되고 해서 댓글을 보고 전화 드렸습니다."

"엉, 내가 그랬나."

나는 동물을 키워 본 적이 없다. 아이들이 어릴 때 이구아나니 햄스터니 병아리를 키워도 공부에 방해가 된다고 나무랐던 기억뿐이다.

그놈의 댓글! 막상 연락이 오자 마음이 복잡해졌다. 나 혼자서 결정할 문제가 아니었다. 아내에게 전화를 걸었다. 난처한 사정을 들은 아내는 일단 키워 보자고 한다.

우리는 앵무새가 있는 아파트로 갔다.

관리사무소에 들어서자 사람의 인기척 때문인지 어디서 '까~악' 새소리가 들렸다. 후배 소장은 구석 모퉁이로 가더니 박스 하나를 가져왔다. 박스는 새의 날갯짓으로 요동을 치고 있었다. 뚜껑을 열자 초록색의 새 두 마리가 쏜살같이 뛰쳐나와 푸드득거리며 사무실 안을 휘젓고 다녔다.

"입주민이 화단에 놀고 있는 새를 잡아 왔는데 방송을 하고 5일이 지났는데도 주인이 나타나지 않는 것을 보면 우리 입주민의 새는 아닌 것 같고 누가 키우다 버린 새 같아요."

"잘 날지도 못하여 놓아주면 아무래도 고양이 밥이 될 것 같고 더 이상 관리실에서 보관하기도 힘이 들어서요."

한 마리가 우리 이야기를 엿듣고 싶다는 듯 휙 날아 컴퓨터 위에 앉는다. 서툴게 나는 것을 보니 생후 얼마 되지 않은 것 같았다. 박스에 들어가기 싫은지 필사적으로 이곳저곳을 날아다닌다. 후배에게 잘 키워 보겠노라고 하고 관리사무소를 나왔다.

후다닥거리던 녀석들은 차에 오르자 이내 쥐 죽은 듯 조용해졌다. 우선 그들이 거처할 새장과 모이를 준비해야 했다. 집으로 가는 길에 마트에 들러 새장과 모이를 구입하고 직원에게서 모이 주는 법 등 이것저것 간단한 조언을 들었다.

이제 그들에게 필요한 것은 이름이었다. 집사람과 머리를 맞대어 봐도 별 신통한 이름이 떠오르지 않았다. 고민하다 보니 내가 큰아들 이름 지을 때도 이렇게 고민 했었나 하는 생각에 웃음이 났다. 입양도 아니고 분양을 받은 것도 아니니 두 놈 성별을 알 수도 없고 생일도 알 수가 없었다. 며칠간의 긴 생각 끝에 그들과 인연이 된 아파트의 이름을 따서 부르기로 하였다. 조금 통통한 놈을 '일성이', 다른 한 놈은 '그라미'로 명명하고 그렇게 우리의 식구가 되었다.

일성이와 그라미를 데려온 후 나의 일과에 조그만 변화가 있었다. 퇴근 후에 베란다에서 놀던 그들을 새장에 넣는 일과 모이를 주는 일이었다.

처음 왔을 때는 경계심을 가지고 이곳저곳을 조심스레 탐색을 해보더니 이내 친숙해져 집안을 휘젓고 다녔다. 어린놈이라 온 집 구석구석을 돌아다니면서 무엇이든지 물어뜯어 골치가 아팠다. 컴퓨터 선, 화초, 커튼, 전선, 옷 등을 닥치는 대로 씹어대는 통에 한눈을 팔 수 없었다. 못 쓰는 전신이나 옷가지를 주면 잠시 흥미를 보이다가 이내 새로운 것을 찾아 나서는 것이다. 강아지처럼 꼬리를 흔들면서 애교를 부리거나 반갑다고 인사를 하는 것도 아닌데 앵무새를 키우는 이유를 알 수 없었다. 그들만의 언어로 그들만의 세상에 사는 것 같았다. 전세금을 내지도 않으면서 마치 지들 집인 양 온갖 저지레는 다 저지르고 나는 무보수로 일하는 식모처럼 그들의 뒤치다꺼리를 했다. 그렇게 십여 일이 경과된 어느 날, 이 유쾌하지 못한 일상을 마무리하는 날이 코앞에 다가왔다.

'따르릉.' "선배님, ○○○입니다." "그래, 잘 지내니."

"좀 죄송한 말씀을 전해야겠습니다."

"응, 뭔데." "일전에 데려가신 앵무새 있잖습니까. 주인이 나타났습니다."

"해외여행을 다녀오니 앵무새가 방충망을 뚫고 없어졌다고 찾아 달라는 게시물을 만들어 아파트에 홍보를 해 달라는데 여행 간 날짜와 앵무새를 보관한 날짜를 따져 보니 그 앵무새인 것 같습니다." "이를 우짭니까?"

오 마이 해피!

불감청이언정 고소원야[14](不敢請耳언정 固所願也)는 이를 두고 하는 말이구나.

짐짓 놀랍고 아쉬운 척 하며, "왜 그리 늦게서야 찾는데?"

"포기하려고 했는데 초등학교 4학년 딸이 울어서 어쩔 수 없이 찾아보려고 한답니다."

"할 수 없지. 뭐 어떡하겠니. 오늘 점심때쯤 관리사무소로 데

---

14 불감청이언정 고소원야: 내가 먼저 함부로 청하지는 못하겠지만, 내심으로는 내가 진정으로 바라는 바이다.

려갈게. 주인에게 그렇게 말해줘."

집사람에게 연락을 하고 점심때 일성과 그라미를 데리고 관리사무소를 찾았다. 그곳에는 주인 내외분과 어린 딸이 애타게 기다리고 있었다. 케이지를 들고 들어서자 "○○○아." 하면서 새 이름을 불렀다. 그러나 새는 아무 반응 없이 새장 안에 있었다. 도리어 남자가 새장 문을 열려고 손을 내밀자 침입자를 보듯 공격을 하는 것이었다. 깜짝 놀란 주인은 못내 서운한지

"못 본 지 얼마 됐다고, 아빠도 모르냐?"라고 다그쳤다. 다시 새장 안으로 손을 내밀어 보지만 일성, 그라미는 불안한 듯 새장 구석으로 몸을 숨겼다.

속말에 '새대가리'라더니….

설령 그들이 주인을 알아보더라도 다른 동물들처럼 표현을 하지 못하는 탓일 수도 있으리라.

그런 모습을 보고 뒤편에 서 있던 어린 딸이 눈물을 글썽이더니 끝내 훌쩍거렸다. 눈물 속에는 반갑기도 하고 불쌍하기도 하고 미안하기도 한 형언할 수 없는 감정이 녹아 흐르고 있었다.

"저희들 불찰로 선생님께 폐를 끼치게 되었습니다."

"포기할까 하다가 우리 애가 워낙 울어서 늦게나마 찾게 되었는데 보살펴 주신 고마움에 감사합니다. 새장과 모이는 가격을 쳐 드리고 저희가 가져가겠습니다. 여분의 사례비도 조금 드리겠습니다."

나는 손사래를 치면서,

"댁에도 새장이 있을 텐데 안 가져 가셔도 됩니다."

"선생님에게는 이제 필요 없으신 물건이니 저희가 가져가겠습니다. 아이들 이동 케이지로 사용하면 되니까요."

"사례는 관두시고 새장 값만 주십시오. 앵무새도 주인을 찾아 다행입니다."

아직도 울먹이는 어린 딸의 어깨를 토닥었다.

"네가 마음고생이 많았구나. 다시는 잃어버리지 말고 잘 키우렴." 그제서야 안심이 되는 듯 아이가 환한 표정으로 감사 인사를 하였다.

이렇게 일성이와 그라미는 맺지 못할 인연이 되고 말았다. 정이 많이 든 것도 아니거니와 딱히 동물에 관심이 없던 나로서는 그리 아쉽거나 안타까운 것도 없었다.

아내가 치킨 가게를 개업한 후로 아내는 새벽 2시경이 되어야 돌아온다. 퇴근 후면 나 홀로 식탁에 앉아 저녁밥과 함께 약간의 반주(飯酒)를 하는 것이 일상이 되어 있었다.

식탁에 앉아 반주를 곁들이며 거실을 바라보니 온통 일성이와 그라미의 흔적뿐이었다. TV 위에, 커튼에, 화분에, 소파 위에 앉아서 깃털을 고른다. 심지어 내가 앉아 있는 맞은편 식탁 의자에서도 빤히 바라본다. 어제의 귀찮은 모습은 온데간데없고 천진난만하고 귀여웠던 자태만이 아른거린다. 주인을 찾았다는 연락을 받았을 때, 그들에게 보내며 헤어짐을 말했을 때 아쉬움 없이 오히려 후련하게 이별을 받아들였던 나는 어디로 간 걸까? 반주가 거듭될수록 일성, 그라미는 연꽃 위 한 쌍의 백조처럼 번갈아 가면서 나를 유혹하고 있었다. 속담에 '든 자리는 몰라도 난 자리는 안다'란 말이 실감났다.

흔히들 말하는 헤어지면 멀어진다는 말은 거짓말이다. 그리움은 더 짙어진다.

2) 책임인연이란?

8월의 햇볕이 한 방울의 물이라도 남겨 두지 않을 듯이 땅을 집어삼키고 있다. 아내와 의논하여 앵무새 2마리를 입양하기로 의견을 모았다. 오늘은 부산 화명동에 있는 앵무새 카페에 가는 길이다. 창원에도 앵무새 카페가 있기는 하나 규모가 작아 개체 수가 많지 않았다. 기왕이면 튼튼한 놈을 고르기 위하여 먼 길을 가기로 했다. 순간의 선택이 평생을 좌우한다 하지 않는가?

처음에 아내는 입양을 반대하였다. 일성이, 그라미와 헤어지고 돌아오는 차 안에서 내내 말이 없었던 터라 아내의 이러한 태도는 나를 적지 않게 놀라게 했다.

"당신, 일성이, 그라미 좋아하지 않았어?"

"아니, 헤어지고 난 뒤에 느낀 것인데 동물 키우는 것을 섣불리 생각하면 안 될 것 같아. 챙겨주고, 뒤치다꺼리하고, 청소하는 데 손이 너무 많이 필요해. 더군다나 동물도 외로움을 탄대. 같이 놀아 주지 않으면 스트레스를 받는다는데 난 그렇게 해 줄 자신이 없어. 그렇게 해 주지 못할 바에는 안 키우는 게 낫지 않을까?"

"당신이 외로움을 위로받고자 책임감 없이 함부로 인연을 맺는다는 건 반대야."

"책임지는 인연은 당신과 아이들만 해도 충분해."

'책임지는 인연!'

뜬금없는 말에 나는 한동안 생각에 잠겼다.

인연을 맺음에 너무 헤퍼서는 안 되지….

살면서 이런저런 이유로 여러 사람들을 만나고 헤어짐을 반복하였다. 때로는 그 어설픈 인연 때문에 쓸 만한 인연을 만나지 못하고 또 그들에 의해 삶이 침해되는 고통도 받아야 했다. 진실한 인연이라면 최선을 다하는 노력이 있어야 하고 스쳐가는 인연이라면 물 흐르는 대로 지나쳐 보내야 한다. 책임지는 인연으로 애서 표현한 것도 끝까지 함께할 수 있냐는 내 마음을 확인해 보려는 것이다.

"살아있는 생명과 인연을 맺는데 싫증난다고 책임을 회피할 수 있남?"

"사진관에 가서 앵무새랑 결혼사진이라도 찍을까?"

가만히 듣고 있던 아내가 숙였던 고개를 들고 큰 결정을 내리듯 흔쾌히 말했다.

"그러면 당신이 저녁마다 챙겨야 돼."

아내는 가게 일로 아침저녁을 챙겨 주지 못하는 미안함과 매일 저녁에 홀로 있는 나의 적적함을 어떻게든 보상하고 싶었을 것이다. 어쩜, 앵무새 때문에 내가 일찍 귀가할지도 모른다는 기대를 가지고 있었을 지도 모를 일이다.

그렇게 우리는 입양을 결정하였다.

2층 계단을 오르기도 전에 새소리가 귓가에 울린다. 얼마 만에 들어보는 천상의 하모니인가. 문을 열고 들어서니 대형조 '코카투'가 커다란 횃대에 앉아 "안녕하세요."라며 우리를 맞아준다. 카페는 생각보다 넓었다. 일요일이라 어린아이들과 젊은 엄마들이 한가득 홀을 메우고 있었다. 손에 새를 올려놓고 쓰다듬는 아이, 손에서 날아간 새를 쫓고 있는 아이, 테이블에서 아이스크림을 먹고 있는 아이, 새에 물려 우는 아이. 온통 북새통을 이루고 있었다. 형형색색 화려한 의상으로 차려입은 새들의 날갯짓은 흥겨운 윤무[15]를 즐기고 있는 무도회장이었고 우리는 초대된 손님이었다.

"어떤 새를 원하세요? 결정을 안 하셨으면 한 번 둘러보시고 골라 보세요."

한편에 유리로 설치된 작은 방으로 안내를 받고 우리는 천천

---

15 윤무(輪舞): 여럿이 둥그렇게 둘러서서 추거나 돌면서 추는 춤이다.

히 새들을 둘러보았다. 앵무새 종류가 이렇게 많은 줄 몰랐다. 크기, 색깔, 꽁지 모양, 어느 것 하나 예쁘지 않은 것이 없었다. 일성이, 그라미와 같은 종인 그린 퀘이커를 입양하기로 마음을 정한 터라 망설일 필요가 없었다.

"그린 퀘이커로 보여 주세요. 암수 두 마리면 좋겠어요." 둘이라야 서로 외롭지 않을 거라 생각했다.

"이 애가 3개월 정도 되었는데 애완조라 지금은 사람과 조금 친숙해 있으니 좋을 것 같아요. 조금 더 자라면 길들이기가 어려워져요. 이맘때가 딱 길들이기가 좋습니다."

초록빛의 귀여운 이 앵무새는 일성이, 그라미가 생각나지 않을 만큼 붕어빵이었다. 다르다면 아직 아기라는 것. 앵무새의 눈에는 인간도 모두 붕어빵처럼 똑같아 보이겠지. 나처럼!

200g의 무게가 내 무릎에 살포시 얹혀있지만 차는 가볍고 시원하게 달린다. 차창 너머로 보이는 햇살도 황금빛을 뿌리며 귀가를 서두르고 있었다.

일성이, 그라미 것보다 더 큰 새장을 구입하고 모이도 좋은 걸로 구입했다. 큰아들에겐 집 한 칸 못 사줬는데, 이 놈들에게는…. 그러나 뿌듯했다. 신혼집을 꾸미는 마음으로 사다리와 꽈배기 모양의 예쁜 장난감을 준비하고 사람의 시선을 느끼지 않고 단둘만이 지내도록 스위트룸도 마련하였다.

부부의 인연을 맺게 된 두 마리 앵무새가 불안에 떨지 않게 핑

크색 담요로 새장을 가린 상태였다. 어둠은 모든 것을 감춰 주고 포용한다. 그 속에선 한줄기 상상의 빛만이 희망이요, 꿈이다. 우리의 희망과 꿈이 되어 주기를 바라는 마음으로 수놈은 '달이' 암놈은 '별이'라 이름을 지었다. 얼마 후 낙동강 환경청에서 입양 허가서(우리는 이를 출생 신고서라 부른다.)가 도착하였다. 그날부터 별이, 달이는 책임지는 인연이 되었고 일성이, 그라미가 우연히 가져다준 인연을 이어갈 수 있었다. 간혹 둘이 보고 싶었지만 피천득 수필 '인연'에 등장하는 아사코와의 세 번째 만남을 알기에 잊어버리기로 했다.

3) 인생의 사랑스러운 동반자

여느 때와 마찬가지로 우리는 함께 식탁에 둘러앉아 저녁 식사를 한다. 오늘 저녁 식사로 나는 치킨 반 마리와 소주 한 병, 달과 별은 해바라기 씨앗 한 줌이 전부다. 나는 치킨을 안주 삼아 소주 한 잔, '달이'와 '별이'는 식탁에 널려진 해바라기씨를 열심히 쪼고 있다. 해씨는 앵무새가 좋아하는 모이다. 평소에는 잘 주지 않지만 말 연습을 시키거나 손에 붙잡아 두기 위하여 준비해 둔 비장의 카드다. 내가 아무리 말을 해도 해씨를 먹는 동안에는 나를 쳐다보지도 않는다. 자기에게 해코지를 하지 않을지 수시로 힐긋힐긋 쳐다보며 잽싸게 달아날 자세로 경계한다. 먹여 주고 보살펴 줘도 당연한 일인 듯 조금이라도 고마워하는 기색이 없다. 때로는 섭섭하기도 하고 화도 나지만 그래도 알면서도 모른 척하는 인간보다는 몰라서 모른 척하는 계산되지 않은 모습이 순수하다. 사실 속으로는 고마워하지만 갓난아기처럼 아직 표현하는 방법을 모르기 때문일 것이다. 이렇게 생각하니 마음이 편해졌다.

나이가 들면서 타인의 행동을 복잡하게 생각하고 분석하는 것이 귀찮아졌다. 의중을 헤아려 보려고 뜬 눈으로 밤을 지새우지만 날이 밝으면 사라지는 망상임을 세월이 가르쳐 주었다. 막상 부딪쳐 보면 아무런 일도 아닌 것을 가지고 지레짐작을 하여 고민을 한다. 걱정하고 살기엔 바닷물만큼 많아진 눈물을 감당하기도 어렵다.

우중충한 날 떨어지는 빗물에도 눈물이 나고, 서산으로 지는 붉은 노을만으로도 마음이 아려온다. 이른 아침 화단에 죽어있는 고양이를 보거나 TV에 나오는 아프리카 빈민촌의 깡마른 소녀만 봐도 눈물이 난다. 언제부턴가 이런 아픈 마음이 싫어 눈을 돌리고 살았다. 남에게 피해를 주지 않는 한 단순하게 생각하고 편리한 쪽으로 행동하는 것이 나에게 득이 된다는 것을 알았다. '달'과 '별'은 비록 그들만의 세상 속에 사는 작은 생물이지만, 이런 나에게 소소한 위안이 되어 주고 있다.

달이, 별이와 함께하면서 퇴근 후 나의 일상에 새로운 습관이 하나 생겼다. 집에 들어오면 상의를 벗고 찢어진 두꺼운 셔츠로 갈아입는다. 달이, 별이가 어깨 위에서 평온하게 놀도록 하기 위한 조치이다. 새들은 하루 종일 물어뜯는 게 놀이이자 일이다. 새의 부리는 전시에는 적을 물리치는 군인의 총과 같은 것이며 평상시에는 먹이를 쉽게 부셔 먹거나 보금자리를 짓는 데 필요한 쟁기다. 하루라도 갈고 닦는 것을 게을리하면 안 되는 것이다.

무더운 밤에 더위를 감수하며 두꺼운 셔츠를 입는 것은 두 앵무새를 생각한 나의 사려 깊은 배려심이라고 흐뭇해해 보지만 사실은 그들을 가까이에 두고 싶은 나의 욕심 때문이다.

두 발가락으로 해씨를 잡고 씹는 모습이 젖병을 두 손으로 꽉 쥐고 꼭지를 빨아대는 아기와 같다. 별이는 자기 주위에 해씨가 널려 있음에도 불구하고 달이의 주변에 있는 해씨만 쪼아 먹는다. 달이는 자기 주변의 해씨를 먹고 나면 별이의 해씨에는 별 관심을 보이지 않는다. 새들도 인간들처럼 각기 다른 성향을 지니고 있나 보다. 그리곤 내 어깨 위로 날아와 목덜미의 땀을 핥아 먹는다. 혓바닥의 간질간질한 촉감이 참 좋다. 아마도 미네랄을 보충하려는 것일 게다. 한 생명이 사용하고 나온 분비물이 다른 생물에겐 영양소가 된다니 조물주의 능력이 참으로 경이롭다.

그들과 대화란 겨우 '안녕', '까꿍', '아이쿠 예뻐'가 전부다. 가끔 산토끼 노래를 부르면 박자에 맞춰 고개를 위아래로 까딱까딱 흔들어 주는 것이 해씨에 대한 보답으로 그들이 내게 베푸는 최고의 퍼포먼스다.

술 한 잔 하고 까꿍! 또 한 잔하고 안녕! 안녕~ 까꿍~ 어이쿠 예뻐~ 뽀뽀…

바리톤, 알토, 소프라노, 메조소프라노가 합주하듯 반복하고 또 반복하지만 지루하지가 않다.

손자가 말을 배우기 시작하면서 에어컨을 '에~꼰'이라 말할 때 그 소리는 이때까지 내가 들은 소리 중에 가장 아름답고 감동적인 소리였다. 뇌리에 깊숙이 박혀 떠날 줄을 몰랐다. 듣고 또 듣고 싶은 달이, 별이의 노래와 손자의 '에~꼰' 소리는 시공간을 초월하여 나와 영원히 함께 할 것이다.

인생의 무대에서 내 역할이 다하는 날 엄숙한 장송곡보다 '달이', '별이'의 노래를 들으며 하늘의 별이 되어 달을 보고 싶다. 그들이 오래오래 살아 아내와 함께 내 생애 마지막 노래를 불러주길 염원한다.

새로운인연: 달이 별이

제4부

관리사무소장
소고 20선

사자성어로 풀어 본 관리사무소장 소고

1. 격물치지 (格物致知)

2. 경당문노 (耕當問奴)

3. 불가근불가원 (不可近不可遠)

4. 불참지환 (不參之患)

5. 삼위일체 (三位一體)

6. 삼자공영 (三子共榮)

7. 설참신도 (舌斬身刀)

8. 소탐대실 (小貪大失)

9. 솔선수범 (率先垂範)

10. 십인십색 (十人十色)

11. 역지사지 (易地思之)

12. 은인자중 (隱忍自重)

13. 읍참마속 (泣斬馬謖)

14. 일신우일신 (日新又日新)

15. 자승자박 (自繩自縛)

16. 주도면밀 (周到綿密)

17. 진퇴현은 (進退見隱)

18. 책인즉명 (責人則明)

19. 칭체재의 (稱體裁衣)

20. 호사유피 (虎死留皮)

1. 격물치지 (格物致知)
사물의 이치를 규명하여 자기의 지식을 확고하게 함

공동주택에는 공용 부분의 유지, 보수 및 입주민의 안전 관리를 위하여 각종 법령과 규정이 마련되어 있다. 이러한 법령과 규정을 보다 정확하게 이해하기 위하여 연관되는 기본법 및 규정을 참고하여 알아 두면 업무 수행 시 해당되는 법령의 개념을 명확히 정립할 수 있다.

예를 들어 불법 전단지 부착을 방지하기 위하여 경고문을 작성하고 싶으면 경범죄 처벌법 제3조 제1항 제9호(광고물 무단 첨부 등)을 참조하면 된다.

관리사무소장을 하면서 참고할 수 있는 아파트와 관련된 기본법과 규정을 살펴보면 1.개인정보 보호법. 2.근로기준법. 3.건설산업 기본법. 4.건축법. 5.경비업법. 6.공동주택관리법. 7.기계설비법. 9.공동주택 재활용품 관리지침. 10.공중위생관리법. 11.경범죄처벌법 12.감염병 예방 및 관리에 관한 법률. 13.감시카메라 설치운영에 관한 규정. 14.녹색건축물 조성지원법. 15.대기환경보전법. 16.동물보호법. 17.민간임대주택법. 18.방송통신 설비기준에 관한 규정. 19.성범죄아동학대법. 20.사업자 선정지침. 21.산업안전보건법. 22.산업재해보상법. 23.수도법. 24.승강기안전관리법. 25.승강기운영관리규정. 26.선거관리규정. 27.시설물안전 및 유지관리에 관한 특별법. 28.소방시설 설치, 유지 및 안전관리에 관한 법률. 29.아동, 청소년의 성보호에 관한 법률. 30.어린이놀이시설 안전관리법. 31.영유아보호법. 32.오수분뇨 및 축산폐수처리에 관한 법률. 33.응급의료에 관한 법률 34.여성폭력방지기본법. 35.전기사업법. 36.조경관련 법규. 37.주차장법. 38.주차관리규정. 39.저탄소녹색성장기본법. 40.장애인 편의증진에 관한 법률 41.주택건설기준 등에 관한 규정. 42.주택법. 43.지능형 홈 네트워크 관련 법령. 44.지능형 홈 네트워크설비설치 및 기술기준. 45.장애인보호법. 46.질서위반행위규제법. 47.집합건물의 소유 및 관리에 관한 법률. 48.중대재해처벌법. 49.친환경자동차법시행령. 50.폐기물관리법. 51.환경분쟁조정법. 52.지방자치단체조례 등이 있다.

2. 경당문노 (耕當問奴)

'농사일은 머슴에게 물어야 한다.'는 뜻으로, 일은 항상 그 부문의 전문가와 상의하여 행해야 한다는 말

아파트에는 관리를 위한 각종 시설물이 설치되어 있으며 시간의 경과에 따라 고장도 나고 노후화도 진행된다. 이러한 시설을 보수하기 위해서는 전문가의 의견을 들어야 한다. 전문가들은 일반인보다 특정 분야에 대한 지식과 경험이 풍부하며, 이를 기반으로 돌발 상황에서 어떠한 판단을 내릴지를 빠르고 정확하게 결정할 수 있다. 그러므로 이들이 뭐라고 주장한다면 일단은 귀 기울여라.

관리사무소장은 어떤 결정을 하기 전에 직원의 의견을 충분히 수렴하고 반영하여야 한다. 보수 작업을 할 때 직원의 의견을 무시하거나 일일이 간섭하는 등의 행동은 직원의 사기를 저하시켜 일의 능률이 오르지 않을 뿐만 아니라 일에 대한 책임을 지지 않으려는 수동적 자세를 유발 할 수 있다. 어차피 보수 작업은 직원이 해야 하며 기술을 사용해야 될 사람도 직원이다. 그러므로 직원들을 아랫사람으로 생각하기보다 오랫동안 함께할 동반자로 생각하고 직원의 의견을 존중하는 것이 필요하다. 관리사무소장은 시설에 대하여 최고의 전문가가 아니라 적당히 아는 사람이기 때문이다.

3. 불가근불가원 (不可近不可遠)
가까이할 수도 멀리할 수도 없는 관계

입주자 대표 회장과 관리사무소장 관계에는 적당한 마음의 거리가 필요하다. 친한 친구나 부부 사이에도 한번 갈등이 생기면 수습하기가 어렵듯이 비즈니스 관계에서도 마찬가지다. 초반에는 호의적이고 사이가 좋았다가 사소한 일로 멀어지는 경우가 있다. 친하다는 이유로 간섭하고 참견하는 게 오히려 화근이 되기도 한다. 가급적 입주자 대표 회장과는 공식적인 자리 외에 사적인 자리를 자주 마련하지 않는 것이 좋다. 입주민들은 회장이 관리사무소장을 지휘, 감독하는 사람이라고 생각한다. 그런데 입주민이 두 사람의 친밀한 모습을 자주 보게 되면 회장이 소장 편을 든다는 오해를 받기 쉽다. 심지어는 관리비를 유흥비로 쓴다는 유언비어까지 나돌아 곤란을 당할 수도 있으니 조심해야 한다. 특히 아파트 근처에 있는 식당에서는 함께 식사를 하지 마라. 옆 테이블에 누가 앉아 있는지 알 수 없지 않는가? 낮말은 새가 듣고 밤말은 쥐가 듣는다. 태양에 가까이 가면 타 죽고 멀어지면 얼어 죽는다. 태양과 지구의 적정 거리를 찾듯 이상적인 거리감을 유지해야 한다.

4. 불참지환 (不參之患)

두루 살피지 않아 일어나는 재난이라는 뜻으로 관리자는 한 사람에게 의존하지 말고 두루 살피고 참여하며 여러 사람의 의견을 들어야 한다는 의미

아파트에는 노인정, 부녀회 등 공동체 활성화 단체 및 사적으

제4부 관리사무소장 소고 20선

로 취미 활동을 함께하는 각종 동호회가 있다. 또한 행정 조직으로 구분되는 통, 반장. 이장, ○○위원회 등이 있다. 이들의 특징은 입주민이면서 단체 구성원들의 친밀도가 매우 높다는 것이다. 그러므로 이들이 아파트 관리에 미치는 영향은 무시할 수가 없다. 이들이 입주자 대표 회의와 관리 주체에게 협조적인 관계이거나 일정한 거리를 두고 단체 활동에 전념하면 별 문제가 없으나 입주자 대표 회의의 결정에 사사건건 딴지를 걸거나 시시비비 트집을 잡아 정확하지도 않은 사실을 퍼트리면 유언비어가 난무하고 이를 믿는 입주민들의 불신이 팽배하여 아파트 관리에 어려움을 겪게 된다.

관리자는 나무를 보고 일을 하는 것이 아니라 숲을 보고 일을 해야 한다. 나무가 올바로 자라야 아름다운 숲을 가꿀 수 있다. 이들 단체들에게 아파트의 현재 상황을 설명하고 그들의 의견을 듣는 등 소통을 통하여 이러한 단체들이 정상적인 나무들로 성장하도록 관심과 애정을 가져야 한다. 속담에 '백 명의 친구보다 한 사람의 적을 만들지 말라.'는 말이 있다. 관리사무소장을 하면서 이 말의 위력을 절감한다. 선한 사람 백 명은 나서지 않지만 악한 사람 한 명은 여기저기 다니며 온갖 악행을 저지른다. 미꾸라지 한 마리가 온 아파트를 흐려 놓는 셈이다. 이래저래 관리사무소장은 살피고 챙겨야 할 것도 참 많다.

5. 삼위일체 (三位一體)

세 가지의 것이 하나의 목적을 위하여 통합되는 일

    관리사무소의 의무는 세 가지가 있다. 가장 큰 의무는 '시설 유지관리'고 그 다음이 주민 안전을 위한 '보안', 마지막은 주민 위생을 위한 '청결'이다.

    이러한 목적을 달성하기 위하여 첫째, 관리직원, 경비원, 미화원, 삼자가 일치된 목표 의식을 공유하여야 한다. 둘째, 각 파트별로 문제점을 파악하고 정보를 공유하는 것이 좋다. 셋째, 각자가 맡은 업무에서 발생할 수 있는 어려움은 소통의 장을 마련하여 해결책을 모색해 보는 게 좋다. 삼위가 맡은 업무가 다르기 때문에 다른 사람이 대신할 수가 없다. 그런데 어느 한쪽이 잘못하더라도 전체 직원이 입주민으로부터 불신을 받는다. 삼위일체는 동행이다. 동행이란 같은 길을 함께 가는 것이 아니라 같은 마음으로 같은 길을 가는 것이다. 아프리카 속담에 '빨리 가려면 혼자가고 멀리 가려면 함께 가라.'는 말이 있다. 입주민에게 최고의 서비스를 제공하려면 전 직원은 따로국밥이 아니라 비빔밥이 되어야 한다.

6. 삼자공영 (三子共榮)

삼자(입주자 대표 회의, 위탁 관리 업체, 관리사무소)가 모두 영화를 얻는다는 뜻

아파트 관리 조직은 일반 회사와 다른 구조를 가지고 있다. 입주자 대표 회의(회장)는(은) 소유자의 대표로서 의사 결정의 합의체, 의결 기구의 집단(대표)이고, 주식회사의 '주총'과 이사회의 '대표이사' 격이다. 또 하나의 조직은 아파트를 관리하는 위탁 관리 업체(관리 주체)이고 업체의 위임을 받아 아파트 업무를 집행하는 곳이 관리사무소이다. 외부적으로는 입주자 대표 회의와 관리 주체는 동등한 지위에 있는 것처럼 보이지만 내부적으로 보면 그렇지 않다. 두 기관은 계약 관계이다. 계약 관계란 구조상 도급인(갑)과 수급인(을)이 존재하며 쌍방의 이익이 부합되어야만 계약이 지속되는 것이다. 이익을 추구하려는 욕심은 인간의 자연적인 본능이다. 입주민은 최소의 경비로 최대의 만족을 요구하고 회사는 지속적인 아파트 관리를 원한다. 쌍방의 이익을 충족하기 위하여 중추적인 역할을 하는 곳이 관리사무소다. 입주민들은 관리사무소의 구성원이 어떻게 일을 하는가를 보고 위탁 관리 업체를 평가한다. 관리 직원들이 업무를 성실히 수행하여 재계약이 이루어진다면 직원에게도 고용 안정이라는 이익이 수반되는 것이다. 삼자공영의 완성은 관리사무소에 달려 있다. 그러므로 관리사무소장은 아파트에 대하여 무한한 애정을 갖고 어려움을 헤쳐 나갈 지혜를 찾기 위하여 끊임없이 노력하여야 한다.

7. 설참신도 (舌斬身刀)
'혀는 몸을 베는 칼이다.'라는 뜻으로, 항상 말조심을 해야 함

관리사무소장을 하다 보면 말 때문에 상처를 입기도 하고 주기도 한다. 입주민들은 '우리가 관리비로 월급을 주지 않느냐?', 동 대표는 '관리사무소장이 하는 일이 뭐있냐?', 관리사무소장은 직원에게 '뭔 일을 이 따위로 하냐?', 직원은 '소장이 뭐 아는 게 있어야지.'라고 불만을 표출한다. 각자 듣는 사람에게 깊은 상처를 주는 말이다. 짐승은 몸을 물지만 사람의 말은 마음을 문다. 그래서 상처가 더 깊고 오래간다. 나는 성격이 급한 편이라 화가 치밀면 스스로 감정을 조절할 수 없다. 나도 모르게 정제되지 않는 말이 불쑥 튀어나와 상대방에게 상처를 준다. 그리곤 후회한다. 그래서 나는 한참 어린 직원에게도 호칭에 '님'자를 붙여 ○○주임'님'이라고 부르기로 했다. 아랫말을 하게 되면 쉽게 막말이 나올 수 있지만 '님'자를 붙이는 순간 말의 톤은 낮아진다. '님'자가 주는 언어 순화 기능이 작용하기 때문이다. 때로는 '님'자 때문에 업무 지시의 강도가 떨어지는 느낌도 있지만 시간이 흐르니 실(失)보다는 득(得)이 많다. 이런 말이 있지 않은가? 하고 싶은 말을 하지 못했을 때의 후회보다 하지 말아야 할 말을 했을 때가 훨씬 후회스럽다고···. 모든 말은 상대에 대한 배려가 기본이 되어야 한다.

8. 소탐대실 (小貪大失)
작은 것을 탐하다가 큰 손실을 입는다는 뜻

과거에는 아파트에서 공사를 하거나 용역업체와 계약할 경우에 뒷돈(리베이트)을 주고받는 관행이 어느 정도 있었다. 특정 업체에 뒷돈을 받고 공사 업체를 선정하게 되면 그만큼 공사가 부실해지거나 공사비가 부풀려져 입주자 모두의 피해가 될 수 있다. 근래는 공동주택관리법의 제정으로 인하여 공사나 용역업체와 계약 시 사업자 선정 지침이 적용되고 관리소장의 의식도 높아져 이러한 관행이 사라졌으나 아직도 극히 일부에서는 대수롭지 않게 생각하는 관리소장도 있다. 이 정도의 떡값은 직원들 회식비로 사용하기에 좋다고 생각하는 것이다. 세상에는 절대 공짜가 없다. 검은 돈에는 어두운 그림자가 있기 마련이다. 업체한테는 계약의 사슬에 얽매이고 직원들에게는 계약 시 떡값은 당연하다는 잘못된 인식을 심어 주어 직원들도 따라 할 수 있다. 한편으론 관리비 절감을 최우선시하는 소장들도 있는데 관리비 절감이란 허투루 사용되는 돈을 방지하자는 것이지 무조건 돈을 아끼는 것이 아니다. 제때 해야 될 보수 공사를 하지 않아 더 큰 손실을 가져올 수도 있다. 내 돈이 아까우면 남의 돈도 아까운 것이다. 돈의 유혹에 영혼을 팔아서는 안 된다.

9. 솔선수범 (率先垂範)
앞장서서 하여 모범을 보이는 것

가장 호감이 가는 관리사무소장은 해야 할 일을 분명히 하고 말할 것이 있으면 확실히 말하는 사람이다. 두 번째로 호감이 가는 관리사무소장은 해야 할 일을 분명히 하지만 말할 것이 있으면서도 말하지 않는 사람이다. 그리고 가장 싫은 관리사무소장은 해야 할 일을 하지 않으면서 말만 앞서는 사람이다. 아파트에는 수없이 많은 새의 눈이 있다. 그중에는 무관심하게 지나가는 사람도 있지만 독수리의 눈으로 살펴보는 사람도 있다. 이들은 전지 작업을 하지 않는다. 등의 민원을 제기한다. 직원들은 지금 당장 안 해도 된다면서 차일피일 미룬다. 그러나 독수리가 포착된 사냥감을 놓치지 않듯 독수리 입주민은 해소되지 않은 현장을 볼 때마다 불쾌감을 느끼며 직원들이 일을 제대로 하지 않는다고 생각한다. 아파트에서 소소히 '해야 할 일'은 입주민의 다수결에 의하여 결정되는 것이 아니다. 다수가 피해를 보지 않을 경우 한 사람이라도 불편함을 느끼면 즉시 해결을 하여야 한다. 관리사무소장이 앞장서서 아파트 곳곳을 매의 눈으로 확인하고 선제적으로 대처하여야 한다. 단지의 규모에 따라 솔선수범의 정도를 평면 비교를 할 수는 없지만 관리사무소장은 단지 내 순찰을 자주 함으로써 독수리 입주민의 먹이를 사전에 제거해야 한다. 궁중 궁궐에 갇혀 지내는 임금이 성군이 된 역사가 없다. 관리사무소장도 사무실에만 있어서는 안 된다. 우리의 문제는 현장에 있다.

제4부 관리사무소장 소고 20선

10. 십인십색 (十人十色)

열 사람이면 열 사람의 성격(性格)이나 사람됨이 제각기 다름

　입주자 대표 회의는 다양한 사람들의 집합체이다. 직업의 유형, 경제적 편차, 연령층의 다양성, 성별의 상이, 학력의 고저, 성격이나 품성의 차이에 따라 진행하고자 하는 업무에 대한 관심과 이익이 다르다. 따라서 회의 중 서로의 이익이 상충하여 아파트를 관리하는 데 있어 더욱 복잡하고 어려운 일들을 발생시킨다. 회의 안건을 조정할 수 있는 입주자 대표 회장이 카리스마를 갖고 의견을 통합할 수 있으면 다행이지만 그렇지 못할 경우 다수결에 의하여 결정된다. 다수결은 안건 의결에는 유용한 수단이나 동 대표들의 마음을 한 곳으로 모으지 못하는 단점도 있다. 소수파가 승복하지 못하고 계속 자기주장을 되풀이하여 난감한 일이 발생하기도 한다. 급기야는 입주자 대표 간 파벌이 생기고 안건 결정이 어려워진다. 우리는 타인과 생각이 다름을 인정하는 데 인색하다. 너는 틀렸다는 이분법적 사고에 갇혀서 무조건 자기 의견을 관철하려고 한다. 관리사무소장의 중재력이 필요하나 자칫하면 한쪽 편을 든다는 오해를 받을 수도 있다. 관리사무소장 일이 어려운 것은 입주민, 동 대표, 직원, 각종 단체의 장 등 여러 유형의 사람을 상대해야 한다는 것이다. 관리사무소장은 평소 이들과 소통을 통하여 심리 유형을 파악하고 이에 따라 때로는 카멜레온이 되어야 한다. 관리사무소장에게 인문학적 소양이 필요한 이유이다.

11. 역지사지 (易地思之)

처지(處地)를 서로 바꾸어 생각한다

　민원인의 다수는 공용 부분이든 전유 부분이든 문제가 발생하면 자기가 피해를 보고 있다고 생각한다. 그러므로 초기 대응이 매우 중요하다. 입주민의 주장이 상식과 합리성을 벗어나 있더라도 입주민의 입장에서 공감하고 이해하려는 태도를 보여 주면 관리사무소장이 진정성을 가지고 자기를 상대하고 있다고 생각하기 때문에 마음의 문을 연다. 그러나 관리사무소장이 단호하게 거부하거나 방어적인 자세로 반론을 제시하면 상대의 감정을 자극하여 일이 꼬일 수도 있다. 관리사무소장들이 어려움에 빠지는 것은 '어떤 일' 때문이 아니다. 그 일에 대한 반응이 상대의 감정을 격앙시켜 곤란해지는 경우도 종종 있다. 입주민에게 잘못된 시그널을 주어서도 안 되지만 가급적이면 입주민 스스로 물러설 길을 만들어 주어야 한다. 입주민이 민원을 제기할 때 '오죽했으면 이럴까?'라는 측은지심(惻隱之心)을 마음에 품으면 역지사지가 된다. 대화를 통하여 하나씩 매듭을 풀어 가다 보면 흔치는 않지만 의외로 일이 쉽게 풀리는 경우도 있다.

　'나'로부터 시작하는 대화가 아니라 '너'로부터 대화를 시작하라.

12. 은인자중 (隱忍自重)
자신을 드러내지 않고 참으며 신중하게 행동함

관리사무소장을 하다 보면 직업에 회의가 들기도 한다. 당장 그만두고 싶은 마음이 하루에도 수십 번씩 생겨날 때도 있다. 관리사무소장뿐이랴? 이 땅에 태어나 직장 생활을 하는 모든 사람이 겪는 흔한 일이다. 아파트는 입주민의 성향이 각양각색이고 직업 또한 천태만상이니 민원을 대처해야 할 방법을 일목요연하게 정리해 놓은 매뉴얼도 없다. 전유 부분에서 발생하여 세대 간에 해결해야 할 문제도 관리사무소에서 해결하라고 억지를 부린다. 직원들은 하지 않아도 될 일을 한다고 볼멘소리고 입주민은 직원들이 하는 일이 뭐냐고 아우성이다. 관리사무소장은 오만 가지 일을 해야 한다고, 소장들은 하소연한다. 관리사무소장을 하면서 '민원'이 무서운 것이 아니라 '억지'가 더 무섭다. 민원인의 억지를 듣고 있노라면 혈압이 목까지 차오른다. 그러나 어쩌나! 참을 인(忍) 세 번이면 살인도 면한다고 했다. 관리사무소장이란 가슴에 참을 인(忍)자를 새기고 살아야 한다. 하고 싶은 말을 다 하고 살 수는 없다. 세상에는 자기가 필요한 말만 골라 듣는 사람이 의외로 많다. 솔로몬의 한마디에 위안을 삼자. "이 또한 지나가리라."

13. 읍참마속 (泣斬馬謖)

'눈물을 머금고 마속의 목을 벤다.'는 뜻으로, 사랑하는 신하를 법대로 처단하여 질서를 바로잡음을 이르는 말

아파트 관리에 있어 직원의 역할은 중요하다. 관리사무소 직원 뿐만이 아니라 입주민과 일선에서 접촉하는 경비원과 미화원의 근무 자세가 입주민들이 관리사무소를 평가하는 기준이 되기도 한다. 직원들의 불성실한 근무 태도로 인하여 입주민의 원성이 높아지면 위탁 회사의 교체를 요구하고 전 직원의 해고 사태가 발생할 수도 있다. 그러므로 입주민과 잦은 마찰을 일으키거나 직장 동료 간에 불화를 조성하는 직원은 전체의 이익을 위하여 눈물을 머금고 교체하여야 한다. 사사로운 정을 버리지 못하면 공적 업무에 차질이 오게 된다. 자기의 잘못도 모르고 개선하기 위한 노력도 하지 않는 직원 때문에 언젠가는 사고가 난다. 관리사무소장에겐 잘못된 것은 단호하게 잘라내는 결단이 필요하다. 자신의 마음을 변화시킬 수 없는 사람은 무엇도 바꿀 수 없다.

14. 일신우일신 (日新又日新)

날마다 새로워지고 또 날마다 새로워진다는 뜻으로, 나날이 발전해야 함을 이르는 말

70%의 국민이 거주하는 삶의 터전인 공동주택은 하루하루가 다르게 변화의 속도가 빨라지고 있다. 첨단 시설을 구비한 아파트가 우후죽순 생겨나고 공동주택 관련 법령도 시대의 변화에 맞추어 신속하게 개정되고 있다. 정보화 시대에 걸맞게 아파트마다 온라인 홈페이지에 그룹 채팅방을 개설하여 입주민이 직접 아파트 문제에 의견을 제시하고 공유하는 직접 민주주의 참여가 활발해지는 추세다. 이러한 환경의 변화에 민첩하게 대처해 나가기 위해선 정확하고 신속한 정보 수집을 통하여 대응책을 강구하여야 한다. 과거의 경험만을 고집하는 낡은 사고방식에서 탈피하여 세태의 흐름에 순응할 줄 아는 현대적 감각을 지녀야 한다. 새로운 지식의 정확한 이해를 돕고 습득한 정보를 현장에 적용하기 위하여 소장들과 정기적으로 경험을 공유하는 것도 고려해 볼 만하다.

15. 자승자박 (自繩自縛)

자기가 자기를 망치게 한다는 뜻. 즉, 자기의 언행으로 인하여 자신이 꼼짝없이 당하는 경우를 이름

　관리사무소장에게 있어 입주자 대표 회의는 중요한 업무 중 하나이다. 입주자 대표 회의의 의결을 거쳐 아파트 내 각종 현안들이 추진된다. 회의 시에는 동 대표들의 다양한 의견이 제시되면서 의견의 불일치가 발생할 수도 있다. 이럴 경우 궁금한 사항에 대하여 관리사무소장에게 물어볼 수도 있는데 무턱대고 답변을 하였다간 그 말 때문에 낭패를 보는 수가 있다. 확실히 아는 내용이 아니라면 적당히 대답을 하지 말고 사실을 확인 후 대답을 해야 한다. 판사가 모든 법률과 판례를 외우고 있지 않듯이 관리사무소장도 모든 법과 규정을 암기하고 있는 것이 아니다. 순간의 위기를 모면하기 위하여 불확실한 내용을 말하는 것은 나중에 번복을 해야 하고 회의 결과에 혼란을 일으킨다. 회의 중 내가 알지 못하는 질문이 있으면 자세히 알아본 뒤 대답을 하겠다고 하면 된다. 입주민이나 동 대표 중에는 언제나 법적근거를 따지는 'K모 근거,' 'B모 근거.'가 있다는 사실을 명심해야 한다. '말'로 제 무덤을 파서는 안 된다.

16. 주도면밀 (周到綿密)

주의가 두루 미쳐 세밀하고 빈틈이 없음. 어떤 일을 빈틈없이 처리하는 모습을 말함

아파트에서 개최되는 입주자 대표 회의는 많은 안건 내용들을 검토하고 토의의 과정을 거친다. 이러한 일련의 과정에서 관리사무소장은 회의가 순조롭게 진행되고 합리적이고 타당성 있는 결론이 도출되도록 필요한 자료와 정보를 제공하는 역할을 맡는다. 여기에 제공되는 자료가 안건 의결에 영향을 미치므로 자료 내용부터 철저하게 구체적으로 준비하여야 한다. 먼저 시행하고자 하는 공사나 용역에 대하여 규정에 저촉되는 행위인지 아닌지 관계 법령을 확인하고 해당되는 안건은 법적 근거를 표기하여 확실하게 인식하도록 해주어야 한다. 동 대표들의 질문에 구두로 설명할 경우 시간이 길어지고 필요 없는 대화로 인하여 회의가 지체되거나 안건의 핵심이 흐려지는 경우도 있다. 질문을 받았을 때 "회의 자료 몇 페이지에 있는 해당 내용을 참고하세요."라고 하면 말로 설명할 때의 실수도 줄어들고 회의 시간을 줄일 수 있다. 관리사무소장은 관계 법령이나 관리 규약을 적당히 알아서는 안 된다. 관리사무소가 하는 모든 관리 업무는 나를 위해서 하는 것이 아니라 입주민을 위해서 하는 공적인 업무이니 매사에 신중해야 한다. 공적 업무는 조그마한 실수나 무지도 용서하지 않기 때문이다. 무언가를 판단하고 결정을 내려야 할 때는 실행하기 전에 다시 한번 관련 법규와 규정을 확인하는 것이 자신에 대한 신뢰성을 높이는 길이다. 좋은 사람을 곁에 두면 인생의 절반이 성공한 것처럼 잘 만들어진 회의 자료는 '해야 할 일'의 절반을 진행한 것이다.

17. 진퇴현은 (進退見隱)
인생을 살아가면서 나아가고, 물러나고, 나타나고, 숨을 때를 아는 것이 중요함

관리사무소장이 근무하던 아파트를 그만두는 경우는 여러 이유가 있겠지만 다음의 경우가 많다.

① 회장이 자기가 모든 일을 하니 관리사무소장의 중요성이 없다고 생각하는 경우.

② 회장이 법을 무시하고 자기의 주장을 관철하려는 경우.

③ 회장이 공사 이권에 개입하려하고 공사 업체를 소개하는 경우.

④ 회장이 관리사무소장을 부하나 심부름꾼 정도로 생각하는 경우.

⑤ 회장이 인사에 개입하여 아는 사람의 채용을 강요하는 경우.

⑥ 회장이 관여하지 않아도 될 사소한 일에도 사사건
건 간섭하는 경우.

⑦ 회장이 입대의 회장실에 매일 출근하여 죽치고 살
면서 직원들에게 일일이 지시하는 경우.

⑧ 회장이 저녁에 관리사무소장 또는 관리직원을 불러
자주 술자리를 만드는 경우

⑨ 관리 직원들이 동 대표와 연줄을 대고 관리사무소
장의 일거수일투족을 보고하는 경우.

⑩ 특정 직원이 회장 또는 위탁 회사의 권력을 빌미 삼
아 호가호위하는 경우.

⑪ 동 대표들 간 파벌이 조성되어 내부 분열이 있는
경우.

⑫ 근로환경이 열악하고 월급도 적은 경우.

⑬ 시설이 노후화되어 교체나 보수가 필요하나 입주자
대표 회의가 무관심한 경우.

⑭ 각종 공동체 활성화 단체의 장이나 통장, 이장, 입주
민의 카페 등이 위력을 행사하는 경우.

⑮ 악성 민원이나 억지 민원이 끊이지 않는 경우.

위의 사항들을 개선하기 위하여 노력을 하였으나 개선이 되지
않으면 스스로 진퇴를 결정하는 것도 좋다. 시간 낭비 하기엔 해
는 저물고 갈 길이 너무 멀다.

18. 책인즉명 (責人則明)

'남을 꾸짖는 데에는 밝다.'는 뜻으로, 자기의 잘못을 덮어 두고 남만 나무람.

> 우리아파트 동 대표는 뭘 모르고 고집을 부려
>
> 회장님은 사사건건 간섭을 하려고 해
>
> 입주민은 무슨 일이든 억지를 부려
>
> 직원들은 일을 미루기도하고 서로 타투기도 해

관리사무소장들이 모이면 흔히 하는 이야기다. 그렇다고 동 대표를 바꿀 수도 없고 입주민을 이사 가게 할 수도 없으며 직원을 보낼 수도 없다. 직장 생활은 재미도 없고 스트레스는 늘어 간다. '피할 수 없으면 즐기라'고 하지만 그게 어디 쉬운 일인가? 즐기는 것도 최고의 경지에 이른 사람만이 할 수 있는 일이다. 내가 부족해서 이런 결과가 벌어졌다고 생각하지 않고 '나는 잘했는데 저 사람 때문에, 환경이 열악해, 타이밍이 따라주지 못해서'라고 책임을 회피하곤 한다. 이러한 현상은 '자기 객관화'가 부족한 데서 기인한다. 자신의 행동을 타인의 관점에서 보려는 의식이 결여되어 있기 때문이다. '누구 때문에 어쩔 수 없었다.'라고 원망한들 소장에게는 도움이 되지 않는다. 왜냐면 결과에 대한 책임은 다른 누구한테 있는 것이 아니라 관리사무소장에게 있기 때문이다. 관리사무소장은 아파트 관리에 있어 포괄적인 책임을

져야 하는 사람이다. 누구나 잘못에 대한 책임은 피하고 싶지만, 스스로 인생의 주인공이 되기 위해서는 이를 인정하고 받아들여야 한다. 직원들이 일을 잘하는지 못하는지를 구별하는 것은 지식이지만 이들을 조화롭게 만들어 나가는 것은 지혜이다.

관리사무소장은 무슨 일을 하든 '보스'가 아니라 '리더'가 되어야 한다. 보스는 '나는'이라고 말하지만 리더는 '우리는'이라고 말한다.

19. 칭체재의 (稱體裁衣)

몸에 맞추어서 옷을 만든다는 뜻으로, 사람에 따라 그 경우에 맞도록 함을 비유하여 이르는 말

속담에 '의복이 날개'라는 말이 있다. 아무리 못난 사람도 근사한 옷을 걸치면 달라 보인다는 뜻이다. 옷은 입기에 따라서 남에게도 달라 보이지만 자기의 행동에도 영향을 끼친다. 옛적에 예비군 훈련을 받을 때면 담벼락에 오줌을 누는 것을 별로 개의치 않았다. 예비군복을 입으면 상식을 벗어난 약간의 일탈 행위는 해도 된다고 생각하였다. 그러나 제복을 입고는 그러한 행동을 하지 않는다. 제복이 주는 단체의 상징성을 의식하기 때문이다. 그러므로 직원들의 복장은 매우 중요하다. 갖춰진 옷차림에서 바른 마음가짐이 나오고 바른 마음가짐에서 올바른 행동이 나오기 때문이다. 통일된 제복은 소속감과 책임감을 나타낸다. 입주민은 제복(근무복)을 입은 직원들이 상시로 아파트 안과 밖을 살펴보는 모습을 보며 평안을 느낀다.

입주민이 편안할 때 우리의 보람도 배가 된다.

20. 호사유피 (虎死留皮)
호랑이는 죽어서 가죽을 남긴다는 뜻

관리사무소장의 일은 서류로 시작해서 서류로 끝난다는 말이 있을 정도로 서류 작성이 중요한 업무 중의 하나이다. 입주자 대표 회의 회의록부터 각종 공사 서류, 기타 관계 법령에 따른 서류 등을 작성할 때는 사실 관계를 정확히 기록하여 반드시 남겨 두어야 한다. 어떤 민원이 발생하거나 관계 기관의 감사를 받을 시 책임 소재를 밝히는 증거로 활용될 수 있는 것은 보관된 서류뿐이다. 사람이란 변소 갈 때 마음과 나올 때 마음이 틀린 법이다. 시간이 흐르면 내가 언제 그랬냐면서 관리사무소장에게 책임을 떠넘긴다. 애당초 이런 일이 생기지 않아야 하지만 세상일이란 무슨 일이 일어날지 알 수 없다. 요즈음은 입주민들도 게시물을 휴대폰으로 찍어 놓고 직원과의 대화도 녹음한다. 하물며 관리사무소장이 업무에 관련된 자료를 남겨 두지 않는다면 문제가 생겼을 때 어떻게 방어를 할 것인가?

이뿐만 아니라 아파트는 세월이 흐르면서 노후화의 과정을 거친다. 각종 설비가 고장 나고 건물은 균열과 누수가 발생한다. 이럴 때마다 진행된 보수 공사 관련 서류 및 사진은 남겨 두어야 후임 관리사무소장이 아파트의 공사 이력을 파악하는 데 도움이 된다. 사람은 죽어서 이름을 남기고 관리사무소장은 떠나면서 서류를 남긴다.

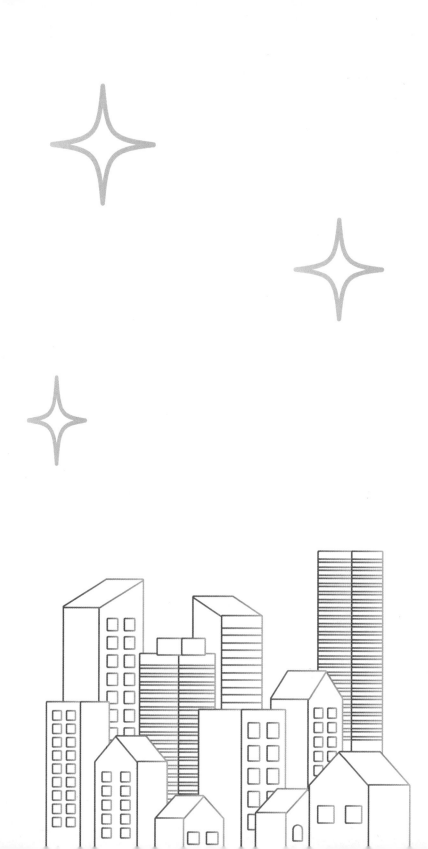

제5부

손주 이야기

캥거루 아기 주머니

아들 내외가 환갑 기념으로 제주도 3박 4일 여행을 가자고 했다. 여행이란 항상 마음이 설레는 일이지만 이번 여행은 사뭇 색다른 여행이 되리란 기대가 피어오른다.

나의 손주 웅이가 동행하기 때문이다.

공항 터미널에 들어서니 갑자기 웅이가 울기 시작했다. 챙겨 온 이유식을 먹여 보지만 익숙지 않은 주변 환경 때문인지 아이는 먹지 않으려고 했다. 아비는 아이를 캥거루 새끼마냥 앞주머니에 태우고 며느리는 아기 가방을 들쳐 메곤 수유실을 찾아 황급히 뛰어갔다. 6개월 갓 넘긴 어린 아기라 이번 여행이 무리한 것은 아닌지 걱정이 되었다.

나는 웅이가 모유든 이유식이든 많이 먹기를 기도했다. 비행기 안에서 울지 않으려면 많이 먹고 잠을 자야 한다. 다행히 웅이는 목적지에 도착할 때까지는 잠을 잤다. 이미 효심을 가득히 지니고 태어난 아이다.

효도가 뭐 별것인가? 부모의 마음을 힘들게 하지 않으면 되지.

여행에 기쁨이 추가되었다.

예약해 둔 차와 아기 용품을 렌트한 후 우리는 시원한 해안 길
드라이브에 나섰다.

델문도 찻집

바다가 넓게 보이는 델문도 찻집은 그야말로 환상이었다. 창가에서 차를 마시면서 바다를 바라보고 바람을 맞으며 사진도 찍었다. 웅이는 내내 웃어 주었고 나의 기쁨은 끝없이 날아올랐다.

다음 장소로 이동할 때쯤 하늘이 점점 어두워지더니 급기야 비를 뿌리기 시작했다. 아비는 제주도에 올 적마다 비가 온다고 투덜거린다. 아비를 빼고 왔어야 했다고 아내가 농을 건다. 장대 같은 비는 다음 날도 그다음 날도 계속 내렸다. 웅이와 산책을 준비했던 스케줄은 엉망이 되고 아쿠아리움, 녹차 찻집, 서귀포 올레시장, 면세점 등 비를 피해서 관광할 수 있는 쪽으로 계획을 바꾸었다.

나는 민속 마을이나 만장굴, 삼굼부리, 여미지 등을 보며 옛날을 추억하고 싶었다. 하지만 비도 오고 요즘 젊은이들의 트렌드와 맞지도 않을뿐더러 아들 내외가 고심해서 잡은 계획이라 그들의 기쁨을 깨고 싶지 않았다.

아비가 제주도에 오면 말고기는 꼭 먹고 가야 한다고 하여 말고기 식당으로 방향을 틀었다. 우리가 식당을 선택하는 최우선 조건은 웅이가 편해야 한다는 것이다. 마룻바닥이 있는 식당을 찾았으나 찾을 수 없었다. 차선책으로 아들 내외가 즐겨 갔다는 식당으로 들어섰다.

비 때문인지 식당은 그리 붐비지 않았다.

웅이를 데리고 외식을 하면 웅이를 돌보느라 제대로 먹지 못하는 며느리가 안쓰러워 나도 마음이 편치가 않다. 아비가 웅이를 보려고 하지만 아버님과 술 한잔 하시라고 며느리는 한사코 만류한다. 갸륵한 마음이다.

웅이는 아기 의자에 앉자마자 칭얼거린다. 주인아주머니가 삶은 고구마를 으깨어서 종지에 담아 먹여 보라고 가져온다. 웅이는 조용해졌고 나는 생애 최고의 만찬을 즐겼다. 즐거운 여행에 또 하나의 기쁨이 추가되었다.

웅이와 언젠가는 헤어져야 하지만 오늘 이곳의 빛바랜 사진은 이 모습 이대로 화석이 되어 영원히 함께할 것이다.

델문도 찻집

장난감 소리

오늘은 3박 4일 일정의 마지막 밤이다.

아들과 집사람은 시장에 먹을거리를 사러 나가고 며느리는 양념을 준비하느라 주방에서 분주하다. 사흘 내내 비가 왔지만 개의치 않았다. 오히려 웅이와 함께 놀 수 있는 시간이 많아 좋았다. 웅이는 거실 바닥에 엎드려 아코디언 모양의 장난감을 가지고 논다. 손이 닿으면 소리가 난다. 웅이가 까르륵 웃는다.

엎드려 기어가는 손에 밀려 장난감이 멀어져 간다. 손을 뻗어 보지만 장난감에 닿지 않는다. 내가 장난감 대신 소리를 내어 준다. "까르륵 까르륵." 웅이가 또 웃는다.

머리가 무거운지 바닥에 떨어졌다. 다시 고개를 들어 소리를 내고 있는 나를 쳐다본다. 까르륵거리는 웃음소리가 끊이질 않는다.

"아버님! 웅이가 저렇게 크게 웃는 것 처음 봐요." 며느리도 신기한 듯 쳐다본다.

나는 재빠르게 휴대폰을 꺼내 영상에 담았다.

세상의 어떤 소리가 이보다도 맑고 아름다울 수가 있을까? 천상에서 내려오는 소리임이 틀림없다. 말이 없는 웃음소리에는 삼대를 이어가는 희망과 사랑이 있었다.

제주도의 마지막 밤에 나는 내 곁에 살포시 내려온 너무나 예쁜 아기 천사를 보았다.

그림 그리기

웅이와 아비가 거실 탁자에 앉아서 그림을 그린다. 크레용을 잡은 작은 손이 아직은 서툴다. 이리저리 줄만 그리다가 크레용이 앙증맞은 손에서 떨어져 나간다.

아비가 다시 쥐여 주면서 소리를 지른다. "꽉 잡아…." 용케 말을 알아듣고는 크레용을 꼭 잡더니 아비의 손을 당긴다. 아비의 손과 한 몸이 되어 그림을 그린다.

"할아버지 얼굴을 그려 보자."

포개 잡은 아비의 손을 뿌리치더니 내게로 다가온다.

내 뺨에 크레용을 대고 그림을 그린다. 아비가 깜짝 놀라 "안 돼! 종이 위에 그려야지." 하며 웅이를 떼어 놓는다. '나는 괜찮은데….' 아비가 야속하다.

열쇠 꾸러미

저수지 둘레 길에 웅이와 산책을 갔다. 가파른 오르막을 지나 평지에 이르자 붙잡은 손을 내치고 혼자 걷는다. 아직 발이 생각을 따라가지 못해 이리저리 곡선을 그리며 비틀거리지만 제법 아장아장 잘 걷는다.

나는 웅이를 마주 보고 뒷걸음을 하고 아내는 웅이 뒤에서 지켜보면서 걷기 연습을 한다. 웅이를 뒤따르던 어른들도 곧바로 추월하지 못하고 빙 돌아가면서,

"아유, 잘 걷네."라며 응원을 한다. 응원 소리에 신이 난 듯 뒤뚱뒤뚱 걸음이 빨라진다. 그러다 기어이 넘어지고 만다. 많이 넘어져야 빨리 걸을 수가 있다. 아이들은 3,000번을 넘어져야 걸을 수 있다고 한다.

내가 일으켜 세우려 다가가자 혼자 일어서더니 나를 향하여 달려온다.

나는 뒷걸음질 치며 아내에게 소리친다. "뒤에 누가 있어?" "없어." 내가 뒷걸음질 치는 속도보다 다가오는 속도가 빠르다.

헐떡이며 가까이 다가온 웅이를 안으려고 팔을 벌리자 팔로 오지 않고 옆구리 혁대에 매달려 반짝이는 열쇠 꾸러미로 달려가 손으로 만진다. 웅이는 반짝이는 것을 좋아한다.

안아 보려는 기쁨은 사라졌지만 그건 중요치 않다. 나를 향해 달려오는 동안의 짜릿한 희열만 해도 충분하다.

제5부 손주 이야기

휴대용 라디오

웅이가 내 방에 오면 꼭 찾는 게 있다. 내가 등산 갈 때 필요해서 구입해 놓은 손바닥만 한 빨간색 휴대용 노래 라디오다. 라디오에는 트롯가요 300여 곡이 수록되어 있다.

라디오만 틀면 웅이는 춤을 추기 시작한다. 특히 '내 나이가 어때서'라는 곡이 나오기 시작하면 거의 무아지경에 빠진다. 앞면에 슈퍼맨 로고가 있는 파란색 조끼에 빨간 반바지를 입고 양 손목을 좌우로 흔들면서 온몸을 흔든다. 간혹 옥타브가 높아질라 치면 발을 동동 구르면서 머리를 좌우로 흔든다. 머리카락은 땀으로 흠뻑 젖고 목덜미를 타고 내리는 땀방울은 이내 옷을 적신다.

아내가 "엉덩이도 흔들어야지." 하면 엉덩이를 좌우로 젖히기 시작한다. 아직 골반이 제대로 형성되지 않아 허리와 같이 살랑살랑 움직이는 엉덩이를 보고 있노라면 그 아름다운 곡선미에 혼이 달아나는 듯 황홀감이 절정에 다다른다.

이런 춤은 이전에도 없었고 앞으로도 보지 못할 인생 최고의 공연이다. 손주는 효도의 끝판왕이다.

"이게 뭐야 저게 뭐야?"

"할아버지, 이게 뭐야?" "저게 뭐야?"

호기심이 부쩍 많아진 웅이가 입에 달고 다니는 말이다. '뽀로로'를 같이 보다가 '에디'가 썰매를 타고 눈밭을 달리면 또 물어본다.

"할아버지 저게 뭐야?" "썰매." "썰매는 뭐야?"

"썰매는 응, 그러니까….."

집사람이 다가와 차근차근 설명을 해 준다. 웅이의 계속되는 "뭐야, 뭐야."를 아내는 짜증도 없이 손짓 발짓을 해 가면서 꼬박꼬박 천천히 대답을 해 준다. 그러면서 마치 큰 아이랑 대화하듯 한참을 이야기한다.

신바람 박사 황수관 선생이 TV에서 말했던 일화가 기억났다.

나이가 들어 정신이 희미해진 노인이 나무에 앉아 있는 까치를 보고 아들에게 물었다

"저 새 이름이 뭐야?" "까치요."

노인이 재차 물었다.

"저 새 이름이 뭐야?" "까치요."

조금 뒤 노인이 또 물었다. 아들은 신경질을 내면서 "까치라니깐요. 몇 번을 물어요?"라고 답했다.

옆에서 지켜보던 노인의 남편이 아들에게 조용히 말했다. "네가 어렸을 때 너는 같은 말을 백번도 더 물었고 그때마다 엄마는 똑같은 대답을 했단다."

이제 웅이는 "이게 뭐야?"라고 물을 일이 있으면 할머니를 찾는다. 아내는 백번도 더 대답을 한다. 자식이 엄마를 더 좋아하는 이유를 이제 알 것 같다.

거미가 줄을 타고 내려옵니다

웅이 말이 빛보다 빠른 우주 팽창 속도로 발전하고 있다. 단어를 연결하여 문장을 구사한다. 아직 생각을 연관하여 완전하게 표현은 할 수 없지만 더듬더듬 말을 이어간다.

그러나 노래는 더듬거림 없이 곧잘 한다.

> "거미가 줄을 타고 내려옵니다.
> 비가 오면 떨어집니다.
> 해님이 빵긋 솟아오르면
> 거미가 줄을 타고 올라갑니다."

'빵긋'이란 소절에 가서는 버벅거렸다가 두세 번 다시 부른다. 나는 귀를 쫑긋 세우고 온 신경을 쏟는다. 입을 오므리고서는 야무지게 힘을 주어 "빠앙~긋." 얼마나 예쁜 소리인지!

내 마음을 표현할 언어가 없다. 가만히 생각해 보니 내가 좋아하는 노래도 가사를 전부 아는 곡이나 곡 전체를 따라 부를 수 있는 노래는 없었다. 내 마음에 와닿는 한 소절의 선율과 어우러진 가사가 있으면 내 노래가 되는 것이다. 한 소절의 "빵긋" 소리 때문에 이 노래의 전체를 좋아하게 되었다.

삶에도 무엇이든 좋아하는 것이 하나만 있어도 살 만한 의미가 있지 않을까?

웅이는 내 노래의 한 소절이자 내 삶에 행복을 가져다주는 사랑의 배달부다.

잠자리비행기

웅이와 아비가 거실에 앉아 카드 맞추기 놀이를 하고 있다.

아비가 카드를 내밀어 "이게 뭐야?" 하면 웅이는 그림을 보고 대답을 한다.

"비행기, 오리, 수박, 포클레인, 경찰차, 음….." 대답을 하지 못한다.

"이게 뭐지?" 아비의 재차 물음에 애처로운 눈빛으로 나를 쳐다본다. 나는 얼른 대답을 못하고 아비의 눈치를 살핀다. 아비가 고개를 가로젓는다.

"집에서는 잘했잖아." 아비의 채근에 어찌할 바를 모른다.

곧 울음이 터질 것 같다. 아들의 울음은 마음이 아프지만 손자의 울음엔 심장이 멎는다. "괜찮아, 괜찮아." 나는 웅이의 머리를 쓰다듬으면서 "헬리콥터!"

웅이가 따라한다. 이 정도면 충분히 똑똑하다.

초등학교 몇 학년 때인지는 기억이 나지 않는다. 시험 문제에 헬리콥터가 그려져 있고 밑에는 사물의 이름 넣기 글자 칸이 네 개가 있었다. 그림의 이름은 알겠는데 글자 칸 수가 맞지 않았다.

나는 글자 칸 2개를 추가하여 정답을 적었다.

잠/자/리/비/행/기/

아비는 웅이가 똑똑하게 성장하는 모습을 내게 보여 주고 싶어 한다. 예전에 내가 아버지 앞에서 그랬듯이.

웅이가 헬리콥터를 몰라도 웅이의 모습을 보는 것 자체가 그냥 기쁨인 것을….

웅이가 살아갈 미래의 세대는 공부가 짐이 되지 않는 인간적인 세상이 되었으면….

통곡의 벽

아비가 중학교를 막 들어간 해에 우리는 내 집 마련을 했다. 세월은 흐르면서 남들은 다들 좋고 큰 아파트로 이사를 했지만 재테크에 밝지 못한 나는 입주 이래로 줄곧 이곳에서 살고 있다. 아내는 집이 낡고 좁다고 투덜대지만 내 능력 밖의 일이라 크게 개의치 않는다. 어쩜 이재에 밝지 못한 미련함을 애써 감추기 위해서일 것이다.

한 곳에 오래 살면 좋은 점도 있다. 술에 취해도 집을 못 찾는 일은 없고 택시를 타도 아파트 이름을 잊어버리는 일이 없다.

우리 아이들은 집 안에서나마 방이며 책상이며 욕실에서 어린 시절의 모습을 되새기며 웅이와 함께 삼대를 아우르는 노변정담을 나눈다.

우리 집에는 '통곡의 벽'이라고 불리는 장소가 있다.

작은방 문 옆에 붙어 있는 조그만 벽을 일컫는데 아비가 붙인 이름이다.

나는 아이들이 잘못을 저지르면 체벌 대신 벽에 두 손을 들고 세워 두고 일정 시간이 지나면 해제를 시켰다.

그 날은 다투는 두 아이를 벌주려고 둘 다 벽에 세워 두고 내 방에 들어갔다. 술이 약간 취한 상태라 그대로 잠이 들었나 보다. 집사람이 아빠가 잠이 들자 아이들에게 신호를 했고 작은 놈은 재빨리 자기 방으로 도망갔지만 아비는 아빠가 일어날 때까지 눈물을 흘려가면서 아빠와 약속한 1시간을 다 채우고 방으로 돌아갔다고 했다.

아비가 장난삼아 웅이를 통곡의 벽에 세웠다. 두 손을 치켜든 똘망똘망한 눈이 부시도록 찬란하다.

미래의 웅이가 눈물을 흘리지 않게끔 나는 깨어 있어야 한다.

통곡의 벽이 아니라 희망의 벽을 만들기 위하여….

둘째 손주 탄생

아들에게서 전화가 왔다. "아버지, 손녀는 동생에게 기대하셔야겠어요. 이번에도 아들입니다." 둘째는 은근히 손녀이기를 바라는 내 마음을 위로한다고 큰아들이 하는 말이다.

딸이 있었으면 좋겠다고 생각한 때는 아들 둘을 낳고 난 뒤였다. 대학교 동기들 가족들과 함께 1박 일정으로 경주에 놀러간 적이 있다. 콘도를 빌려 자리를 잡고 저녁에 남자끼리 거나한 술판이 벌어졌다. 밤늦은 시간 엄마들의 지령을 받은 아이들이 아빠를 데리러 왔다.

"아빠! 엄마가 술 그만 먹고 자러 오래."

"그래, 알아서 들어가." 남자아이들은 아무런 말이 없이 돌아갔다.

하지만 여자아이들은 그냥 가지 않는다.

"아~빠! 술 그만 먹고 가자. 나는 아빠와 자고 싶단 말이야."

"안~돼~잉, 나는 아빠가 일어날 때까지 아빠랑 있을 거야."라면서 아빠의 목을 안고 볼을 비비며 애교를 떤다. 딸들의 애교에 아빠는 그만 사르르 녹아 딸내미 손을 잡고는 방으로 간다. 아들만 둔 친구들은 딸을 부러워하며 밤을 새웠다.

세월이 흘러도 딸을 둔 친구들은 어엿한 숙녀가 된 딸의 전화를 받으면 예전과 다름없이 일찍 술자리를 떠났다. 우리는 장성한 아들을 바라보며 딸이 없는 삭막함을 피부로 느껴야 했다. 아들만 있음을 후회하는 것이 아니라 딸이 있음을 부러워하였다. 딸만 있는 그들도 아들이 부럽겠지만 딸들이 가족 분위기를 돋우는 약방의 감초인 것은 세월이 흘러도 부인할 수가 없었다.

정후 사랑해!

휴일 오전 당직 근무를 하고 있는데 아내로부터 전화가 왔다.

"여보! 웅이, 정후가 집에 왔어요. 집에 올 때 감자칩 과자 사 오세요."

둘째 손주는 코로나19가 한창일 때 태어나 자주 보지 못한 아쉬움도 컸다.

바쁜 마음에 한걸음으로 달려가 현관문을 들어서니 꿈에서도 보고 싶은 손주들이 눈앞에 떡 하니 서 있다. 둘째를 먼저 안으려고 팔을 벌리자 아내가 눈짓을 준다. 웅이를 먼저 안으라는 신호다. 관심이 동생에게만 집중되어 큰손주가 소외감을 느끼지 않도록 하려는 배려이지만 그것도 잠시뿐 온통 정후 이야기로 꽃을 피운다. 옛날의 웅이가 그랬던 것처럼 정후는 나날이 새로운 묘기를 선보인다. 감자칩을 두 손 가득히 쥐고는 폭풍흡입을 한다.

"정후는 '먹방'이에요. 뭐든 잘 먹어요." "손도 사용을 잘하고요." 며느리 말을 듣고 보니 먹다가 바닥에 떨어진 아주 작은 감자 부스러기까지 손가락으로 일일이 집어 입에 넣는다. 클레이

튼 커쇼(LA다저스 투수)를 능가할 투수가 될 것이 틀림없다.

아비가 정후를 떼어 놓더니 나보고 팔을 벌리고 '정후 사랑해'라고 말하라고 한다.

"정후 사랑해."

정후가 "하부지"라고 부르며 아장아장 걸어오더니 품에 안긴다. 온 세상이 내 품 안에 들어와 시간이 멈춰 버렸다.

아내가 정후를 부르면 "하무니~" 하고 답하지만 안기지는 않는다. 웅이 대신 내 편이 생겼다.

사무실에서 손주의 동영상을 보고 킥킥대면서 웃는 나를 보고 경리주임이 묻는다.

"소장님! 입이 귀에 걸리셨어요. 손주가 그리 좋으세요?"

응, 아주! (너희가 손주를 알아? 없으면 말을 하지 마!)

죽고 싶더라도 둘째 손주를 볼 때까지는 살아라. 그러지 않으면 너무 억울하다.

에
필
로
그

　남편으로 또 두 아들의 아버지로 살아온 삶은 여유도 없었고 더군다나 책을 내어 보겠다는 생각은 꿈에도 해 본 적이 없었다. 손주가 태어난 뒤 그 기쁨으로 끄적거려 둔 글을 본 아내가 글을 써 보면 어떻겠냐고 물었지만 나는 당치도 않는 이야기라며 거절을 했다.

　내가 써 본 글이란 것은 고작 청년 시절 청춘의 고뇌와 이성(異性)에 대한 그리움으로 낙서를 해 본 것이 전부였으니. 글쓰기는 내 세상 밖의 일이었다.

　"글은 아무나 쓰는 것이 아니야. 타고난 재능이 있어야 되는 거야. 그렇다고 내게 특별한 성공 스토리가 있는 것도 아니고."

　그러나 아내는 지인에게 글을 보여 주었더니 재미있다고 하더라며 글쓰기를 재차 권하였다.

그렇게 사소했던 종이쪽지는 글쓰기란 거창한 이름으로 탈바꿈되었다. 쪽지 수가 늘어나자 글쓰기는 또 한 번의 변화를 겪게 되었다.

"여보, 이걸 계속 모아서 책을 내 보면 어떨까?"

"그래! 한 번 해 볼까?"

진담 반 농담 반으로 툭 던진 한마디가 글쓰기에 생명감을 불어 넣었고 내 인생에 처음으로 아내와 내가 함께하는 '책 만들기 놀이'가 시작되었다.

한 챕터가 완성되면 나는 연애편지를 보내는 마음으로 아내에게 전송하였다. 아내는 자신의 뜻을 담아 메일로 답장을 보내왔다. 아내가 보내온 수정본을 열어 볼 때의 두근거리는 마음은 시험 성적표를 열어 보는 아이의 심정이랄까, 야릇한 흥분마저 느껴졌다.

휴일 날이면 우리는 식탁에 앉아 맥주 한잔을 곁들이면서 수정된 글을 들고 유쾌한 입씨름을 벌였다. 그 속에서 오랜 세월 우리 곁을 떠나 있었던 무디어진 지성과 둔해진 감수성이 되살아나고 있었다.

그렇게 우리의 책 만들기 놀이는 직접적인 표현을 주장하는 필자와 궁상맞은 표현을 배제하려는 비평가 사이에서 챕터를 더해 갔다.

글이 쌓여가면서 내 글이 읽어 볼 만한 내용인지 고민이 되었다. 다른 사람에게 평가를 받아 보고 싶은 마음이 생겼다.

그러나 타인에게 보여 줄 만큼 내 글에 대한 자신감도 없었고 그들의 평가가 두려웠다.

"누구한테 물어볼까?"

"여보, 작은아이에게 물어보자. 둘째는 연극배우를 하고 있으니 문학적 소양도 있을 테고 싫은 소리를 해도 아들이니까 괜찮지 않을까?" "그렇게 하자."

작은아이는 부산에서 공연 중이었는데 바쁜 상황에서도 짬을 내서 나의 글을 읽어 주었다.

"제가 아버지 아들이라서 하는 이야기가 아니라 가벼운 마음으로 한번 읽어 볼 만하네요.

건데, 아버지가 이렇게 섬세하고 다정다감한 감성을 지닌 줄은 여태 몰랐어요."

나는 기분이 좋아져서 아들 앞에서 우쭐거리기 시작했다.

"내 안에는 여러 가지 '나'가 있어. 화를 내는, 후회하는, 욕심이 가득한, 이기적인, 이중적인, 겁이 많은, 수줍어하는, 염세적인, 낙천적인, 슬퍼하는, 잘난 척하는 나…."

"글을 쓰면서 느낀 건데 어떠한 나가 나를 대신하느냐에 따라서 행복의 질이 달라진다고 생각돼. 글쓰기라는 것이 나쁜 나가 더 이상 자라지 않도록 살충제 같은 역할을 하는 것 같아."

우리 셋은 식탁에 둘러앉아서 기억 저편에 있었던 추억들을 다시 현실로 소환했다.

어느덧 '책 만들기 놀이'가 3년의 긴 여정을 지나 종착점에 다다랐다.

'책 만들기 놀이'는 아내와 나, 우리 서로의 내면세계를 여행할 수 있게 하였고 마음의 문을 열어두고 살게 해 주었다. 이제 나는 아내와 또 어떤 대화를 이어가야 할까?

책이 나오면 제일 먼저 부모님의 산소를 방문하고 싶다. 내 사랑하는 손주들과 함께….

끝으로 옹색한 글을 바쁜 시간을 내어 읽어주신 모든 분들께 감사의 말씀을 전하고 싶다.

권선복
도서출판 행복에너지 대표이사

사랑하고, 사랑하고, 사랑하는

'먼 친척보다 가까운 이웃이 낫다'라는 말이 무색하게 이웃의 이름은 커녕 얼굴조차 모르는 것이 당연해진 세상입니다. 한때는 이러한 세태에 탄식하기도 하였으나 뉴스와 포털 사이트를 잠식해 버린 흉흉한 소식들에 어쩔 수 없다고 납득해 가는 현실이 씁쓸하기도 합니다. 층층이 늘어서 있는 창문 너머의 삶을 더는 궁금해하지 않는 시대. 그러나 그 안팎을 살피고 그들을 책임지는 일이 소명인 직업이 있습니다. 바로 이 책을 쓴 저자의 인생 2막을 열어 준 '아파트 관리 사무소장'입니다.

저자는 책을 시작하기에 앞서 사랑하는 손주를 위해 글쓰기를 마음먹었다고 밝히고 있습니다. 그리고 관리사무소장으로의 삶을 써 내려가는 과정에서 자신과 같은 일에 종사하는 사람들이 매뉴얼만 따르는 사무적인 존재가 아니라 입주민과 공존하며 공감하는 존재임을 알리고 싶다고 말합니다. 그의 말대로 저자가 들려주는 다양한 일화들에는 그때 느꼈던 감정과 생각이 생생히 담겨 있습니다. 중재자로서 입주민의 삶을 지켜봐야 하는 입장이지만 그는 그것을 통해 자신의 과거를 되돌아보기도 하고 가슴속 울림을 남기는 질문을 던지기도 하고 스쳐지나가 버린 인연을 추억하기도 합니다. 독자로서 이 책을 통해 그러한 인생을 지켜보는 우리는 차츰 깨닫게 됩니다. 그가 우리의 삶에 끼어든 제삼자의 외부인이 아니라는 것을요. 그는 우리와 함께 '집'이라는 공간을 가꿔 나가는 이웃이라는 것을 말입니다.

저물어가는 청춘 속에서 좌절에 부딪친 저자가 다시 일어나 살아간 나날들, 그가 새롭게 보고 듣고 느낀 모든 것들은 그의 직업에만 한정된 이야기가 아닙니다. 우리는 각자 '나'라는 개인으로 고유하지만 또 한 집단의 구성원으로서 '우리'로 모이며 완성되는 존재입니다. 저자가 '같이'를 가능하게 하기 위해 내세운 가치들은 그렇게 살아가기 위해서 꼭 되새겨봐야 할 것들입니다.

누군가는 지금 같은 세상에선 타인을 생각하며 살아가는 것이 어렵고 무의미한 일이라고 말할 수도 있습니다. 하지만 저자의 책, 이 책이 쓰인 이유와 만들어지기까지의 모든 순간들은 그것이 사실 매우 행복한 인생임을 증명하는 증거가 되어 줍니다. 저자는 자신의 아내와 놀이하듯 원고를 주고받으며 이 책을 썼습니다. 서로의 의견을 나누는 과정에서 양보할 수 없는 갈등도 있었을 것이고 공감하며 마음을 모을 때도 있었겠지요. 그렇게 완성된 책입니다. 사랑을 남기기 위한 책에 사랑에 관한 내용을 담아 사랑하는 사람과 만든 책인 것입니다. 여러분도 그를 따라 사랑하고, 사랑하고, 사랑하시길 바랍니다. 내 가족, 내 이웃을 넘어 우리 모두가 살아가는 세상을요.

'행복에너지'의 해피 대한민국 프로젝트!

〈모교 책 보내기 운동 〈군부대 책 보내기 운동〉

한 권의 책은 한 사람의 인생을 바꾸는 힘을 가지고 있습니다. 한 사람의 인생이 바뀌면 한 나라의 국운이 바뀝니다. 그럼에도 불구하고 많은 학교의 도서관이 가난하며 나라를 지키는 군인들은 사회와 단절되어 자기계발을 하기 어렵습니다. 저희 행복에너지에서는 베스트셀러와 각종 기관에서 우수도서로 선정된 도서를 중심으로 〈모교 책 보내기 운동〉과 〈군부대 책 보내기 운동〉을 펼치고 있습니다. 책을 제공해 주시면 수요기관에서 감사장과 함께 기부금 영수증을 받을 수 있어 좋은 일에 따르는 적절한 세액 공제의 혜택도 뒤따르게 됩니다. 대한민국의 미래, 젊은이들에게 좋은 책을 보내주십시오. 독자 여러분의 자랑스러운 모교와 군부대에 보내진 한 권의 책은 더 크게 성장할 대한민국의 발판이 될 것입니다.

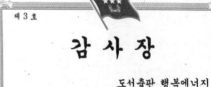